Bagriy & Co.

ПОД ОСТРЫМ СОУСОМ

СБОРНИК ПРОЗЫ

СЕРГЕЙ ЕВЕЛЕВ©

Bagriy & Company
Чикаго
2015

Served with Hot Sauce
A Collection of Short Stories
Authored by Sergey Yevelev

ISBN: 978-0692518519

Edited by Oxana Shapovalova, Olga Novikova
Book design by Mykhail Kondratenko
Illustrations and cover design by Valery Bochkov

Publisher:
Bagriy & Company, Inc.
Chicago, Illinois, USA

printbookru@gmail.com

Printed in the United States of America

Сергей Евелев
Под острым соусом
Сборник прозы

Сергей Евелев много лет работал финансовым консультантом и приобрёл репутацию грамотного и порядочного профессионала. Он вёл на русском канале американского телевидения популярную передачу «Дневник финансиста» и охотно делился своими знаниями и опытом. Но душа Евелева тянула его совсем в другую область — к творчеству. Он начал писать стихи и декламировать их перед самыми разными аудиториями. Потом стал сочинять музыку, создавать музыкальные видеоклипы, писать прозу. Вот так постепенно началась его новая жизнь в совершенно другом качестве. Его стихи, книги, песни и клипы получили известность и в Америке, и в России, и в Израиле. Но Сергей не стоит на месте, а всё время работает, выступает, сочиняет, творит...

СОДЕРЖАНИЕ

две
ЖИЗНИ

Автобиографический очерк

Каждый человек живёт как минимум две жизни: одну — действительную, а вторую — желаемую. И происходит это одновременно. Чем меньше разница между ними, тем более счастливый человек перед нами.

В данном случае скажу, что я — человек счастливый. Вывод этот я сделал, написав биографии каждой из жизней... Писал я их одновременно, то берясь за одну, то перескакивая на другую. Иногда даже путаясь, «где правда чистая суровых будних дней, где вымысел, мечтами вдохновлённый»... Но в какой-то момент я вдруг понял, что они — как две капли воды: похожи и не похожи.

Одна капля, вернее, биография, чиста, как капли из Байкала (когда вода в нём была ещё чистая).

Вторая — солёная; она — из моего родного Чёрного моря, где вода сегодня (судя по тому, что на многие годы исчезнувшая рыба вернулась) снова чистая.

Не бойтесь — попробуйте по капле... А вдруг понравится?

...Я родился в Одессе в приличной интеллигентной еврейской семье. Приличной — это было мнение соседей. Интеллигентной — это моё мнение. А то, что еврейской — это было мнением общественности.

Отец мой был дирижёром, а мама филологом, хотя музыкантом и не была, но музыку знала и любила. Ну и, естественно, что при таком раскладе участь моя была предрешена, и занимался я музыкой с детства.

За окном — начало шестидесятых. А семья была, как вы помните, интеллигентной, в связи с чем (или по каким-то другим, никому не понятным причинам) ни мама, ни папа работы в городе Одесса найти не могли (хотя мы в это время знали только про безработицу в Америке и других странах бессовестно и нам назло победившего империализма).

Так в самом раннем детстве я оказался в Средней Азии, в Фергане, которая в те годы, по-видимому, очень нуждалась в специалистах, причём особенно остро — в дирижёрах и филологах!

Итак, тогда ещё «ближний» нам Восток...

Из контактов духовных — практически не помню ничего.

Из контактов физиологических — помню плов, который в знак большого уважения хозяин дома руками с грязными чёрными ногтями запихивает в рот гостям, о судьбе которых боюсь даже думать.

Два падения:

в арык с холодной водой, где пролежал минут сорок, пока меня искали. Оттуда, по-видимому, тяга к морским купаниям и плохой вестибулярный аппарат;

и в тандыр — (яма в земле, где пекут лепёшки при очень высокой температуре), откуда тяга к настоящей парной.

Хотя, справедливости ради, надо уточнить, что в тандыр я упасть *пытался*, но был вовремя пойман и извлечён наружу рукой удивительного человека, о котором хочу сказать несколько слов.

Я считаю, что каждый, достигший высот в своём деле, имеет право называться Мастером, и должен пользоваться уважением соплеменников и особыми государственными льготами. Таких людей всегда было и будет мало, наверное, менее одного процента любого населения.

И не важно, кто это: циркач, виртуозно и с лёгкостью выполняющий невероятные трюки под куполом цирка, лётчик, посадивший на воду горящий самолёт, или скрипач, слушая которого забываешь обо всём. Мастерство — оно на то и есть Мастерство! Умом здесь не объять, словами не описать, поэтому остаётся только лицезреть, восхищаться и жалеть себя, любимого, которому это не дано!

Так вот в нашем обычном ферганском дворике жила такая бабушка. И было ей, как мне тогда казалось, лет сто. Теперь я понимаю, что ей могло быть и пятьдесят, и вообще сколько угодно... Когда тебе пять лет, все, кто старше тебя — уже старики, а все, кто старше тридцати пяти... вообще непонятно, как до сих пор живы?

Она пекла лепёшки в том самом тандыре. Делала она это, видимо, давно, и набила руку настолько, что иногда казалась: она спит и работает... (наверное, мечта многих из нас — работать во сне)…

Выходила она на двор с тазом, в котором было тесто.

Доведя тандыр-печку до правильной кондиции, когда все дрова прогорали, и из неё шёл только жар без огня, бабушка отрывала кусок теста, мяла его в руках, превращая в лепёшку, и ловко бросала в тандыр. Фокусов здесь было много. Первый состоял в том, что сырая лепёшка прилипала к стенке тандыра, но только если тесто бросала она. Сколько я ни пробовал бросать, ничего не прилипало, и сырая лепёшка падала на дно, где вскоре и сгорала в углях... Следующий трюк был в том, что она туда набрасывала много лепёшек, и всегда находила свободное место, и одна не касалась другой, почему-то прилипая в точно отведённом для неё месте. Дальше — больше.

Наступал торжественный момент — снимать лепёшку, когда она была уже готова. Во-первых, я никогда не понимал, как это определить. Во-вторых, температура внутри агрегата была очень высокая, можно было продержать в нём руку максимум четверть секунды, и на отдирание горячей лепёшки от горячей стенки времени не оставалось.

Оказалось, когда лепёшка готова, она сама отлипает от стенки и без посторонней помощи... падает на дно, где её постигает та же участь, что и других несчастных, не доброшенных мною. Но перед тем как «покончить жизнь самосгоранием», лепёшка издавала какой-то ультразвук, видимо говоря: «Я готова, иду падать-сгорать, если только вы не...» — и в этот самый момент, длящийся, я думаю, одну двадцать пятую секунды, бабушка запускала руку в тандыр и вынимала её оттуда уже с готовой лепёшкой. Как она слышала лепёшкин крик о помощи, откуда знала, какая лепёшка уже готова, а какая ещё нет, и потому пока молчит (там ведь их было налеплено по стенкам много), как успевала каждый раз точно подставить руку в правильное место? Как не обжигала руку при этом? Эти и другие вопросы так навсегда и остались без ответа. Я и до сегодняшнего дня не понимаю, как она это делала...

«Мастерство не пропьёшь!» — как очень точно сказал какой-то древний мастер, пропивший своё мастерство, и я с ним совершенно согласен.

С высоты прожитых лет могу сказать, что отношения у меня с музыкой складывались непростые. Мы с ней все эти годы бегали — то друг *от* друга, то друг *за* другом. Так иногда складываются отношения у супругов: им и вместе тесно, и порознь неуютно. И не то чтобы мы с музыкой были рождены друг для друга (как в случае с Моцартом, Чайковским и Шостаковичем), но явно какая-то тайная связь между нами была, и как вскоре окажется — осталась.

Итак, мы жили в Фергане. Папа работал дирижёром Ферганского театра оперетты. Соседями нашими была семья Абдуловых. Да-да, тех самых. Но тогда я ещё не знал, что Саша станет знаменитым артистом, и с ним просто дружил.

Мы гоняли по лужам, бросали камни в окна, дрались, соревновались, кто скорее «настучит» на другого — в общем, занимались тем, чем занимаются дети и что должно было пригодиться нам уже потом, во взрослой жизни. Кстати, многие детские навыки вполне даже остаются с некоторыми товарищами на всю жизнь, особенно — бить окна и стучать на соседа. Но никакого идолопоклонничества между нами не наблюдалось (поди знай), и поэтому я у него автографа не взял (вот бы была реликвия — автограф Абдулова в возрасте семи лет!). В свою очередь, они не знали, что я окажусь в Америке, и тоже не записали адресок на всякий случай. Вообще-то теперь, по прошествии множества лет, я понимаю, что дружбу если и можно свести, то только в юности. Если тебе повезло, и ты нашёл друга, то есть шанс пройти с ним рядом всю жизнь. Тем же, у кого в юности по какой-то причине не получилось, шансов найти друга или даже друзей в зрелом возрасте намного меньше. Не поймите меня превратно, найти приятелей — это запросто. Друзей — трудно. Здесь, наверное, для ясности нужно дать определение и тем, и другим. Приятели — это такие товарищи, с которыми можно ходить в баню, ездить на рыбалку, посещать развлекательные заведения с девушками на выбор, пить пиво и рассказывать скабрезные анекдоты, т.е. культурно отдыхать.

Друзья же — это те, кто всегда незримо идут по жизни рядом с тобой и появляются, когда нужно. Вы как братья-близнецы: и понимаете друг друга с полуслова, и заинтересованы в том, чтобы другому было хорошо, весело, сытно и счастливо. Просто знания того, что этот человек где-то есть, уже достаточно, и от знания этого спокойней, что ли, на душе. Вы, если и завидуете друг другу, то не до скрежета зубовного и бессонных ночей (потому что у него *есть*, а у меня — *нет)*, а так, по-дружески радуясь за него, когда у него всё в порядке... Поплакаться в дуэте с товарищем может каждый (сочувствуя его горю, сопереживая его неудачам), а вот порадоваться, что он выиграл двести восемьдесят шесть миллионов, может только самый настоящий друг. Хотя, скорей всего, этому и радоваться-то нелегко... даже если ты друг... особенно когда *понимаешь*, что, конечно, правильней было бы, если выигравшим оказался бы не он, а, например, ты... но это уже совсем другая история. Забегая вперёд, скажу, что с друзьями у меня как-то не очень получалось. Один был, но в третьем классе его семья уехала в Америку. Другой с родителями уехал в Германию, папа у него был военным... и след их затерялся.

Ну, пожалуй, вернёмся к театру музыкальных комедий, где я и рос. В очень юном возрасте я уже знал наизусть все спектакли и пел их вместе с певцами, иногда подсказывая им слова из папиной оркестровой ямы, причём совершенно безвозмездно, что, как я сейчас понимаю, было непростительной расточительностью. Я там мог запросто, собирая даже по одной копейке с актёра за подсказку одной фразы, скопить на «Жигули», которые купил бы, когда вырос. А если бы все эти деньги сложить и вложить тогда по курсу в самый что ни на есть *завалящийся* швейцарский банк... это ведь жуткие деньги бы собрались!

Особенно я любил проводить время в гримёрках, где переодевались и гримировались женщины. Что-то было в этом магическое, необъяснимое. Видеть, как перед твоими глазами чья-то мама, которая полчаса назад стирала бельё, готовила борщ и мыла пол, постепенно превращается в королеву или, наоборот, даже бабу-Ягу — это не каждому довелось...

Не подумайте, что я намеренно избегал мужских гримё-рок, но по причинам, до сих пор мною до конца не понятым, меня тянуло именно в женские. Кстати, чудо этого превращения женщин я люблю наблюдать и до сих пор, но меня как-то не очень допускают... а зря. Я бы, может, чего ценного подсказал, подсмотрев, что они там делают.

Вообще я думаю, что в подсматривании главная сладость не в том, что ты видишь (что тоже бывает приятно и иногда даже полезно), а в двух других составляющих, о которых я как-то раньше не задумывался. Во-первых, это — дело запретное, а запретное всегда имеет острый вкус и сногсшибательный запах. Но главное — то, что подсматриваемый не знает об этом, так как он, или чаще она, разрешения тебе на подсматривание никакого не давала. И это наделяет тебя невероятной властью, силой, делает владельцем ситуации, королём, богом, в конце концов, пусть даже на пять минут. Это иногда превращается в болезнь — именно по причине ощущения власти и вседозволенности, которых многим из нас не хватает.

Естественно, что там, в Фергане, за пять лет со мной случались всякие истории, которые наверняка случаются со всеми детьми, проводящими много времени на улице... Очень жаль, что многие из современных детей такого «общения с жизнью» лишены. Думаю, что эту школу жизни ничем не заменишь, ни компьютером, ни книгами, ни даже репетиторами или заграничными гувернантками. То было живое, настоящее и зачастую болезненное прикосновение к природе, к людям, в их, если хотите, сыром или первозданном виде. Это когда все чувства нараспашку: что думаю — то и скажу; что хочу — то и сделаю в надежде, что не поймают. Это та самая беспощадная реальность, рядом с которой придётся идти всю жизнь, и чем раньше с ней встретишься, познакомишься и будешь ею бит — тем лучше. Сегодняшних детей, мне кажется, слишком сильно опекают, кутают, оберегая от жизни. И выходят они со знаниями прикладными из институтов престижных, с долгами за учёбу и полным отсутствием знания жизни и понимания того, как к ней приспосабливаться и куда знания эти прикладные приложить.

А у кого же ещё учиться жизни, кроме как у неё самой? И ошибаться, и падать, и быть обманутым не раз. И вставать, и опять падать, и быть преданным, и ненавидеть, и мстить, и быть битым опять и опять?..

Ну, ладно об этом. Возвращаемся к приключениям маленького мальчика родом из Одессы, волею судьбы занесённого в детстве в Фергану, где, как я уже говорил, с ним всякое разное случалось...

Как-то мне в волосы вцепилась летучая мышь, и папа её от меня долго отрывал, причём вместе с волосами. Я кричал. Долго и пронзительно. Но мыши мой вопль, судя по всему, не мешал. Хотя, возможно, она меня с какой-то крупной дичью перепутала, и от моего нечеловеческого вопля у неё хватательный аппарат и заклинило. Несовершенный, видать, у неё хватательный был аппарат. А ещё говорят — природа, естественный отбор, лучшие гены... Что там у неё с генами? Напортачила природа или товарищи горе-генетики?.

Все соседи стояли вокруг папы и советовали (Страна Советов — помните?).

— Гриша, — говорил один (Гришей звали папу), — ты ей закрой глаза. Ей станет темно, она подумает, что уже ночь, и полетит охотиться!

— Гриша, ты попробуй ей поджечь крылья — ей станет жарко, она испугается и улетит (без крыльев, что ли?), — советовал другой.

— Гриша, ты ей в ухо громко крикни, у них, говорят, очень тонкий слух, — она оглохнет, испугается и улетит (видимо, к врачу «ухо-горло-носу»), — и ещё много разного в том же духе.

Со временем летучей мыши, видимо, дурацкие советы надоели, и она, отрегулировав хватательную функцию, отпустила меня и улетела домой (чтобы рассказать невероятную историю о том, как застряла в человеческой голове), не убитая, не оглохшая и не сгоревшая ... а я, слава Богу, остался.

Или ещё, помню, жила у нас немецкая овчарка по кличке Инга. Она была тренированная и огромная, а я был маленьким и иногда ездил на ней в магазин верхом, как на лошади. Она шла спокойно, а я гордо, как маленький джигит, сидел на ней и держался за ошейник. Но однажды где-то что-то загорелось, и мимо нас с воем промчалась пожарная машина. Инга, хотя в пожарах разбиралась плохо, но сразу поняла, что без неё не обойдутся. Она очень правильно среагировала на пожарную сирену — и тоже поспешила на пожар.

Я некоторое время, отчаянно вцепившись в ошейник, ещё держался в седле, но мой скакун нёсся всё быстрее и быстрее. С цирковой сноровкой у меня тогда ещё не задалось, и я упал из седла. Это, наверное, было бы для меня лучшим решением — свалиться. Но решал не я, а, видимо, судьба. Поэтому, по её велению или по стечению обстоятельств, я вывалился частично. То есть с «коня»-то я упал, но рука моя застряла в ошейнике.

Итак, «картина маслом» выглядела следующим образом (записано со слов свидетелей): собака бежит по дороге вслед за пожарной машиной и лает на неё. За собакой волочится ребёнок, держась рукой за ошейник. Правда, это рассказывать долго, а произошло всё, по-видимому, очень быстро, и я от собаки, в конце концов, отвалился — то ли ошейник порвался (что вряд ли), то ли просто рука выскользнула.

Детали помню плохо. Очнулся я — лежу на земле, и Инга усиленно лижет меня, видимо, зализывая свою вину. Собака, а понимает! Глаза у неё расстроенные. Понятное дело: из-за меня не попала на пожар, и там всё теперь сгорит без неё...

Побился я прилично, пока меня тащило и дубасило всем не окрепшим ещё организмом об дорогу.

Слава Богу, дорога была не очень асфальтированная, и мои ранения были хотя и множественными, но не смертельными.

Потом, после доставки домой, я был дополнительно бит мамой (не знаю точно, за что — скорее всего, за то, что напугал собаку и пожарных), потом пришедшим с работы папой (видимо, за то, за что был недобит мамой), и только потом меня жалели-лечили-мазали йодом, кормили сладким — в общем, использовали весь набор ингредиентов для скорейшего выздоровления пострадавших детей, потёртых собаками об землю и незаслуженно побитых собственными родителями, чтобы как-то сгладить впечатление от случившегося.

Конечно же, там было ещё много разных историй, но, во-первых, всего не упомнишь, а во-вторых, не будем географически зацикливаться и двинемся дальше. Хотя вот ещё последнее ферганское воспоминание: к нам в квартиру без предупреждения и без стука входит мой друг Рустам, а я в это время стою в центре комнаты со спущенными до пола штанишками и, видимо, ещё и трусишками. Напротив меня стоит моя подружка по имени Малахатка (не шучу!) с задранным платьицем и тоже спущенными до пола трусиками. Мы, видимо, что-то друг другу демонстрировали (говорят, что это все в детстве делают). Рустам от увиденного онемел.

Общая пауза секунды на две-три, потом он убегает с криком: «Мама, мама, а они друг другу письки показывают!» Девочка (мгновенно одевшись) убегает с другим криком: «Ничего мы друг другу не показывали!», а я, видимо, ещё под впечатлением от увиденного, стою всё в той же позе, постепенно возвращаясь в беспощадную реальность. Потом я возвратил себе статус-кво и на древней книге поклялся убить Рустама за то, что он мне всё свидание испортил. А у меня, может быть, на этот вечер были далеко идущие планы... Нам всем тогда было лет по пять.

После возвращения из Средней Азии началась эпопея под названием «Одесская средняя школа номер 117».

Школа была большая, красивая и, видимо, престижная. А я должен был, вообще-то, идти совсем в другую школу согласно району проживания, но где-то что-то подкрутили или кого-то подмазали, и меня взяли, куда надо было. Всё это делалось для того, чтобы я попал в класс к Людмиле Семёновне Зильбертер. Она была потрясающая учительница. Всё знала, слышала каждый *пипс* и всё видела, даже спиной. Всех помнила по именам и фамилиям (а нас было человек сорок пять юных бандитов и бандиток), и ещё она умела страшно сверкать глазами, если сердилась. Мы этого ужасно боялись и не только старались сидеть тихо, но от страха ещё и домашнее задание выполняли фанатично.

Однажды мне был преподнесён урок, смысл которого до меня дошёл спустя много-много лет. Но тогда, я помню, так перепугался, что несколько дней меня трясло от страха. Была перемена, на который мы все шли в буфет, где нам выдавали булочку и стакан молока. Ну вот, сидим мы тихо-интеллигентно, едим свой полдник, никого не трогаем, и тут к нам, как всегда, абсолютно беззвучно (я думаю, что она окончила местную разведшколу для пожилых агентов, где и научилась всем своим штучкам-дрючкам) подходит всеми нами ужасно любимая классная руководительница, та самая Людмила Семёновна. А я её, естественно, не видел, так как она подкралась сзади. Я же именно в этот момент рассказывал что-то смешное, причём, видимо, именно о ней, передразнивая её манеру говорить. В какой-то момент я заметил в глазах моих слушателей ужас, смешанный с кошмаром и умноженный на «караул!». Кто ещё помнит, в десятилетнем возрасте любопытство было самой главной частью тела и жизни — и я повернул голову.

На меня беззвучно и как-то яростно (как мне казалось) в упор смотрели её сверлящие глаза разведчицы, и я... испугался. «Всё! — подумал я, — выгонят из школы, куда меня с таким трудом впихнули вопреки району проживания. Выдадут мне «волчий билет» (что мне часто пророчила бабушка, хотя я точно не знал, что это за билет такой и кто меня с ним посчитает волком), и останусь я неучем и дураком на всю жизнь (это уже мамины наставления)».

И тут я, от страха или от неожиданности, или уж не знаю сам, от чего ещё, вдруг прыснул... и весь этот коктейль из молока и булочки мгновенно перекочевал из моего рта на лицо и платье Людмилы Семёновны. А она всегда была такая нарядная, красивая, причёсанная, чисто и строго одетая... Видимо, школа для неё была настоящим праздником (для нас, кстати, тоже, что я совсем недавно понял, хотя сейчас с этим пониманием уже ничего и не сделать).

Это был кошмар.. И я подумал, что сейчас умру от ужаса — быстро, но мучительно, без суда, следствия, прокурора и приговора. Начитавшись всяких мушкетёров и королев Марго, я буквально чувствовал, как над моей головой палач заносит меч, и этот характерный свистящий звук означал, что самая нужная из всех голов — моя — сейчас отделится от тела и с глухим звуком покатится по ступенькам в толпу, всё ещё обезумевшую от страшного зрелища... но она, Людмила Семёновна, гениальная учительница, не сказав ни слова, повернулась и ушла.

На следующий урок нам дали замену. Но потом она появилась вновь, уже приведя себя в порядок, переодевшись... и о случившемся ничего не сказала.

Я только спустя много лет, прокручивая в памяти этот случай, понял, кем была она и многие другие люди, с которыми столкнула меня судьба, какую важную роль каждый из них сыграл в моей жизни, как многому я у них научился...

Я думаю, что формируют нас те, кто рядом с нами первые годы нашей жизни. И мы обращаем внимание на поступки их гораздо больше, чем на то, что они говорят. И попытки перевоспитать любого из нас в более позднем возрасте обречены на провал. Всё, что можно и нужно было, уже и сказано, и сделано. А дальше этот человеко-коктейль или винегрет лишь только пополняется новыми ингредиентами и специями. Это, без сомнения, вносит новый вкус, оттеняя одно и выпячивая другое, но по сути дела блюдо не меняет. Может быть, только крепчает замес с годами да уменьшается отрезок времени, необходимый для того, чтобы маску сменить с папы на сына, с сына на любовника, с любовника на преподавателя, а с того — на просителя-начальника, организатора, лизоблюда, прилипалы, садиста... ну, и на многие другие, весьма в жизни распространённые персонажи. Это я в детстве думал, что они все — люди разные. А потом, повзрослев чуток, понял, что иногда это один и тот же субъект, в разных ипостасях выступающий и маски меняющий соответственно ситуации. Просто одни это делают быстро и виртуозно, а другие медленно, всем заметно и очень топорно. Особенно это у политиков заметно.

А в пятом классе я неожиданно для себя узнал, что я еврей и что это не очень хорошо. Как-то у нас пропал классный журнал, а потом, через несколько дней, опять появился.

Дирекция долго его изучала на предмет исправленных оценок, но так ничего и не обнаружила. Или сработали здорово, или не для того брали.

А в журнале, наряду с именами и оценками, кто ещё помнит, были прописаны родители и... национальность. (Зачем только? Может, чтобы знать, кого бить?). Хороших национальностей в те годы было много: русский, украинец, белорус, узбек и друг степей — калмык (кто-нибудь когда-нибудь видел живого калмыка в степях?). А вот плохая была одна. Она называлась — еврей. Причём если остановить людей тогда на улице любого города и спросить: «Почему плохо быть евреем?», не знаю, что бы они такое могли ответить. Потому что среди них много умных? Серьёзных? Талантливых? Трудолюбивых? Потому, что им нужно было быть на голову выше других, так как их гнали, не брали, не пускали, затирали, били, не любили (или я уже об этом говорил?).

Эпизод с пропажей журнала вскоре забылся. И вот в один прекрасный день ко мне подошёл ученик параллельного «Б» класса, который потом стал профессиональным бандитом (поговаривали, что даже профессиональным убийцей), и так, безо всяких затей, сказал: «А я всегда знал, что ты ЖИД», — и ударил меня в лицо кирпичом. То ли он сам журнал утащил, то ли сделал перепись евреев, одолжив его у грабителя на денёк — не знаю. Предполагаю, что у него был запас кирпичей и список тех, на ком он крепость кирпичей этих собирался проверять. Тренироваться для будущей карьеры на ком-то ведь надо было? А тут мы — как раз рядом и тогда ещё в большом количестве. Плюс то тут, то там говорили, то ли в шутку, то ли всерьёз: «Бей жидов, спасай Россию!» Интересно, что для спасения отдельных стран бывает часто — нужно кого-то бить, а кто помнит историю, так ещё и сажать, ну, а если не помогло — то убивать. От этого отдельная страна становится лучше, чище, дисциплинированней, и жить поэтому в ней — одна сплошная радость, что сейчас уже понятно всем, даже дуракам.

Ну, так вот, многие из нас, будучи людьми ответственными и обуреваемыми к тому же патриотическими чувствами, решили, что ради спасения такой великой страны можно даже и себя принести в жертву. А вдруг поможет... И... уехали, решив, что подставлять вторую щеку под тот же кирпич будет для полного расцвета и победы коммунизма и его недоделанного шизофренического братца-социализма недостаточно. Спасать — так спасать!

Помогло это Советскому тогда Союзу или нет, я не знаю, но, как показало будущее, тогда в школе я оказался первым и последним в этом «кирпичном» ряду. У меня на всю жизнь остался поломанный нос и понимание того, что ЖИД — это не очень уж и хорошо, особенно если живёшь в той стране, где есть деление на национальности, и их для чего-то записывают в школьный журнал. По-видимому, для страны в целом, как, впрочем, и для каждого человека с кирпичом в частности, знание того, кто есть кто, было настолько важным, что вместо того, чтобы попросту выжечь у каждого на руке номерок, или, как это делалось в «правильных» странах, нашить звезду жёлтую на рукав, нам это клеймо проставляли в паспорте. Кто-то, конечно, может возразить и сказать, что я передёргиваю. Мол, это не только евреям писали, что они евреи. Святая правда. Всем писали, но... разное.

Если «русский», «украинец» или «белорус» не значило ничего при приёме на работу или в вуз, то, например, «узбек» или «таджик» было, как правило, большим плюсом. На это всё были специальные разнарядки, согласно которым национальные кадры очень даже приветствовались в нашей многонациональной кастрюле, невзирая на подготовку. Но еврей — это было нехорошо, и даже иногда вообще плохо.

Кто-то там, наверху, наверное, знал, почему. А вот внизу, где вся эта низость и исполнялась, наверняка даже и не знали, в чём проблема-то с евреями. Но если сказали бить, да ещё и указали кого — так какие ж тут вопросы? У матросов нет вопросов... надо бить — и будем бить. Страна была — Советов. Совет дали — лупи, здоровее будешь. Да и нервишки подлечишь таким вот необычным способом.

До того как я уехал из этой страны навсегда, мне ещё много раз предстояло, прямо или косвенно (прямо — это когда говорили или били в лицо, а косвенно — когда не говорили, но действовали соответственно), со своим «еврейством» столкнуться. Но этот инцидент был первым, и потому мне очень хорошо запомнился. Тогда меня просто увезла скорая, так как я лежал в небольшой луже крови, которая натекла из носа. Вскоре нос зажил, и я вернулся в школу. Там, естественно, был страшный скандал, так как она претендовала на звание самой лучшей школы района по всем показателям, а тут — эта история. Шум был серьёзный. Во всех классах шли собрания, на которых этот инцидент обсуждался и по-коммунистически/комсомольски/пионерски/октябрятски осуждался.

Юный бандит, видимо, сам не ожидал, что маленький кирпич в сочетании с маленьким евреем произведут лужу крови и такой большой фурор, или, может быть, посчитал, что с меня хватит, но больше инцидентов подобного рода ни со мной, ни с кем-то другим в школе не происходило. Думаю, что он перешёл тренироваться в соседнюю школу, как только новые кирпичи подвезли и список тех, кому предстояло с ними повстречаться, был составлен.

Меня, конечно, пытали все: и учителя, и завуч, и директор, и родители, но я струсил, и кто это был, не сказал. Думаю, что поступил правильно, возможно, трусость и спасла тогда мне жизнь. Его бы за такой поступок точно из школы выгнали, и он потом, уже окончательно заматерев, мог бы запросто вспомнить обо мне, коротая вечера за литрухой водяры в группе таких же хороших ребят с добрыми лицами. И мог бы, без всяких кирпичей и других юношеских глупостей, просто подкараулить меня где-то вечерком и «рассчитаться за базар», на этот раз уже доведя задуманное до конца, ножом или чем-то другим, хотя мог и не вспомнить. Но провидение моё, видимо, в тот раз решило не рисковать, а я тогда ещё спорить с ним не научился, это ко мне пришло уже попозже.

С самого детства провидение, или можно назвать его ангелом, хранящим каждого, всё время находится рядом с нами и нас оберегает. Делает он, она или оно это очень просто, и самое удивительное, что мы все об этом знаем. Вспомните «внутренний голос», или «мне в голову пришла мысль» (а ушла она откуда?), или «у меня на эту тему было плохое предчувствие».

В детстве мы с этим всё время сталкивались, но благодаря родителям, школе и усиленно впихиваемым в голову атеистическим взглядам на мир (так как пощупать руками или увидеть ЭТО было невозможно), мы постепенно поняли, что этого не было, так как быть не могло. Как будто можно было пощупать солнце или, например, звёзды...

Нас ругали за то, что мы писали левой рукой, и переучивали на правую. Убеждали не верить предчувствиям, снам, предсказаниям, гаданиям на картах и многому другому, необъяснимому и посему — вредному. Как будто не существовали Ванга, Мессинг и другие, непонятные, но от этого не менее гениальные ребята, всей жизнью своей доказавшие, что вокруг нас есть намного больше, чем нам разрешают видеть. Кстати, и «сильные мира сего» услугами этих «шарлатанов», как потом выяснилось, вовсю пользовались. Но это было для избранных, а нам сказали — нельзя, значит, нельзя. Было там у древних что-то про Юпитера и быка на эту тему... (чего-то там одному было можно, а другому — как раз-таки нельзя!).

В общем, коллективно из нас всяческую «дурь и веру в чудеса» выбили. Но! Ангелы-хранители-то никуда от нас не убежали. Они с нами всегда, везде, здесь и сейчас, пытаются нам подсказывать, что делать, а чего не делать, с кем быть, а с кем — лучше не надо, но мы к ним никогда не прислушиваемся, хотя... может быть... очень редко... а зря.

Каждое лето мы ездили в Евпаторию. Там жили родители папы, которые были врачами. Бывать там я любил, а ехать туда — не любил. Звучит странно, поэтому требует объяснения.

Меня с детства укачивает, причём везде и очень сильно (в троллейбусе, такси, самолёте и пароходе, и многих других движущихся объектах). И здесь — снова ирония судьбы, особенно если учесть, что я обожаю ловить рыбу. А рыба, как вы помните, водится в океане, ну, в крайнем случае, в море (про реки и озёра мы не будем; рыбалку и рыбу эту я не люблю). Настоящая большая рыба требует выхода в море-океан на лодке-корабле-паруснике-шхуне-барже-плотике-надувном матраце... то есть на всём том, на чём я, по причине жуткой укачиваемости, выйти в море не могу. Вернее, выйти могу, и даже несколько раз это делал, но, во-первых, никакой рыбалки не получается, так как я, невзирая на самые передовые лекарства, масла и примочки, всё равно, если и не сразу, то вскоре ложусь на палубу корабля и тихо умираю там на общих основаниях, считая минуты, мечтая о суше и забыв о рыбалке. И уже потом, на берегу, я ещё несколько дней маюсь, приходя в себя после очередного «эксперимента». Поняв, что ещё «не выздоровел», я лет на пять забываю о море... а потом пытаюсь опять, благо, какие-то новые средства изобретают всё время, и я всегда их с одинаковым успехом пробую на себе...

Ирония ещё и в том, что на земле живут миллионы людей, которых нигде не укачивает, но им это и не важно, так как они не любят ловить рыбу и им не надо ходить в море. А я люблю и мне надо...

Итак, ехали мы в Евпаторию на корабле. И все два или три дня дороги я обычным мёртвым грузом лежал в койке и к моменту торжественного прибытия к любимым бабушке и дедушке имел ещё тот *видос*.

К берегу корабль не подходил, видимо, там было слишком мелко (или чтобы меня ещё немного помучить). Он останавливался в нескольких километрах от порта, и нас переправляли на берег маленьким катером. Катер болтало так, что качка на корабле казалась раем. Но если быть до конца честным, то мне было уже всё равно, как любому свежему трупу. Меня несли на руках в бессознательном состоянии и выносили на берег, как раненного в бою солдата, со скорбными лицами, говорящими что-то типа «извините, братишки, не уберегли паренька. Ну вот, забирайте, что осталось...». Там ко мне с воплями и причитаниями бросались бабушка и дедушка, называя кого-то извергами и мучителями ребёнка. Я эту часть всегда плохо помнил. Всё было как в пьяном тумане. Потом меня везли домой в машине, где меня качало опять, и отпаивали каким-то специальным чаем. Ещё в течение двух дней пол, кровать и я в ней качались, как в море. Затем наступал полный штиль. И качка прекращалась. Я приходил в себя, и жизнь продолжалась до момента отъезда.

В Евпатории со мной тоже происходило много всяческих приключений. Например, я там познакомился с Машей и Дашей, которые жили в специальном санатории для больных полиомиелитом. Их вообще-то было две сестры, но они как-то неправильно родились и сформировались: у них сверху было две головы, два туловища до талии, а ниже был один человек. У каждой из них было по две руки, но на двоих всего две ноги. Точнее, сзади была какая-то неправильно и не там выросшая третья нога, но её потом отрезали. Мне было с ними ужасно интересно, они были очень разные, хотя, казалось бы, у них была одна общая кровеносная система, одна печень, почки. Но, видимо, это всё равно были два разных человека, ведь у них было два сердца... Что-то нехорошее с ними случилось уже много позже, когда они жили в Москве. Но подробностей я не помню.

Зато хорошо помню, что у меня как-то ночью сильно заболел живот, и я, видимо, начал стонать во сне. Примчалась бабушка. Хотя и врач, но она не смогла определить, что со мной, и вызвала сына. Сын её — мой дядя и папин старший брат — работал хирургом в местной больнице. Приехав, он задал несколько вопросов, ткнул больно пальцем мне в живот, и категорическим голосом сказал: «Немедленно на стол!». Мне тогда уже было шесть лет, но смысла я не понял. А бабушка, видимо, поняла и так же категорично ответила: «Ни за что!». Дебаты продолжались минут двадцать, и медицина победила.

Вызвали скорую, и меня увезли в больницу вместе с мамой, папой, бабушкой, дедушкой и сестричкой Лорой (двоюродной). Дебаты же продолжались всю дорогу. Решался главный вопрос — кто кого будет резать. Я был в полусознании от боли и бессонной ночи и в беседе не участвовал, не предполагая даже, что речь идёт о ком-то, кого я знаю. Дядя Вова резать отказался, а бабушка говорила, что никому не позволит резать, кроме как своему сыну. Но сын был неприступен, как скала, и сказал, что он родственников не режет. Я до последнего момента считал, что они все говорят о чём-то, ко мне не имеющем никакого отношения. Ну и, конечно, слово «резать» уж никак не могло означать «резать меня». Но когда я, вдруг вынырнув из полуобморока, понял, что «резать» всё-таки относится ко мне, то, говорят, закатил такую истерику, что сбежался весь медицинский персонал, чтобы познакомиться с племянником ведущего, как оказалось, хирурга. От моего ора все приборы, подающие кислород, меряющие давление и другие важные параметры больных организмов, прекратили работать. Свет во всех операционных замигал, и народ из тех, кто не был под наркозом, замер, предчувствуя беду. Беда выла долго, а потом, не переставая всхлипывать, затихла в ожидании неминуемого.

Операцию аппендицита я помню хорошо. Дядя Вова стоял за моей головой и вслух читал мне «Пионерскую правду». А оперировал меня другой хирург, который был ещё лучше самого лучшего, так, по крайней мере, мне объяснили. Хорошо помню, как во время операции я спросил, может ли аппендицит вырасти опять, и ответ дяди Вовы, что «скорей всего, нет, но даже если да, то не скоро». Почему-то меня именно это ужасно расстроило, и я проплакал всю операцию. (Наверное, делали под местным наркозом, хотя, может быть, это всё мне и приснилось).

А ещё как-то, лазая в поисках старого самоката, я в сарае сел на гвоздь, торчащий из доски, и примчался в дом с жутким воплем, распугав по дороге всех кошек и собак. Когда бабушка выскочила из дома, то увидела меня, орущего, и большую двухметровую доску, которая была прикреплена к моему заду большим ржавым гвоздём. Делаю маленькую паузу в рассказе, давая возможность всем эту картинку живописную себе в уме нарисовать. Для плохих рисовальщиков поясняю: я сел на доску, из которой торчал гвоздь, но я его не сразу заметил, хотя почти сразу почувствовал. Вынуть себя из доски я не смог, и потому бежал домой метров пятьсот, волоча доску за собой, чего от боли, видимо, как-то не ощутил.

Процедура снимания меня с гвоздя заняла длительное время, большую часть которого меня убеждали в том, что это будет не больно и быстро (дважды соврали). Вообще-то я думаю, что был в шоке, так как мог говорить и бегать с огромным гвоздём в заду, что для людей нетипично. Но меня в конце концов изловили, зажали и вынули из доски, или гвоздь с доской из меня — не помню точно, но, в общем, нас троих разлучили. Вопить я начал задолго до начала процедуры и не переставал ещё какое-то время после её завершения, да и перестал-то лишь потому, что охрип, но всё равно мычал и всхлипывал, так как сильно болело. В какой-то момент мне показалось, что боль прекратилась или, по крайней мере, утихла. И тут, для усиления впечатления, улучив момент, когда я расслабился, мне вкатили укол от столбняка. Голос мгновенно прорезался, и я ещё минут десять-пятнадцать разрывал тишину, разгонял тучи и любопытных соседей, после чего заснул мертвецки, наверное, от обиды и унижения. С тех пор я очень не люблю пыльные подвалы, самокаты, доски, гвозди и уколы от столбняка.

Всю жизнь мы за собой таскаем мешок с «памятными призами», приобретёнными в детстве. Там и обиды, и побои, и слёзы, и унижения, и любови, и ненависти, и развенчанные иллюзии, и ещё много-много другого. Хорошо это или плохо — не скажу, но уверен, что в тот день, когда человек может освободиться от этого постылого груза, он обретает свободу. И ещё думаю, что до этого светлого момента доживают немногие.

А ещё меня папа учил кататься на велосипеде. Я ехал, а он бежал сзади и поддерживал велосипед за сиденье. Всё было ужасно весело до тех пор, пока я однажды не обернулся. Каково же было моё изумление, когда я увидел папу, стоящего далеко позади.

«Значит, я всё это время ехал сам!» — гордо пронзила меня мысль, и сразу же вслед за ней меня пронзила боль, так как я потерял уверенность в себе, затем — равновесие, вслед за ним — управление, и, слетев с велосипеда, пребольно стукнулся коленом об камень. Камень был очень большой, с острыми краями. На всей дороге он был один. Лежал такой грустный, одинокий, и ждал меня. Ждал, видимо, много лет, пока я не подрос, приехал и начал учиться кататься. Ну, и дождался (помните: если долго мучиться — кто-нибудь получится). Я напрочь снёс себе коленную чашечку. Она как бы отвалилась от колена, но при этом как-то непонятно висела на кусочке кожи.

Папа нёс меня домой в одной руке, а велосипед — в другой. Я уже даже не помню подробностей, возможно, в какой-то момент я просто отключился. Вернувшись в сознание, я обнаружил себя лежащим на кровати, в центре консилиума, состоящего из мамы, папы, бабушки и дедушки. Они решали судьбу моего колена, к этому времени уже забинтованного. Мама ругала папу за то, что он *отпустил* велосипед. Бабушка ругала дедушку за то, что он *купил* велосипед. Дедушка ругал маму за то, что она *мешает* мне расти и становиться мужчиной. Папа решал, кого бы ему и за что выругать, но вдруг всё стихло, и в комнату неожиданно вошёл только освободившийся после дежурства дядя Вова-хирург, который решительно направился к моему колену. Оно уже как будто болело чуть меньше, и казалось, что счастье было так возможно, так близко. Но длилось оно недолго, потому что для осмотра колена его нужно было разбинтовать, то есть снять повязку, а она… уже… прилипла…

Услышав мой рёв, отдыхающему после сытного ленча Конан Дойлю в голову сразу пришла бы идея написания «Собаки Баскервилей», но поверьте мне — ни одна собака

Баскервилей не смогла бы издать подобный вой, да я и сам его с тех пор больше никогда не слышал.

Ещё помню, как моя сестрица Лора и её подружка (обе старше меня лет на пять) пошли кататься на качелях и взяли меня с собой. Я их предупредил, что меня на корабле укачивает. Но они были старше меня и потому — умнее. И обе в один голос заявили, что, во-первых, я тютя-матютя, а во-вторых, это никакой не корабль, а обыкновенная раскачивающаяся маленькая лодочка-качель на цепях. Поэтому первые секунд сорок пять мне даже нравилось, но потом как-то стало нравиться всё меньше и меньше, и постепенно стало очень плохо. Я плакал и просил остановиться. А они, хотя и были добрыми девочками внутри, но снаружи понимали, что из меня нужно мужчину воспитывать, а я тут капризничаю, как маленький. Поэтому они не останавливались и, согласно процессу воспитания в спартанском стиле, где неправильно родившегося сбрасывали со скалы, дружно смеялись надо мной. Но вдруг как-то стали тормозить. То ли до них дошло, то ли вид мой на них подействовал. Выйти из маленькой лодочки в бурном море, смертельно укачавшись, я уже не мог, и они буквально несли меня до дома целый час на руках, говоря при этом всякие разные слова в мой адрес и обещая, что больше никогда и никуда меня с собой не возьмут, особенно в парк кататься на маленькой лодочке, на которой, кстати, совершенно не укачивает. В этот день я с их помощью понял, что нормального мужчины из меня, наверное, уже не получится, а получится только вечно укачиваемый.

А ещё там было море. Совершенно необыкновенное, какое бывает только в детстве. Оно пахло, дышало, говорило, волновало и вселяло какую-то непонятную радость. К нему тянуло, и хотелось быть в нём, в смысле, плавать без лодочки. Может быть, я родился рыбой, но в роддоме что-то перепутали? Может быть, все родились рыбами? Почему дети могут сидеть в море часами? Почему они его не боятся? Почему им не холодно первые пять часов, а взрослые синеют от холода через пятнадцать минут (если вода прохладная)? Почему, слегка обсохнув и согревшись, они, дети, несутся туда снова?..

Может быть, потому, что они чувствуют себя частью Вселенной, частью природы, кем мы все на самом деле и являемся. А потом дети вырастают и становятся частью семьи, общества, рабочего коллектива, секты, группы, футбольной команды, правительства, профсоюза, и перестают быть самым главным — частью природы, вершиной её творения. И природа расстраивается, болеет и умирает, меняется к худшему, а с ней меняемся и мы, и тоже не всегда к лучшему. Может быть, природа учит нас, а мы просто бестолковые ученики?

Итак — МОРЕ.

Мама уходила на пляж очень рано, думаю, часов в шесть утра, и уносила с собой тонну еды. На пляже она занимала место у самой воды, так она любила. Мы, я и папа, а потом, когда родился брат, то и он, приходили, наверное, в семь и приносили с собой палки и простыню.

Палки вкапывались по углам периметра, создавая остов или скелет сооружения, и к ним привязывалась верёвочками большая белая простыня. Сооружение напоминало тент. Это был маленький островок тени, куда меня стремились засунуть после десяти часов, когда солнце было уже очень жаркое. И ещё мы ели всякую еду... И вкус этих крутых яиц, колбасы, помидоров и хлеба — там, в детстве, — невероятно отличается от всей еды в мире. Это был совершенно незабываемый вкус. Его и сравнить-то даже ни с чем невозможно... Я думаю, что это просто был ВКУС ДЕТСТВА. То есть ассоциации возраста, соединённые с происходящим тогда, намертво сидят в нас. И потому никто и никогда не может повторить бабушкины пирожки с мясом.

А ещё я помню, как мы ходили на медицинские пляжи. Они были отдельными для мужчин и женщин. Все там плавали и загорали голыми, как, видимо, и положено в медицине. Пляжи были рядом через небольшую загородку, для удобства подглядывания. Я спросил как-то бабушку, зачем здесь люди плавают и загорают голышом. Бабушка, как настоящий медработник, мне объяснила, что у этих людей особая болезнь (пляжи назывались медицинскими, помните?), которая требует, чтобы они как можно дольше находились на солнце без одежды.

Объяснение меня вполне удовлетворяло, тем более что у бабушки был туда пропуск, и мы ходили то на мужской пляж, то на женский, где мне почему-то было интереснее, до сих пор не знаю почему. Лет-то мне тогда было ещё мало, но, видимо, пытливый ум уже задавал вопросы и всё подмечал, подспудно готовя подрастающий организм к взрослой жизни и странствиям. И, естественно, там возникли и вопросы о палке, растущей у некоторых мужчин из живота (видимо, это были мужчины, которые внимательно изучали женщин с соседнего пляжа через перегородку). Ну и бабушка, как настоящий медицинский работник, хотя и рассказывала про палки у одних и их отсутствие у других, стараясь мой пытливый организм настроить на лирический лад, но он всё как-то не туда сворачивал и лирикой не интересовался, это уже в зрелые годы только пришло.

А ещё там был трамвай. Но и он был необыкновенный. Там, где ходит обыкновенный трамвай, должно быть четыре рельса, и это всем известно. По двум рельсам идёт трамвай в одну сторону, и по двум рельсам — в другую. А здесь было всего два рельса, и я сразу заподозрил неладное, сообщив об этом бабушке. Но она сказала, что здесь полный порядок и что я скоро сам всё увижу. Подошёл трамвай, мы сели и поехали. Ехали минут десять, но встречных трамваев не было (догадайтесь почему). Потом я вдруг увидел, что рельсы делают какой-то странный зигзаг. Точнее, главные рельсы продолжались прямо, но, кроме этого, ещё два рельса уходили в сторону, делая петлю. Мы поехали по тем, которые в сторону, и зачем-то остановились. Стояли минут пять, я думаю. Потом впереди я увидел встречный трамвай, который вскоре проехал мимо нас, стоящих в стороне в петле. Они погудели друг другу и разъехались. Мы въехали на основные рельсы и поехали дальше. И так было несколько раз.

Какая странная система, думаю я сейчас. А почему нельзя было уложить четыре рельса вместо двух, чтобы не надо было друг друга ждать? Хотя, может, это был какой-то ритуал? Много в детстве было странного, хотя и сейчас его, пожалуй, не меньше. Но только тогда я это всё подмечал, всем очень живо интересовался и задавал всем вопросы. А сейчас меня уже не всё интересует, и вопросы задавать особо-то и некому, хотя иногда так хочется!

Вскоре так получилось, что мы перестали летом ездить в Евпаторию, но в памяти она навсегда осталась как тёплый, чистый и радостный островок детства, куда никому, кроме меня, хода нет.

Я думаю, что независимо от возраста каждый из нас выбирает какой-то период в своей жизни, и назначает его своим «островком». Это может быть какой-то год, или день, или встреча с кем-то. Мы прячемся туда каждый раз, когда нам плохо, одиноко, больно и страшно. Бывает грустно, что мы можем туда отправляться только в памяти и всегда в одиночку, но это всё же лучше, чем ничего. Географическое местоположение этого островка с годами не меняется. Меняется количество фактов, которые память в состоянии удержать. Меняются акценты. Тот, кто казался подлецом, вдруг предстаёт героем, и наоборот. Процесс осмысления того, что с нами было, никогда не заканчивается. Со временем подробности заволакивает туманом, но ощущение того, что там было что-то *волшебное*, остаётся с нами навсегда.

Одновременно с обыкновенной школой меня определили в школу музыкальную, которая гордо называлась «Школа номер два».

Сначала была обыкновенная маленькая скрипка. Но я рос, и инструменты росли вместе со мной. Хотя, если быть скрупулёзно точным, переход к следующему инструменту был определён фактом кражи моей (видимо, ценной) скрипки прямо из стойла (читай — музыкальной школы) из-под носа всех учителей и учеников. Никто ничего не видел, и помочь следствию не мог.

А тут как раз и подвернулся по случаю следующий инструмент для меня. Им стал альт. Это мог быть любой другой инструмент, даже туба. Но подвернулся бесплатно именно альт. Он чуть больше скрипки, но не это было основополагающим фактором присоединения меня к нему. Главным было то, что он достался бесплатно. Вот и всё. Так я стал альтистом, хотя ненадолго. В один прекрасный день папа, придя домой, принёс виолончель (ещё больше, чем альт) и сказал что-то вроде, раз я расту (а я действительно почему-то рос), то нет смысла засиживаться на одном и том же, и надо, чтобы был рост и в инструментах. Ещё он сказал, что виолончель, так же, как и скрипка, — главные инструменты (я не понял, а зачем мне тогда альт-то подсунули?), а альт — это инструмент второй категории (до сих пор не знаю, что это значит). Так я стал виолончелистом.

В контрабасисты (ещё больше, чем виолончель) я попал случайно, так как набор в класс виолончелистов в школе имени профессора Петра Соломоновича Столярского уже был закончен, когда меня туда почему-то решили определить, а контрабасисты были почему-то очень в цене. Не знаю, считался ли контрабас главным инструментом или второстепенным, но в школу для особо музыкально одарённых детей меня приняли. Сразу, забегая вперёд, скажу, что на контрабасе рост моих инструментов окончился, так как ничего большего, чем контрабас, в те годы даже на знаменитом одесском толчке не было (хотя говорили, что ТАМ — ЕСТЬ — ВСЁ!).

Первым моим учителем был папа. Но учиться мне не хотелось; мне хотелось читать книги, играть в футбол и есть сладкое. Поэтому меня заставляли. И папа, и мама, и бабушка. Хотя действовали они по-разному. У папы была лёгкая разговорная манера. У мамы была тяжёлая... рука. А бабушка пекла вкусные коржики, если я занимался. Работали на контрасте, чередуя кнут с коржиком. Коржики я очень любил, а заниматься — нет, но так как «сила солому ломит», то солома (то есть я) со временем втянулась.

Но уже в раннем детстве я проявлял характер и бился как лев. Я ломал виолончель и смычок. Я специально рвал женщинам колготки и чулки в трамвае по дороге на урок, незаметно тыкая в них шпилем (острый как гвоздь наконечник, которым виолончель упирается в пол). В случае успеха разгорался трамвайный скандал, и я, весь в слезах и в растрёпанных чувствах, уже, естественно, не мог играть, и мы возвращались домой несолоно... так и не доехав до урока. Уже тогда во мне проявлялся талант выдумщика, который с годами развился в умение не теряться в сложных, иногда, казалось бы, безвыходных ситуациях. А качество это совершенно необходимое, и жаль, что не у всех оно есть.

Невзирая на мои слёзы, ломание виолончели и красное горло (после насыпанного в него перца), а также в результате непроходящего предынфарктного состояния мамы, бабушки и учительницы музыки, коллективно пытавшихся сделать из меня лауреата, музыкальную школу я всё-таки окончил. Казалось, можно бы и оставить меня в покое. Но не тут-то было. По-видимому, не весь имеющийся у меня талант удалось скрыть.

Когда я уже был в третьем классе, так получилось, что папа переехал в другой город со своей новой семьёй, и я в десять лет вдруг неожиданно стал старшим мужчиной в семье. Брату было пять, мама не могла найти работу, невзирая на все три высших образования (хорошо помню, что у неё было три ромбика), а бабушка получала двадцать девять рублей пенсии за дедушку. Как мы жили тогда, я не очень помню, думаю, что папа присылал какие-то деньги. А потом мама нашла работу, рублей на пятьдесят (на полставки), и стало на пятьдесят рублей веселее... хотя веселее — не стало.

Года два я думал и, решив, что созрел, в двенадцать лет пошёл на работу, что было противозаконно. Работал я групповодом в конторе с красивым названием «Спутник», которая относилась к обкому комсомола. Платили мне очень мало, так как я был ещё малолетка (точнее, платили маме, чтобы не нарушать закона, но в целях экономии определили ставку пигмея, в смысле очень маленькую). В мои обязанности входило встречать группы туристов и сопровождать их по городу — от ресторана к автобусу, от гостиницы к месту питания и т.д.

Когда я вошел в доверие, меня назначили старшим групповодом, и я стал обладателем талонов на питание, которые выдавались на каждую группу в соответствии с количеством дней, людей и типом путёвки. В среднем на питание выделялось около двух рублей в день на человека. Очень скоро я сообразил, что в этом скрыт бизнес. Я кормил людей на рубль пятьдесят в день (причём никто не жаловался и не оставался голодным), а оставшиеся пятьдесят копеек на человека в день, умноженные на дни и людей, делил пополам с кассиршами ресторанов, где питал народ. Это был мой первый бизнес с доходом.

К сожалению, группы я водил редко и только летом, когда не учился. Поэтому при потенциально приличном доходе Корейко из меня не получилось.

Понимая, что надо искать пути совершенствования источников доходов, я придумал фотографировать туристов в известных местах (возле Оперного театра, Потёмкинской лестницы и т.д.). Фотографировать я, в общем-то, не умел, но это было не важно. Если надо — мы всему научимся.

Проблем в этом новом бизнесе было несколько. Первое: фотографы, годами насиживавшие эти хлебные места и передавая их, как семейную реликвию, от отца к сыну, делиться ни с кем не хотели. И, конечно, двенадцатилетнего пацана с фотоаппаратом гоняли. Но нас голыми руками не возьмёшь. Я проводил с группами разъяснительную работу и предупреждал их, чтобы ни у кого из этих жуликов не фотографировались, так как те деньги возьмут, а снимки не принесут. Я говорил, что сам всё сделаю и принесу им фотографии. Если они им понравятся — то тогда они платят. А если нет — то нет. Так как я был уже «свой», то мне, естественно, доверяли. Всем идея нравилась. И я, когда мы выходили из автобуса и фотографы бросались к группе, говорил: «Спасибо, у нас свой фотограф в группе, он и снимет». Всё было бы неплохо, но меня стали узнавать (фотографы), и пришлось маскироваться — то шляпу надевать, то очки, то длинный плащ. Приходилось крутиться. Слава Богу, мест для съёмки было достаточно, как, впрочем, и групп, и я мог как-то более или менее спокойно работать. Плёнку я отдавал профессионалам, и они возвращали мне фотографии. Но цены на их работу росли, а мне приходилось туристам давать заниженную цену в сравнении с фотографами в каждом «злачном» месте, чтобы всем фотографирующимся прямая выгода работать со мной была очевидна. Работы было много, нервотрёпки — невповорот, а дохода мало.

И тогда я решил сам плёнку проявлять, сам фотографии печатать и глянцевать.

Сразу должен сказать, что процесс этот трудоёмкий и требующий времени, знаний и усидчивости. Ни одним из трёх составляющих я, к сожалению, не располагал. Но я был старшим мужчиной в семье, и мне следовало зарабатывать деньги. Другого выхода не было. Я купил все необходимые инструменты и ингредиенты и засел в ванной комнате в темноте, при свете красной лампы, на ходу учась проявлять, закреплять, печатать и глянцевать.

А квартира у нас как раз была коммунальная. И как только я садился за работу, сразу всем соседям (человек двадцать там всего проживало) срочно нужно было в ванну. Я запирался, кричал, плакал, ругался, но они рвались в ванну всё равно. Некоторые, просто чтобы меня выкурить оттуда, подло включали свет (он включался снаружи), а это — мгновенная смерть всем, ещё не готовым фотографиям и не проявленным плёнкам.

С этими я справился в первую очередь. Позвал друга со двора, старшего и очень башковитого на предмет какую-нибудь редкостную пакость сделать руками, товарища Гену, и он, поработав с электричеством, за рубль научил меня, как надо, заходя в ванну, забирать с собой крышечку выключателя, и если кто пытался включить свет — вставлял палец в голые провода. Кричал, ударенный током, и, неудовлетворённый результатом, уходил, говоря разные слова типа «выродок», «исчадие ада», «юный бандит», «сволочь мелкая» и т.д. Им, соседям, — урок (нас, капиталистов, не тронь!), мне, юному бизнесмену, — развлечение, Гене — рубль за изобретательность, а делу — польза.

Они придумывали новые козни: отключали воду, стучали в дверь, просто занимали ванну часами, чтобы я не мог туда попасть. Война тянулась долго и мучительно, и я был один против всех. Борьба с соседями отнимала у меня много сил, и я начал... им давать по рублю, чтобы мне не мешали работать. Многие брали, а тем, кто не брал, я сам начал пристраивать разные гадости, по совету того же Гены (каждый совет стоил один рубль). То воду горячую отключал, когда они мылись. То иголки обламывал в английском замке, и им приходилось двери топором вырубать. То чего-нибудь несъедобного брошу кому-то в суп. Или, например, включу газовую конфорку, на которой стоит сковородка с уже пожаренными котлетами. Пока унюхаешь — они уже подгорели. Я авторство, естественно, не признавал, но ребята — не дураки, постепенно и сами всё поняли, сложили два и два, и мешать мне перестали. Так, не без борьбы и лишений, мой нелегальный бизнес продолжался. Фотографии из-за отсутствия опыта, времени и хорошего профессионального оборудования получались плохие, и их частенько не брали. Я терпел убытки, так как покупал все химикаты, бумагу и плёнку на свои собственные средства. Пришлось снова решать задачу. Решение пришло случайно, когда я однажды чуть не опоздал к поезду, к отходу которого должен был принести фотографии. Когда я, мокрый и полумёртвый от бега и волнения, прибежал, до отхода оставалось минут пятнадцать. Фотографии начали разбирать, рассматривать, деньги собирать, считать и так далее. Всё не успели, но большая часть была продана, и меня осенило.

Начиная с этого дня, я говорил руководителю группы за день до отъезда, сколько они должны собрать денег за ВСЕ снимки. Я приходил за пять минут до отхода поезда, вручал руководителю пачку фотографий. Сверху всегда лежали самые лучшие десять — пятнадцать. Я их показывал, брал деньги, вкладывал ВСЕ фотографии в большой красивый конверт и говорил: «У вас в дороге будет масса времени, вот и будете с фотографиями разбираться», — и поезд уходил.

Таким вот образом мы и учились выживать в обществе развитого социализма за железным занавесом, как звери в большой клетке с мнимым ощущением свободы, равенства, братства, Коминтерна и Че Гевары Мао-Цзедуновича. Я, наверное, нарушал целую серию статей Уголовного кодекса, о чём, естественно, тогда и не думал. Там были, наверное, и шантаж, и подкуп и спекуляция, и незаконный бизнес (всеми этими способами ведения дел имела право пользоваться только определённая группа товарищей по недружественной Компартии, что и делала с большим успехом). Время шло, я рос, но легче не становилось.

Ну и, конечно, возраст давал о себе знать, сами понимаете, что у шестнадцатилетнего подростка в голове (и вообще везде), когда по телевизору регулярно никакой тебе порнухи, и даже занюханный и запятнанный журнал «Плейбой» достать безумно сложно. Все, конечно, как-то устраивались. Одни, которые победнее, ходили подсматривать в женскую баню, а другим — побогаче и попартийней — девушек привозили домой из разных городов и деревень, прямо как шахам или, на худой конец, султанам разным для пополнения гаремов. Ну и совсем полегчало, когда нам объявили, что, слава Богу, секса в Советском Союзе нет и никогда вообще не было, как, впрочем, и Бога. Потом ещё собирались объяснить, откуда при отсутствии секса появлялись дети, и если нет Бога, то почему все говорят «слава Богу» или «Боже мой!». Но пока думали, как подоходчивей преподнести, да чтобы при этом ещё не опорочить партию, правительство и лично дорогого и горячо любимого товарища Генерального, страна взяла и развалилась...

И вот мы теперь расползлись по всему миру, и живём кто где, кто как и кто с кем, так толком в этом феномене и не разобравшись. Что-то там было про аистов, крышу и капусту. Но я вчера смотрел в зеркало: ни на одного из трёх я не похож. Значит, видимо, были и другие варианты, которые от нас опять же скрыли.

В обыкновенной школе, в которой я учился, в одном со мной классе училась девочка Ира. У меня с ней в восьмом классе случился роман. То есть это я его так называю, а тогда это было сплошное мучение, продолжающееся по шесть часов в день, когда её приходилось видеть, но сказать ей об этом было никак невозможно. А чувства ведь переполняли, и я, пытаясь хоть как-то донести до неё всю их глубину, прокрался в девичью раздевалку перед уроком физкультуры, спрятался за вешалку, и, улучив момент, когда она переодевалась в спортивную форму, выскочил из своего укрытия и вбросил ей в трусы живого таракана, специально для этой цели выловленного дома и принесённого в школу в спичечной коробочке.

Раздался вопль, каких не слышала земля! Орали все девочки, а громче всех вопила моя пассия. Но вместо слов любви или хотя бы какого-никакого уважения, она взрывала мир словом: «ТА-РА-КАН!!!». И показывала пальцем туда, где он, собственно, и находился. Засунуть руку в трусы при всех не позволяло её воспитание или страх. Снять трусы при всех, дать несчастному насекомому вдохнуть свежего воздуху и убежать к себе домой — тоже было в восьмом классе как-то невозможно, и она стояла посреди раздевалки и орала нечеловеческим ором, пока не примчался учитель физкультуры, который был ОН и потому в девичью раздевалку особо не захаживал. Но тут полуголые девчонки, позабыв про стыд, на него почти что не отреагировали и бойко сообщили о случившемся. Он как бы рванулся в трусы, но, видимо, успев одуматься, решил не рисковать, и рванулся из трусов, то есть из раздевалки, на поиск медсестры. Пока он её разыскал, девочка уже окончательно охрипла и говорить не могла. Поэтому получила ли она хоть какое-то удовольствие от доставания медсестрой полузадохнувшегося и окончательно оглохшего от воплей таракана, так никто и не узнал. Но что самое удивительное во всей этой истории — по совершенно непонятной мне до сегодняшнего дня причине ни одна девочка, включая Иру в трусах и уже без таракана, не смогла толком объяснить, как он, таракан, туда попал. То есть, по-видимому, я всё сделал настолько быстро, что не был замечен, и это меня спасло. Выгнали бы из школы как пить дать. Вместе с тараканом.

Я долго терпел, лет так тридцать, но всё же потом ей, уже маме троих детей, при встрече здесь, в Америке, в преступлении и сопутствующей ему безответной любви всё-таки признался. Это вызвало в ней противоречивые чувства: смех, страх от воспоминаний того эпизода и грусть, так как оказалось, что и она тогда была влюблена. В меня. А я не знал. И сунул ей в трусы таракана. Дурак. Я!.. Не таракан... он вообще ни в чём не виноват. Жил себе в семье, а его схватили — и в инородную среду вбросили. Наверное, случился тогда у бедняги нервный срыв. Интересно было бы послушать, что он там потом своим домочадцам рассказывал про то, где был и что видел...

Я окончил восемь классов средней школы и семь классов музыкальной по классу виолончели одновременно. Моё дальнейшее образование продолжилось в известной на весь Советский Союз школе для одарённых детей им. Столярского. В своё время её окончили великие музыканты: Давид Ойстрах, Евгений Могилевский, Роза Файн, Елизавета Гилельс, Буся Гольдштейн, Михаил Фихтенгольц и другие. Там я научился играть на контрабасе и разучился играть на виолончели, не говоря уже о скрипке и альте. На последних двух я разучился играть ещё раньше.

О годах, проведённых в школе, нужно немного рассказать, хотя рассказывать можно много.

Школа собирала одарённых детей и пыталась растить замену уже известным на всю страну и даже кое-где за рубежом исполнителям. Естественно, что звёздами становились не все, хотя мне кажется, что классу к седьмому уже было понятно, кто кем станет, точнее, кто кем не станет. Но чтобы народ не пугать и зарплату получать (где столько гениев-то найти?), хотя и ясно было, что многие — не потянут, никого не выгоняли, и все доучивались до последнего звонка, невзирая на то, что талант, из-за которого, собственно, в эту школу и отбирали, у многих как-то растворился. Пётр Ильич Чайковский ещё говорил, что плюс к таланту надо отрастить огромный зад для усидчивости, иначе успеха не видать, как своих ушей без зеркала. Но удавалось это единицам, хотя задов отросших было больше. Особый упор в школьном расписании, естественно, был на музыку, а всякие там глупости типа алгебры или там природоведения и анатомии хотя и преподавались, но так, что все, и учителя, и ученики, понимали: из нас растят музыкантов, а не математиков и даже не природоведов, и уж, конечно, не патологических ана́томов. Будни, в общем-то, были серые — учёба, учёба и ещё раз учёба, — и то, что деда Ленин делал то же самое втайне от Надюши Крупской на чердаке, уже как-то никого не радовало и не вдохновляло.

Мы, естественно, пытались сами себя развлечь любыми способами. Я жил в интернате для иногородних.

Он примыкал к зданию школы, и путешествие от и до занимало две минуты. Это было быстро и удобно. Плюс к тому, что мы там жили, нас там ещё и кормили. Но, правда, интернат был, как я уже говорил, для иногородних. А поскольку я иногородним не был, но поселиться в интернате очень хотелось (вскоре поймёте, почему), мама чего-то там должна была подкрутить или уплатить, чтобы я вдруг стал иногородним. Что она и сделала, так как я её занудил...

А в интернате вместе с мальчиками жили и девочки. И это очень важно, так как мальчикам в этом возрасте без девочек как-то скучно, невзирая на музыку.

Но за нашей общей девственностью бдительно следили: днём учителя и воспитатели, а ночью — так называемые «ночные няни». Они, как змеи, ползали везде и шипели, брызгая при этом отравленной слюной и отрывая нас от предметов воздыхания. Поэтому, опять же, приходилось изгаляться, чтобы до предмета добраться (предмет ещё всегда выпендривался, ну, в смысле, набивал цену), и в руки цепкие нянь ночных не попасться.

Комнаты, как и положено в такой нравственной стране, как Советский Союз, где не было секса (о чём я уже упоминал раньше), были расположены на разных этажах для усложнения задачи проникновения в предмет. Поэтому, когда все малолетки укладывались спать и свет был в основном погашен, некоторые особо нетерпеливые и падкие до женского тепла особи мужского пола из старших классов позволяли себе, по возможности тихонечко, без шума и пыли, пробраться на женский этаж и делать там отчаянные попытки склонить его обитательниц к вступлению в законный брак — ну хоть ненадолго, например на час, или даже меньше. Это было нелегко, так как девицы упирались, ссылаясь на невозможность расстаться с девственностью до пенсии, ну или, по крайней мере, до свадьбы. Так мы же и предлагали им жениться тут же, и сразу переходить к прощанию с девственностью. НУ? А они всё равно — ни в какую!

Так мало нам этого перетягивания каната, а с ним ещё штанов и всяких там колгот, в смысле, лифчиков, так тут ещё в самый разгар идеологической борьбы обязательно раз через раз должна была заявиться та самая ночная няня... того ей... туда... и поглубже. И потому приходилось прятаться. Но это читателю, который с нами в интернате не жил, непонятно будет, поэтому поясню.

Прятки — игра старинная, и правило у неё одно, но главное. Один прячется, а другой ищет спрятавшегося. Причём, в нашем случае она, ночная няня, как ни пыталась подкрасться неслышно, всё же в связи с преклонным возрастом, отражающимся на скорости, и шарканьем ног не могла. Поэтому у прятавшегося всегда была уйма времени для манёвра, секунд тридцать.

Дальше идём. Всё поле боя и пряток ограничено одной комнатой, в которой и происходила борьба за девственность, площадью метров пятнадцать. Мебель в комнате: две кровати, тумбочки у кроватей, шкаф, ну и какие-то там мелочи, зеркало, столик маленький. Вот, собственно, и всё. Ну и, естественно, зная, что жертва где-то здесь, так как мужской голос был слышен, и никто из комнаты выйти не успел, так как некуда, уж они, няни ночные, старались не на шутку. За каждого пойманного нарушителя порядка социалистического общежития и покушения (потенциального) на незыблемо тонкую девичью честь (до сих пор точно не знаю, где она расположена), им, видимо, давали спецпаёк и премию в размере десяти рублей или ещё что-то особо ценное, так как рыли они землю, точнее, паркет, яростно и по-коммунистически.

— Только же вот здесь был, охальник, и куда же он, подлец, мог подеваться? — кряхтела бабушка-няня.

Перетряхивались простыни, естественно, заглядывалось под кровати, всё содержимое шкафа летело на пол... и так далее. Но тщетно. Меня, например, ни разу не поймали... Ну, просто не могли бы они додуматься. У меня было два места тайных, очень простых — и не простых. (А может, мне надо было идти в разведку? Там, говорят, ордена дают за умение ловко спрятаться). Я в каждой комнате, где жила потенциальная пассия, сдвигал шкаф, чуть-чуть, так, чтобы он срезал угол, а не стоял вплотную к стене. Но влезть на шкаф и нырнуть в довольно узкую дыру, образовавшуюся в результате срезанного угла, а потом ещё оттуда выбраться было делом непростым, не каждому по силам, и в любом случае, рискованным. Но рвение и наличие под носом предмета воздыхания и всего остального придавало силы и включало соображалку на все сто.

Плюс к тому, я ещё иногда приходил днём и тренировался, отрабатывал нормативы, готовился к реальным событиям: нырял за шкаф, сидел там без звука и дыхания, и потом (что было самое сложное) вылезал оттуда.

Второе место — ещё более невероятное. Когда барышня, после ухода ночной няни, обнаружила меня там в первый раз, она без моего участия чуть было с девственностью не рассталась. Я открывал окно и укладывался во весь рост на подоконнике. Звучит просто и даже скучно? Сейчас развеселим. Подоконник, шириной сантиметров двадцать пять, был за окном высокого четвёртого этажа!

Повеселело? Ну, вот. Посмотреть в окно четвёртого этажа из светлой комнаты на тёмную улицу можно, конечно же. Но, во-первых, ничего там не видно, а во-вторых, такое даже не могло никогда и никому прийти в голову. Ну, какой ненормальный туда полезет? Даже подумать об этом страшно! На что, собственно, и был расчёт. Тут все знания приобретённые в дело шли: геометрия (треугольный промежуток за шкафом), психология и физиология (не станет разумный человек искать другого разумного человека больших размеров на подоконнике узеньком четвёртого этажа). И не видно ничего из света в темноту. Вот, а кто-то думал, что мы зря это всё учили. Не зря, конечно! Ещё как они нам, эти науки, в жизни пригодились! И сколько раз? Не сосчитать...

И таким вот образом мы коротали ночи между борьбой со страстью юношеской непреодолимой, нежеланием да и неумением вышеуказанных барышень её успокоить известными средствами и вечной опасностью быть пойманными. Кстати, кого ловили, то после первого же раза из интерната выгоняли. Так что на кону было всё, многое то есть. Но, юность безрассудная наша, где ты, ау?! Мы тогда и тюльпаны рвали с клумбы перед Оперным театром, где милиции полно, и много всякого другого, что делают только в юности и больше никогда. А делалось это в связи с отсутствием мозгов в районе головы и усиленным приливом крови в других районах, раз голове она была не нужна.

А ещё у нас были капустники. Мы, старшеклассники школы Столярского, всегда пытались перещеголять консерваторию, где капустники были самого высшего класса, безумно талантливо придуманные и не менее виртуозно исполненные.

Помню хорошо тот, где на сцене, изображая приёмную комиссию, сидел весь преподавательский состав, все доценты, профессора, заслуженные мэтры и, соответственно, мэтрихи. Одетые строго, как и положено серьёзным спецам, дающим «мастер-класс» молодёжи, сидели они чинно за длинным, через всю сцену, столом, накрытым красной скатертью до самого пола.

И когда капустник как бы уже окончился, два последних участника, уходя со сцены, задёрнули скатерть на стол — и весь зал замер. Все преподаватели сидели... в трусах. То есть сверху было всё очень строго, а снизу, скрытые до поры до времени скатертью, — трусы, у мужчин — красные, синие в горошек, в цветочках, как у волка в «Ну, погоди!», а у женщин — трико, рейтузы, мини-трусики всех цветов радуги. Зал обмер... а затем взорвался. Хохот стоял такой, что чуть не упала люстра. И надо отдать должное всем сидящим за столами. Их лица не выражали ничего (вот это были мастера!), как будто бы их там вообще не было, как будто бы не они были причиной истерики в зале. Несколько недель после этого капустника весь город только об этом и говорил. Да, были люди в наше время, и помню, были времена. Пойди сегодня, уговори профессоров показать свои худые или, в лучшем случае, кривые ноги в подштанниках. А женщин пожилого возраста? а молодых? учителей в нижнем белье? на сцене, перед всеми учениками? да ни за какие деньги! (Ну, правда, может быть, только если очень уж за большие).

Пошли дальше. Школу Столярского я всё-таки окончил, хотя точно не был готов пополнить ряды гениальных музыкантов. Ну, в конце концов, все не могут стать гениями, кто-то должен и на работу ходить. Хотя, я думаю, что ими — гениями — даже и не становятся, а ими рождаются. И уже в очень юном возрасте родителям должно быть ясно: кто гений, кто талант, а кто — просто нормальный и, возможно, именно поэтому потенциально счастливый человек. Кстати, мне думается, что природа при всём нашем неуважительном и невнимательном, а порой вообще наплевательском к ней отношении, пропорцию умных-глупых, бедных-богатых и гениальных-обыкновенных во все времена сохраняет. И даже если порой кажется, что кого-то больше, чем хотелось бы, надо понимать, что население растёт, и с этим растёт количество всех представителей в каждой группе. Плюс — мы же всё время передвигаемся из города в город, из страны в страну. На месте сидеть не можем. Поэтому, хотя пропорция и соблюдается, но нам иногда может показаться, что из четверых в комнате три идиота, или наоборот — три гения. Это может быть правдой, и означать, что следующий появится через пятьдесят миллионов человек, куда бы мы ни поехали.

И ещё вдруг подумалось: наверное, гений не знает, что он гений, а если знает — то он, скорее всего НЕ гений.

Наступил одиннадцатый класс, и вскоре на носу оказались выпускные экзамены, которые плавно перетекали во вступительные в Консерваторию. И тут у меня случился конфуз. Не первый и, как оказалось, не последний.

На экзамене по специальности мне поставили тройку. У кого-то, не знающего расстановку сил, этот факт, пожалуй, никаких особых эмоций и не вызовет. Ну, тройка, скажет он, ну и что? Как — ну и что? Это то же самое, как получить тройку по высшей математике, оканчивая престижный математический вуз, или получить тройку по вождению самолёта оканчивающему курс по самолётовождению стратегических бомбардировщиков или, ещё пуще, истребителей нового поколения, невидимых, неслышимых и почти что не существующих. Позор и стыд, и чему его там только учили? И, кстати, кто учил? И вообще — подайте-ка нам сюда этого Ляпкина, сейчас мы по нему как тяпнем!

Но в нашей ситуации интрига была покруче замешана, хотя сразу и на поверхности этого было не рассмотреть и не раскусить. А ситуация была следующая. Контрабас, на котором я играл (и, кстати, явно лучше, чем на тройку, минимум на четвёрку), относится к группе струнных инструментов вместе со скрипкой, альтом и виолончелью, на которых, кстати, если ещё кто помнит, я успел в юности себя попробовать. В этой струнной группе обычно в те годы было большинство евреев. Уж такая традиция сложилась: струнники — евреи, духовики — как правило, нет. Хотя среди танцоров, певцов, дирижёров, сапожников, космонавтов и членов партии попадались всякие, и даже некоторые — трезвенники.

А в консерватории, как, впрочем, и в других вузах, тоже была квота на евреев. Я сам проверял: на русских — не была, на белорусов — не была, на тунгусов — не была, на китайцев — не была, а вот на евреев — была. Это я уже гораздо позже понял, что всё происходило оттого, что где-то там наверху нас очень ценили и пытались «цвет нации» равномерно распределять по всей стране, чтобы никому не было обидно. Оттуда и квоты... от заботы.

Кстати, для тех, кто не знает, квота была везде и на всё: на сбор помидоров и металлолома, на количество концертов для артистов филармонии, на количество спасённых «уто-пающих» на пляже. Не шучу! Я это точно знаю от того, кто лично работал спасателем. За каждого лишнего спасённого (после выполненной нормы) давали премию. И вот они, ре-бята-молодцы, сообразили (деньги-то нужны), организова-ли следующий рабочий подряд: выплывала моторная лодка с сидящими в ней спасателями подальше от берега, где не много плавающих, и водолаз (который выплывал на другой лодке) подплывал под водой к потенциальному утопленни-ку, и за ноги его тянул вниз... чуть-чуть... Несчастный в ужа-се от того, что его какая-то неведомая сила тащит на дно, начинал кричать и при этом тонуть. А славные спасатели, оказавшиеся случайно неподалёку, тут же его спасали. И че-ловек спасён, и премия в кармане.

Даже на кладбище, хотите — верьте, хотите — нет, и то был план по захоронениям. А за перевыполнение плана и здесь полагалась прогрессивка. Уж как они там на кладбище справлялись с выполнением нормы, точно не знаю, но как-то рассказывали, что позвонили одним людям, они недавно похоронили родственника, и сказали, что его пришлось пе-резахоронить из-за того, что подземные воды стали подмы-вать могилу. Но им, мол, ни за что платить не надо, всё уже сделано, и даже лучше, чем раньше. Приехали, посмотрели — точно, место другое, но всё чин чином, чисто, аккуратно. Поставили памятник.

А через какое-то время им опять позвонили, извинились и сказали, что опять пришлось перезахоронить из-за подземных оползней, но уже порядок, всё сделано, даже памятник перенесён. Приехали, проверили, всё правда: опять другое место, но никаких проблем не наблюдается.

Есть такое подозрение, что они покойников переносили и эти перезахоронения засчитывали как новые могилы — для плана, точнее, для его перевыполнения.

И ещё был план... в морге. За каждого экстра-покойника после выполненного плана по покойникам больница, где морг располагался, получала какие-то бенефиты. То ли им давали лишних пять километров бинтов, то ли реже присылали тухлую рыбу к завтраку, а может быть, им разрешали реже кипятить шприцы. Хотя я бы не удивился, узнав, что за перевыполнение плана некоторым, в больницу попавшим, разрешали вместо морга — домой вернуться, внепланово выздоровев. Но знаю точно от водителя одной из машин «скорой помощи», что несколько больниц между собой договаривались и возили покойников из одного морга в другой. «Засчитывали» его и везли дальше. А ему-то что — лежи себе да катайся! Бесплатно, опять же! Лишь бы родственники не узнали. Вот в какой мы с вами удивительной стране жили. И многого из того, что в ней происходило, не знали.

Мы, например, не знали, как жили ВОЖДИ. Сейчас только чуть-чуть приоткрывается завеса тайны, и вываливаются в кино и печать все эти истории про их жизнь. Про то, где и как они жили, что ели, как гуляли, каких девочек и мальчиков им возили и для чего. Какие «государственные» задачи они частенько решали и какими методами. Мы узнаём, кого «мочили в сортире», а кого — наоборот, доставали из сортира и отмывали под ордена, за умение вылизать-подставить-настучать-оболгать и многие другие, не менее важные качества, которым в обычной школе не учили, а учили, видимо, в школах специальных и тоже без шума лишнего, под бой курантов и музыку Чайковского.

Ещё мы не знали про проституцию, особенно детскую, про гомосексуалистов мы тоже не знали, и ещё про многое другое, чего, как нам тогда казалось, в нашем кристальном обществе вообще не было, так как быть не могло.

Это всё было там, на гниющем Западе, куда нас (и меня в первую очередь) не пускали, чтобы бы мы этой проказой случайно не заразились. Но шило в мешках можно таить хотя и долго, но не всегда, даже если шило тупое, а мешок — из плотного военного непробиваемого спецматериала.

Есть хорошая пословица американская (хотя не удивлюсь, узнав, что её испанские хулиганы под предводительством Христофорыча Колумбоса у местных индейцев позаимствовали или под пытками вырвали). Вот её вольный русский перевод: «Можно обманывать всех некоторое время, можно обманывать долго, хотя не всех, но обманывать всех всегда — невозможно».

В конце концов и в результате торговых соглашений глав государств было тайно решено:

1. Мы вам — евреев, а вы нам сделаете вид, что об этом и о том не знаете.

2. Мы вам — ещё евреев, а вы нам — триста тысяч миллионов тонн курятины и покрытие расходов на закапывание отходов производства ядерных реакторов.

3. Мы вам — ещё больше евреев, а вы прищурились… и вот уже нет у нас отсутствия свободы слова, политических заключённых — нет их, как и не было… и всё тут! А волеизъявлений в любой форме — наоборот, сколько угодно.

И в результате — все опять рады и счастливы... плюс: без евреев.

Таким вот образом, мы о том, чего там на Западе творится, узнали, так как часть страны (кстати, далеко не худшая), в попытке к этому «тлению» и «зловонию» приобщиться, сбежала, ну, то есть на ПМЖ. А я, кстати, один из тех сбежавших. Живу здесь и нюхаю. Поначалу как-то было нелегко, сильно страдали глаза от увиденного, уши — от непонятного языка и душа от понимания того, какой туфтой нас там, в Союзе, десятилетиями кормили, а потом — ничего, оклемался, принюхался, притерпелся.

Как гениально сказал Жванецкий: «Не привыкнешь — подохнешь, не подохнешь — привыкнешь!» Я — привык.

Итак, возвращаясь к нашей истории.

Моё положение в момент окончания школы Столярского было лучше, чем у других, но я об этом тогда не знал. В Одесской консерватории (куда я бы и направился) в том самом 1975 году было три контрабасовых места. И даже если бы я сыграл там на вступительном не очень, то есть если бы упал в обморок посреди исполнения или в сердцах обругал всю комиссию матом, меня бы всё равно приняли. Нужны были контрабасисты в консерваторский оркестр. Я и об этом не знал, но зато хорошо знал товарищ Мордкович, Беня (точнее, Вениамин Зиновьевич), который был председателем комиссии и в школе, и в консерватории. У него было несколько учеников-скрипачей в школе (в этом злосчастном году, с которого начались все мои мытарства), которым он должен был *приготовить место в консерватории*, что он и делал. Поэтому, влупив мне тройку (точнее, настояв на том, чтобы мне её поставили, так как все другие члены комиссии хотели мне поставить четыре, в чём через каких-нибудь двадцать пять лет мне же за бутылкой коньяка и признались), он решал сразу несколько задач. Подрезать меня и продвинуть своих. Не будучи уверен, что я понял его намёк, он лично ко мне подошёл после экзамена и сказал: «Ну что ж, Сергей, жаль, конечно, но подготовились вы слабо, и думаю, вам не стоит тратить время на Одесскую консерваторию. Шансов на поступление у вас маловато…» И я, дурак, его послушал, и даже документы туда не подал. А зря! Поступил бы гарантированно, подвинув кого-то из протежируемых им скрипачей. И моя жизнь сложилась бы совсем по-другому. Но это, видимо, была бы уже не моя жизнь.

А тогда (о чём я узнал гораздо позже) приехал на вступительные экзамены всего один контрабасист из близлежащего села, понимая, что скорей всего не поступит, и его схватили с руками и ногами. Показали ему контрабас и мотоцикл и попросили угадать, который из них контрабас? Он моментально, с третьего раза, почти угадал — и сразу же поступил, даже сыграть ему ничего не дали, да и меня бы схватили, так как я бы сразу спросил: кто такой мотоцикл? А меня не схватили, так как я поступать не стал, но Беня Мордкович, сволочь редкая, тоже утёрся слегка, и вот почему.

Была у него любимая ученица, блестящая скрипачка Роза Мельник. Когда Роза играла на скрипке, то всем было сразу ясно, что вот именно так и надо играть, и никак иначе. Она, по неожиданному стечению обстоятельств, училась со мной в одном классе в школе Столярского, и тоже принадлежала к этой злосчастной группе евреев — струнных музыкантов. Но, в отличие от меня, среднего контрабасиста, скрипачка она была феноменальная, и Беня Мордкович на Розу, естественно, делал ставку. Ну, при том, как она играла, сомнений в том, что она *уже* в консерватории, ни у кого, пожалуй, и не было. Поэтому пятёрка на первом вступительном экзамене, которую единогласно поставила ей вся приёмная комиссия, никого и не удивила. Роза прекрасно сдала остальные семь экзаменов и получила... двойку на последнем. Последним экзаменом была история. Двойку по истории обычно ставят редким неучам, поступающим на исторический факультет университета, а вовсе не блестящей скрипачке, поступающей по классу скрипки в консерваторию. Всё со временем прояснилось и с ней, и со мной. У неё просто дядя уехал в Израиль за несколько лет до этого. И, видимо, перед самым последним экзаменом это и вскрылось (или знали раньше, но до последней минуты торговались: решали, кто кому и сколько... и, в конце концов, или Беня недоплатил, или, наоборот, кто-то другой переплатил). Ну, а там уже всё понятно: дядя абитуриентки — изменник Родины... и все родственники... в ближайших сорока восьми коленах... на оккупированной коммунистами территории... ни за что не потерпим... в наших кристально чистых пионерско-комсомольско-партийных рядах... и т.д.

Такое ощущение, что это уже было лет за тридцать пять до того. Разоблачали иностранных шпионов и врачей-отравителей. Страдали и они, и их родственники. Хотя уже все знают, что шпионов никто не ловил, а те, кто шпионили, продолжают это успешно делать до сегодняшнего для. И травили свои — своих. Ну да ладно, об этом в другой раз.

Правда, я недавно смотрел жуткое кино про то, как осуждённого врача-генерала, одного из «отравителей», везут по этапу, издеваясь и засовывая ему что угодно и куда угодно в качестве развлечения, и вдруг догоняет их чёрный воронок, врача берут и везут к Сталину, который при смерти. По дороге его пытаются как-то привести в человеческое состояние после месяцев избиений и нечеловеческих унижений. И интересна беседа двух энкавэдэшников. Один спрашивает другого: не рискованно ли допускать такого опасного человека до Сталина, а второй говорит, что можно не волноваться, так как вся эта история выдуманная. Это такая политическая акция была, по уничтожению лучших (это уже моё заключение), и Сталин с друзьями очень, надо сказать, в этом деле преуспели.

Могу лишь добавить, что истории людей и стран, в которых они иногда по ошибке живут, имеют странную тенденцию повторяться. Но тот, кто забыл свою историю, обречён на вымирание (цитата неточная, но мысль — гениальная, хотя и не моя). А мы легко и быстро забываем историю, и это очень опасно. И влупят нам за это по первое число, я думаю. Ну, да не об этом здесь речь, так просто, к слову пришлось.

В общем, расклад получился следующий. Беня меня зарезал зря. Розу, для которой он собственно место и расчищал, завалили, и она уехала в Донецк, где и поступила. А я, решив, что контрабасиста из меня уже не вышло, отправился на поиск СЕБЯ в других местах-городах, а со временем и странах.

Так бывает в жизни, что мы ищем себя где-то, где нас нет, а находим (и то не все, а лишь те, кому повезло) совсем рядом, то есть там, где ближе уже и некуда, прямо в зеркале, однажды в него взглянув и поняв, что искал не то, не там, и потому, вероятно, ничего не находил. Ну, это, пожалуй, уже мысли, догнавшие меня лет через тридцать после описываемых событий.

А тогда в моём поиске себя активную роль играла мама, которая решила, что меня надо вместо консерватории поступать на филологический факультет Одесского университета.

В связи с тройкой я был настолько расстроен, что даже не пошёл на выпускной вечер в школе. Естественно, сегодня я понимаю, что это была ужасная глупость, но тогда...

Совершенно логично, что такая подножка на время выбила меня из колеи. Я был обижен и растерян, так как консерватория — это было само собой разумеющееся направление для всех, гениальных или нет, выпускников школы Столярского.

Я сам не понимал, куда и зачем мне поступать, но у мамы было три ромбика, свидетельствующих о том, что она прошла этот славный путь трижды, невзирая на славную фамилию Абрамович (это, к сожалению, было ещё до того, как она стала популярной в России) и, видимо, знала, куда нужно поступать и зачем. Я не думаю, что её зарплата, к тому времени достигшая целых девяноста рублей в месяц, отражала её знания или опыт, или вообще что-нибудь, просто гуманитариям много тогда не платили. И почему-то мысль о том, зачем мне идти учиться на то, что может дать девяносто рублей, мне тогда в голову не пришла. А может быть, пришла, но я решил, что у меня-то фамилия Евелев, и вовсе не Абрамович, и меня не разгадают, по крайней мере, сразу, и дадут больше денег... может быть.

Мама сказала, что в университете работает много её бывших соучеников (то есть, у неё там были *связи*). А это дорогого стоило, и я начал готовиться к экзаменам.

И хотя, с одной стороны, можно было бы не упираться (связи-то есть), но, с другой стороны, иди знай... а вдруг опять заглянут в паспорт, или ещё куда-нибудь... а там — такое... и опять мордой лица в...

На одной из встреч в университете, в канун подготовки к экзаменам, я познакомился с секретарём комсомольской организации. Он пришёл в неописуемый восторг, узнав, что я не только настоящий комсомолец с оплаченными взносами, который практически уже почти не верит в Бога, но ещё и дудец на разных музыкальных инструментах, плюс ещё пою, могу руководить самодеятельностью и знаю практически все ноты, ну большую часть-то уже точно!

— Считай, что ты уже поступил, — сказал он и пошёл куда-то, видимо, чтобы занести моё имя в список принятых.

Но на экзамены я всё же ходил и даже ухитрился получить три пятёрки по первым трём, кстати, без всякой протекции, как я думаю.

Но тут опять надо по порядку. На сочинении, выбрав вольную тему, я написал поэму про войну, и начиналась она так:

Стой, человек, здесь живёт тишина,
                         здесь головы мир склонил,
Движется мерно людская волна
                         вдоль безымянных могил,
Взгляд опустив, боясь вздохнуть,
                         чтоб их не тревожить сон,
Каждый идёт, вспоминая путь, который сам прошёл.

И потом ещё на пяти страницах в том же духе. Я едва успел переписать с черновика в чистовик (кто помнит, черновик заставляли сдавать тоже).

Меня потом пригласили в деканат и сказали, что по поводу моего сочинения у них там разгорелись целые дебаты. Одни не верили, что я мог успеть это всё насочинять прямо там, на экзамене. Другие считали, что у меня двести пятьдесят знаков препинания не там «препинаются». А третьи говорили, что в стихах автор, то есть поэт, в смысле, я, имеет право ставить знаки препинания так, как он чувствует, и нельзя, мол, его насиловать жёсткими правилами, более подходящими к прозе. В общем, наши победили, и мне поставили пятёрку.

Потом был русский устный язык и литература. С языком всё было достаточно просто. Говорил я правильно, не по-одесски, о чём сегодня, может, и жалею. Но тогда за попытку говорить на знаменитом одесском языке был мамой бит нещадно и неоднократно, хотя большинство переломов уже срослись и раны затянулись. Правила я ещё все помнил, и ошибки делал редко. А вот на литературе, уж не знаю почему, меня по билету спрашивали две минуты, а остальные пятнадцать, просто проверяли моё умение реагировать на выпады врага в нештатной ситуации, видимо, из поступивших потом готовили разведчиков. Меня, например, попросили прочесть любимый стих и доказать, что он гениальный.

Ну, я и прочёл «Я вас любил, любовь ещё, быть может...» Пушкина. Прочёл как надо, с выражением, и когда закончил выражаться, тут мне и напомнили о второй части вопроса — почему гениальный?

Думать, сами понимаете, было некогда, и я сказал — потому что ещё никому не удалось к этому крохотному стихотворению ни добавить хоть одно слово, ни улучшить его, хотя говорят, многие пробовали, как во времена А.С. Пушкина, так и после него. И если, мол, уважаемая комиссия считает, что в состоянии с этой задачей справиться (улучшить Пушкина), то я буду очень рад стать свидетелем эпохального события и признаю свою аргументацию гениальности пушкинского стиха несостоятельной.

Согласен, наглец, но это только от страха и неуверенности в себе. Хотя в этот раз сработало. Члены комиссии переглянулись и, убедившись, что желающих исправить Пушкина не обнаружилось, поставили мне пятёрку (хотя, может быть, и сработали мамины связи, кто знает?).

На истории, по которой я получил третью пятёрку, я долго рассказывал про Петра Первого, его реформы, приплетая стихи, что-то из фильмов, музыки, литературы, истории древнего мира, французской живописи... чечётку *сбацал*... Одним словом, про Петра лично, его усиленный интерес к женщинам и, судя по легендам, особенный, даже выдающийся инструмент для проникновенного с этими женщинами общения, я успел рассказать немного, но, видимо, расширенным кругозором и умением вытаскивать из памяти (которая тогда ещё была) всякие разные факты и истории и увязывать их в один более или менее связный рассказ покорил всю комиссию.

Наступил последний экзамен по иностранному языку. Ну, всем понятно, что, имея в запасе аттестат 4,6 (средний балл), три пятёрки по трём экзаменам (нас таких оказалось всего семь человек из огромной толпы поступающих) и мамины связи, плюс то, что я был вписан в «реестр победителей» самим секретарём комсомольской организации университета как будущий спаситель их художественной самодеятельности (так как бывший руководитель вот только ко как «выпустился»), на последний экзамен можно было и не ходить. Ну а я, дурак, пошёл. А какими знаниями иностранного языка обладал выпускник средней школы? Прямо скажем, средними. Но в защиту обязательного среднего образования должен сказать, я знал его не хуже и не лучше, чем 95% всех остальных. Но вы помните, что это было и не важно, так как я проходил даже с тройкой, но не с двойкой. А получил я... именно двойку. Выйдя из аудитории с двойкой в зачётке, я произвёл сначала абсолютный фурор среди поступающих женщин. А это филфак, где почти все женщины. Народ был абсолютно уверен, что я уже поступил (потом оказалось, что некоторые дамы даже делали на меня ставку). Свинство, конечно, с моей стороны — так их подвести, но я подвёл. Говорили даже — узнав, что меня зарезали, кто-то там засомневался в целесообразности учёбы в университете. Затем я позвонил маме, поздравил её с тем, что она вырастила полного идиота, и сказал, что у меня наблюдается второй провал, и ещё что из меня теперь не получится не только музыканта, но ещё и филолога. А два, как мы знаем, всегда больше и лучше, чем один.

Потом я позвонил в обком комсомола, и вожак всех комсомольцев, выплюнув остатки обеда, прискакал мгновенно крупной комсомольской рысью и, как Паша Корчагин, весь в мыле, жаль только, что не во французском. Выслушав мой трагический монолог, он, взбешённый, не сказав ни слова, ворвался в аудиторию, где восседали авторы моей двойки. Находился он там минут пятнадцать, и вышел с лицом утопленника, затонувшего давно и основательно. Потом куда-то снова убежал и, вернувшись через полчаса, принялся со мной говорить. Он сказал, что произошло из рук вон выходящее событие, которое никогда не происходило в его бытность в этих стенах. Мне никак не должны были ставить двойку, даже если бы я не открыл рта и молчал как целый батальон Зой Космодемьянских на допросе у гитлеровцев. Об этом было договорено. Это раз.

Любая оценка, которая ставится на экзамене, вначале заносится в экзаменационную ведомость, а когда экзамен окончен, то есть все выступили — только тогда уже оценки вносятся в Главную ведомость, откуда её уже потом «не вырубить топором» — это два.

Экзамен ещё не окончился, но каким-то магическим образом моя двойка уже красовалась в Главной ведомости — это три. Как она туда попала, и кто так спешил сделать всё необходимое, чтобы гарантировать моё непоступление, — ни он, ни я не знали, и это — четыре. Но было ясно, что за этим стоят какие-то серьёзные, туго знающие своё дело товарищи. Наверное, иностранная разведка постаралась, типа Моссад или, в крайнем случае, ЭМ-АЙ-6 (где Джеймса Бонда тренировали против нашего филфака)...

Но на этом моя эпопея не закончилась, а наоборот, можно сказать, только началась.

Потерпев филологическую неудачу вслед за контрабасовой, мы с мамой вспомнили, что папа мой окончил консерваторию по факультету хорового дирижирования, который бабушка почему-то презрительно называла «курсом парового отопления». Кстати, водопроводчикам и специалистам по паровому отоплению не так уж плохо там и жилось: везде тебе и выпить, и закусить, и на лапу. Да и немало одиноких домохозяек, которые могли запросто, в порыве благодарности и от дневного одиночества, по окончанию водопроводных работ с водопроводных дел мастером... И не нужны тебе никакие консерватории, по окончании которых ни тебе первого, ни второго, ни третьего, ни, естественно, компота на десерт (не говоря уже о том, что в консерваторию ещё поступить надо).

И мы решили, что, не став филологом или контрабасистом, я ещё могу, например, не стать и дирижёром хоровым. Взяли учителя, и я начал готовиться к главному экзамену. На нём я должен был дирижировать два произведения. Я их достаточно быстро выучил и, решив больше с родной Одессой не связываться, поехал сразу на Волгу, где в течение одного лета успел блестяще провалиться в четырёх консерваториях. Я так быстро обернулся, потому что выбрал те вузы, где экзамены начинались в разное время, а так как мне, слава Богу, ставили двойку сразу на первом экзамене, чтобы волынку не тянуть (за что всем особое спасибо), то я успел заехать и в Астрахань, и в Саратов, и в другие не менее славные города родного Поволжья. Нигде, правда, поклонников моего, тогда, видимо, ещё неокрепшего таланта, я не нашёл, зато поел арбузов, на людей посмотрел и себя, как говорится, показал, даже если и не в лучшем виде. Кстати, для меня это был первый в жизни самостоятельный выезд за пределы родного, так невзлюбившего меня города, чем я втайне очень гордился. А может, Одесса на меня обиделась, что я не говорил на её удивительном и неповторимом языке? Но я ведь — хотел, только мама вот не разрешала, так за что же меня-то наказывать?

Когда я вернулся домой, мы с мамой, как говорится, «подбили бабки».

Результаты оказались неутешительными. Я продемонстрировал вопиющее неумение дирижировать, играть на контрабасе и говорить по-английски, хотя можно было и молчать.

То есть, вырос из меня настоящий оболтус и неуч. Поверить в это и мне, и маме было трудно, но факты были налицо. Страна мудрых Советов всегда и всем... в лице ряда городов меня признавать отказывалась. И тогда я задумался, а в той ли стране вообще я живу? Но только задумался. Правда, как говорят знающие люди, случайных мыслей не бывает. И, задумавшись однажды, к этим мыслям возвращаешься снова и снова, и так до тех пор, пока либо мысли тебя посещать перестанут, и ты от планов своих не откажешься, или наоборот, пока их не реализуешь.

И поэтому, понимая, что попахивает армией, мы с мамой сделали ход конём, и я был принят без экзаменов на одногодичный факультет водителей и автослесарей в ТУ-2 (техническое училище номер два, на улице Мечникова). Оно давало профессию водителя, нужную в армии (куда при таком раскладе вполне можно было и загреметь), и самое главное — год отсрочки от армии. А для меня возможность следующим летом ещё куда-то попробовать не поступить. Мы, правда, с мамой ещё не решили, куда, но у нас целый год был впереди, и профессий, с которыми я ещё не опозорился, куда ни плюнь — везде полно.

В сентябре все поехали собирать помидоры. В группе моей в основном учились ребята из деревень и колхозов, для того чтобы получить разряд автослесаря и профессиональные водительские права. Они про помидоры всё знали и даже могли их узнать в лицо. Я видел сбор помидоров раза три по телевизору, чёрно-белому, и то мельком. Я думал, что они растут на деревьях. Каково же было моё удивление, когда оказалось, что они не только растут на кустах, но и собирать их нужно не машиной, которая красиво так и важно едет по полю и собирает их сама. У этой машины, как мне казалось, должны были быть два больших железных рукава. Она едет через помидорные заросли, и один из рукавов вьётся по земле, засасывая спелые помидоры, а из другого они выезжают уже в стеклянных банках, консервированные и с этикетками. Но этого ничего не было. Только мы, собиратели, которые должны были лазать на четвереньках и обдирать эти кусты вручную. Причём не все помидоры были уже готовы для сбора. Нужно было одни срывать, а другие, наоборот, ещё нет. Они, оказывается, разного цвета, что мне было до лампочки, скоро узнаете, почему, и поэтому я думаю, что срывал все не те. И ещё там ползало, летало и бегало большое количество разных противных существ: насекомых, жуков, гусениц, птиц, змей и других обычных представителей нашей необъятной фауны.

Не подумайте, пожалуйста, что я об их существовании не знал. Слава Богу, у нас был Сенкевич, и я лично с ним прилично по всему миру, сношаясь через телевизор (в хорошем смысле), попутешествовал. Но вблизи я червяков, черепах и всяких других полевых крыс не видел. Как-то они у нас в городе были непопулярны, ели мы всё больше рыбу и курицу. Нет, вру — были у нас животные двух видов (не считая кошек и собак): тараканы, которых моя бабушка почему-то называла — тарканы́, с ударением на последнем слоге, и ещё были клопы. Клопы жили в диванах и пили народную кровь ещё со времён Луначарского или, может быть, даже ещё раньше. И если, в попытке избавиться от них и перепробовав безрезультатно все возможные отравы, диван с клопами выносили на улицу, то они (клопы), заносили его обратно.

Нам говорили, что буржуи пили кровь пролетариата — это я помню. Значит, получалось, что из нас пили кровь буржуйские клопы.

Сборщик помидоров из меня получался не очень (вот и ещё одним талантом меньше).

Норма была нечеловеческая: пятьдесят пять ящиков на человека в день. Нам сказали, что за выполнение этой нормы нас будут кормить, поить и дадут, где спать.

После короткого инструктажа нас разбили на бригады, и всё закрутилось. Часа через три после начала сбора я понял, что, видимо, меня в этих помидорах и похоронят, ни разу не образованного. Ноги горят, спина гудит, голова болит. Пришлось опять включать мозги. Я разработал схему, при которой вместо того, чтобы собрать на пятерых в нашей бригаде двести семьдесят пять ящиков, мы обходились где-то сотней (приблизительно одна треть нормы). Работали так: собранные ящики грузились на подводу, записывались, учитывались, и подвода ехала дальше по полю к месту, где стояла следующая порция ящиков с помидорами. И ничего тут нет удивительного: обычное высокомеханизированное производство. НО: до начала рабочего дня все сбрасывались по двадцать пять копеек, я высылал наряд за водкой, и самый крепкий (это был не я) с утра распивал одну бутылку с водителем подводы и вторую — часа в два дня, чтоб не отлегло. Наш человек закусывал помидором, а водитель вообще не закусывал, так как у них там после первой бутылки вообще не закусывали. Кстати сказать, он и после второй тоже не закусывал, но я уже не помню почему.

В результате водитель был всё время навеселе, и полупартийная бдительность его временно отсутствовала по уважительной причине. А мы, только что загрузив ящики на подводу, пока он к следующему месту ехал, две трети ящиков с подводы на ходу снимали и потом сдавали их опять, когда он на той же подводе ехал в другую сторону. Он, водитель лошади, был всё время в хорошем настроении и, как истинный боец сельхозфронта, назад не смотрел и ничего подозрительного не слышал. Так что норму мы выполняли раньше всех, и я был назначен бригадиром за правильную организацию производства. И всего через каких-то три недели, объевшись на всю жизнь помидорами, искусанный комарами и другими голодными насекомыми, которые не ели помидоры, а также с чёрными ногтями, под которыми, как мне казалось, навсегда застряла память о чернозёме, я вернулся назад и приступил к изучению трансформаторов, карбюраторов и других «дегенераторов». Я точно не помню, это разные вещи или одно и то же?

Учиться всем было нетяжело: ребята, как я уже говорил, в основном были деревенские, все гоняли с детства на тракторах да мотоциклах и, естественно, могли их даже и починить, если что.

А вот для меня это был сущий ад. Я почти ничего не понимал, хотя, казалось бы, от контрабаса до карбюратора — один шаг. Но если человек тупой, как говорил Циолковский, то это надолго. Вот и я с каждым новым предметом, который пытался постигать, всё больше убеждался в том, что на мне и моих талантах природа решила отдохнуть, причём надолго.

Год пробежал незаметно, и экзамены выпускные я сдал, хотя до сих пор не понимаю — как? Мне торжественно при всех вручили диплом механика третьего класса по ремонту автомобилей.

Но главной целью, как вы помните, было получение профессиональных водительских прав на случай, если все вузы страны так и будут стоять неприступной стеной, и мне придётся идти в армию водителем.

С вождением я справлялся хорошо, и накануне экзамена мы всем классом отправились на медицинскую комиссию.

Никто так особо не переживал, трактористы, комбайнёры — ребята молодые, здоровые. Захожу к глазному врачу, он проверяет зрение — оно, естественно, прекрасное. В следующем кабинете меня встречает скучающего вида дама неопределённых лет и показывает страницу книги, спрашивая, что я вижу. И тут я понимаю, что погиб. Безвозвратно, бессмысленно. Год потерян зазря, и прав водительских мне не видать, как поясницы без зеркала. Зачем только я учился собирать помидоры, менять в машине масло... на сало и разбирать трансформатор на карбюратор, или что-то там такое тарахтящее, как расстроенная балалайка?

А теперь немного предыстории: у меня в раннем детстве обнаружились странные взаимоотношения с цветами. Не с теми, которые лютики и незабудки, а с теми, которые синий, зелёный и в редких случаях даже коричневый. Предупреждаю, что это будет непонятно всем тем, у кого нет проблем с цветами.

Итак, дедушка мой с маминой стороны был дальтоником. Говорят, что они видят всё в белом или чёрном цвете. Я же вижу все или очень многие цвета, но часто не знаю их названия.

Я предупреждал, что многим будет непонятно, как это — цвет видишь, а названия цвета не знаешь? Но вот я такой. И, кстати, не один. Нас, говорят, где-то один такой уникум на миллион нормальных. Правда, у меня эта путаница не со всеми цветами. Я узнаю всегда жёлтый и синий, белый, иногда чёрный. НО! Запросто могу зелёный назвать красным, красный — коричневым, серый — зелёным и тёмно-синий — чёрным.

Да-да, для меня ехать на светофоре нужно на «нижний» кружок, а не на «зелёный» цвет... этот зелёный для меня вообще не зелёный, а такой себе... белёсый.

Ну да ладно, не буду никого пугать объяснением того, как я езжу за рулём последние тридцать лет. Итак: в книге для проверки цветоощущения — около пятидесяти страниц. На каждой странице расположились сотни разноцветных точечек, но таким образом, что тот, кто все цвета видит, сразу замечает, например, красный треугольник на зелёном фоне или розовую цифру «пять» на коричневом фоне. На первой странице, показанной мне цветовой инквизиторшей, была чёрная цифра «десять» на бледно-голубом фоне, как небо. Это я видел и потому громко сказал:

— Десять!

Она наугад открыла другую страницу. Учтите, что она сидит лицом ко мне и сама страницы книги, которые показывает, не видит. Да ей, собственно, и зачем? Она этой скучной процедурой занимается целый день. Можете себе представить, как ей это надоело?

Я понимаю — тем врачихам, которые просят раздеться, наклониться и развести ягодицы (но это, правда, на другой медкомиссии — когда идёшь в армию) — вот им не скучно! Хотя, с другой стороны, тоже интересно — а что они там надеются увидеть: хвост, клад, шифр, печень?

Итак, на второй странице я, с большим трудом и риском для жизни, почти что не видя, угадываю треугольник, который вижу лишь частично, скорее, чувствую внутренностями. Цвет уже не помню. Есть! Угадал. Неужели пронесёт, мелькнула мысль?

И, заканчивая проверку, без всякого энтузиазма перелистнув добрую половину книги, показывает она мне страницу, где я НЕ ВИЖУ НИЧЕГО! — ну, то есть вообще ничего, кроме сотен разноцветных кружочков, явно прячущих в себе какую-то гадкую фигуру, букву или цифру, но я их не вижу. Любой из вас бы её увидел, но не я.

Времени для раздумий нет, включаем мозги в режим «срочный поиск выхода из безвыходной ситуации»... и я говорю:

— Доктор, вы знаете, здесь так странно на страницы падает свет из окна, что я не могу рассмотреть.

Говорю так спокойно, даже слегка развязно, чтобы в ней не разбудить следопыта. Она тоже, так же лениво, поворачивает книгу к себе лицом и говорит:

— Да, пожалуй, я эту двойку и сама едва вижу.

— Я, пожалуй, включу свет, чтобы другим было хорошо видно. Здесь цифра два, — подхватываю я и, не дожидаясь продолжения, направляюсь к выключателю.

Включаю свет и... выхожу из кабинета. Иду и жду, что она сейчас закричит мне вслед: «Куда же ты, у меня для тебя есть ещё парочка страниц с кружочками!», но никто не кричит, и каждая секунда длинна как жизнь, которая всегда ходит рядом со смертью. Я иду по коридору, время ползёт за мной. Никто не кричит, а это значит, ЧТО — Я — ПРОСКОЧИЛ!

И я таки-да, проскочил, всё сдал и получил права. А двенадцать человек из шестидесяти пяти права не получили. Кто-то плохо ездил, кто-то плохо видел, а четверо завалили экзамен по цветам. Но я, по счастливой случайности, плюс находчивость, плюс везение, в этой группе не оказался.

Ну что же, вот я и водитель-автослесарь, с трудом отличающий трансформатор от карбюратора, неудавшийся филолог-контрабасист, отвратительный дирижёр со средним музыкальным образованием. По-моему, очень даже стройненько получилось, и вполне достаточно, чтобы сбить с толку любого следователя.

Но наступает следующее лето, и я вновь отправляюсь колесить по необозримым просторам в попытке поступить. Я успеваю объехать пять вузов и произвести во всех местах благоприятное впечатление, получив при этом двойку на первом же экзамене по специальности в каждом. Это ж есть такие тупицы, которые раскатывают по всей стране и подсовывают свою пышно расцветающую бездарность под самый уважаемый нос множества приёмных комиссий с одной только надеждой — проскочить? Но ихние — стояли насмерть, мимо даже комар бы не проскочил, куда уж там моим восьмидесяти килограммам при ста восьмидесяти шести сантиметрах роста?

«Всё», — сказал я, — «с учёбой в расчёте, теперь будем разрабатывать план номер два: не можешь талантом — бери деньгами. Если нет денег и таланта — бери умом. Не хватает своего — попроси у других! Ума или денег»...

И поэтому мы с мамой снова уселись за стол переговоров и, переговорив, решили, что раз папа был дирижёром, то, чего бы это ни стоило, дирижёром должен стать и я!

Мы, правда, это уже решили раньше, до первых девяти попыток прорваться на факультет хорового дирижирования. Но сейчас мы решили всех надурить и «пойти» меня в армию. А оттуда податься в Московскую консерваторию, где был единственный в стране факультет военных дирижёров. Главное слово — дирижёр!

Почему меня, точнее, маму так вдохновляла эта идея, я не знаю. Зато я знаю, чего мне это стоило. Ну, да дело прошлое, и поэтому давайте всё по порядку.

Решив, что поход в армию решит все мои проблемы, мы начали подготовку. Я сушил сухари и маршировал по коридору или что-то там ещё делал, уже не помню точно что, а мама села «на телефон» и начала организовывать мою армию.

Задача у неё на этом этапе была одна — чтобы я остался в Одессе. Ей удалось через знакомых выйти на кого-то, кто всё обещал правильно организовать.

Тем временем меня вызвали на медицинскую комиссию, где отделяли тех, кто годен и достоин отдать два года жизни (а особо достойные, по водно-подводному делу, так даже три) от тех, кто не годен, и потому эдакой чести не удостоится.

Здесь нам нужно сделать маленький экскурс в недалёкое прошлое, точнее, в мой одиннадцатый класс школы имени профессора Петра, не побоюсь этого слова, Соломоновича Столярского.

Мы все готовились одновременно к выпускным экзаменам в школе (по-моему, их было штук семь) и к вступительным в консерваторию, которых тоже было где-то восемь. Нагрузка была немалая, и, видимо, перенагрузившись, однажды утром, вставая с кровати, я потерял равновесие и упал.

Мама испугалась и вызвала «скорую». В больнице меня долго проверяли и, судя по всему, ничего интересного не нашли. Пококоли меня витаминами и выпустили. Но запись в личном медицинском деле осталась. Назвали они случившиеся «повышенным внутричерепным давлением». Про такую болезнь народ здесь, например, в Америке, ничего не слышал, но не в этом дело.

Когда меня через несколько лет стали проверять на предмет годности к защите Отечества, эта запись всплыла (как это произошло в таком бардаке — не знаю), и отправили меня на неделю в стационар для выяснения, какие у меня там проблемы с головой и как это может сочетаться с выполнением почётного долга каждого сознательного гражданина тогдашнего ещё СССР. Сами понимаете, пошлют такого, с головкой бо-бо, в армию, а там вдруг война или какой-нибудь региональный конфликт, а он возьми и начни палить не в тех или, что ещё позадиристей, над приказами головы вышестоящего командования задумываться и с другими защитниками их обсуждать. Это ж прямо страшно подумать, к чему такой факт может привести!

Ей, Родине нашей тогдашней, по идее, такие защитники были ни к чему. Хотя, правда, эти защитники и так никого не защищали, так как не от чего было, и даже если бы и защищали, то с КПД, близким к нулю (десантники, танкисты, лётчики-истребители и другие боевые подразделения не в счёт). А, следуя этой логике, весь армейский маховик-затейник, по-видимому, крутился, в первую очередь, для того, чтобы прокормить и обеспечить работой саму себя — военную машину, а соответственно, и всех своих офицеров и генералов. А их там было немеряно. Ну да ладно, дело прошлое, и не об этом речь.

Проверяли меня, проверяли, и в конце проверки вызывает меня к себе главный врач, специалист по всем шорохам в голове, явно психиатр, милая такая женщина лет пятидесяти по имени (как сейчас помню) Ида Абрамовна Шнуцельман, простая русская женщина, и фамилия её тут совершенно ни при чём.

Посмотрев в моё личное дело, затем на меня, опять в дело и снова на меня, она с материнской строгостью в голосе, обычно скрывающей любовь и заботу о сыне, произнесла:

— Ну что ж, Сергей, в армии вам служить не придётся, не годитесь вы для службы, — и при этом понимающе взглянула на меня.

Взгляд этот, по-видимому, означал: «Иди-ка ты, сынок, живи, я им тебя не отдам, таким, как ты, не место в наших, непонятно кем и для кого прославленных, Вооружённых Силах. И доверить тебе, цвета не видящему, сознание теряющему, бестолковому во многих отношениях да плюс с головокружениями в самый неподходящий момент, наш общественный покой и сон я, женщина-мать, заслуженный психиатр великого Советского Союза, никак не могу. Иди, пили свой безопасный контрабас или что-то ещё, а сюда к нам больше не суйся. У нас тут, сам понимаешь, пункт по защите Родины, а не лавочка какая-нибудь для скорбных душой и мутных головой, всё-таки как-никак!».

Но в этот момент я её, бедняжку, так удивил, как она, наверное, за все свои двадцать пять лет докторской практики и общения со всеми подвидами человеко-ненормальных, не удивлялась. Я открыл рот, и из него вылетело:

— Ну что вы, доктор, мне обязательно нужно в армию!

Услышав это, она поняла, что решение о моей негодности к службе по поводу нездоровой головы было ею принято правильно. Какой более или менее нормальный человек, а тем более еврей-музыкант, в 1976 году мог захотеть добровольно пойти в армию, от которой отмазаться было непросто, и более того — недёшево? А тут, на тебе — бесплатно полный отказ от службы!

Но чтобы бедняжку доктора доконать, я объяснил, что обязательно хочу стать военным дирижёром, а туда путь только один — через срочную службу в армии, и потом — Московская консерватория, где есть отделение военных дирижёров.

Потом я долго и интересно рассказывал, что это наша совместная с мамой мечта, назло папе-дирижёру, который от нас ушёл к другой женщине, чтобы я стал ещё большим дирижёром, чем он. А в гражданские дирижёры через передний вход консерватории меня не пропускают, видимо, из-за врождённого тупизма или ещё по какой-то причине полной несовместимости с социалистическими принципами отбора недоношенных талантов. А вот через задний проход, в смысле — армия, а потом кафедра военных дирижёров — тут уж они наверняка проморгают, и меня, полного неуча, никуда не принятого, могут и пропустить. И стану я великим и могучим военным дирижёром, и всех обдурю, и всем отомщу наконец-то! Вот так!

Она внимательно посмотрела на пока тихопомешанного, ещё раз взглянула в моё дело, затем проникновенно и негромко так спросила:

— Ты уверен, что хочешь пойти в армию на два года? Ты *не должен* идти. Ты болен, дружок, и можешь идти домой к маме.

Проникновенный голос её звучал озабоченно и тревожно. Но я не сдавался и требовал немедленно отправить меня в армию, так как иначе факультет военных дирижёров не досчитается в моём лице одной из самых ярких и незабываемых своих, давно, хотя и незаметно, восходящих, звёзд.

И она, подарив мне последний грустный взгляд доктора безнадёжному больному, поставила в моей папке печать в смысле «Да». Сменив её на печать в смысле «Нет». И всё. Я был в армии. Точнее, ещё не был, а только прошёл отбор. Я был взволнован и счастлив (теперь понимаю, что она, опытный доктор, была права насчёт неполадок в моей голове).

Мы не волновались, так как маме пообещали, что я останусь в Одессе.

Ну, как пообещали, так и сделали, и поэтому я оказался в Казани, Татарской тогда ещё республике, где, как оказалось, до сих пор живут татары, где зимой и летом температура одинаковая — сорок градусов, то холода, то жары. Причём по Цельсию. Хотя ему, Цельсию, это лично до лампочки. Он себе градусы придумал, запатентовал, и живёт, наверное, в солнечной Калифорнии, на вечной пенсии, припеваючи и пританцовываючи. А я — не придумал ничего, и потому мне — Казань.

Служба моя начиналась совсем не так, как планировалось, но я не унывал, так как задерживаться в армии не собирался. Говорили, что максимум через полгода я уже могу подавать в Москву, а там вроде бы берут всех и даже без музыкального образования, ну, а я уж с моими-то талантами, критериями и достижениями?

Про то, как меня наотмашь не брали ни в один вуз нашей многострадальной социалистической, я им там, в Москве, рассказывать не планировал. Да и зачем им это было знать?

Молодой солдат, с музыкальным образованием, вылитый дирижёр, да ещё ползущий по героическим стопам отца. Прямо статья для газеты: «Яблоко недалеко от яблони упало и лежит, а мы его нашли, подняли, отмыли и продирижировали!» Ну, они там сами сообразят, как в газете покороче да позадиристей написать. А мне бы только до палочки дирижёрской дотянуться.

А пока в Казани, в армии, я бегал по утрам рысцой и с голым торсом по улицам в жуткий мороз в качестве зарядки. В первом же письме маме я коротко описал ситуацию и получил телеграмму: «Держись, еду, мама». Чтобы окончательно не опозорить все Вооружённые Силы (к счастью, ни разу до этого не опозоренные), я ответил: «Выезжать не надо, пришли тельняшку и тёплые носки, здесь зимой холодно». Мама не приехала и всё мне прислала, но носить это не разрешалось, и пришлось припрятать до лучших времён. Хотя, если быть откровенным до конца, то я иногда носки и тельняшку под одежду надевал. Меня ловили и наказывали нарядами на кухню, где нужно было мыть две тысячи жирных тарелок в холодной воде (а действительно, почему в ней жир не смывается? Есть химико-инженерные знатоки в помещении?). Я также научился чистить картошку, килограммов пятьсот за одну ночь. И потом, уже во сне, я продолжал её чистить, а она убегала от меня, хохоча, и говорила, что ей щекотно и что она вообще-то женщина, и если я её догоню, то мы можем и некоторые другие интимно-проникновенные темы обсудить. А Главный Картофельный Царь, размером с самолёт, приговаривал меня к высшей мере (которая пюре) за издевательское отношение к его подчинённым картофелинкам, как он их называл.

Как я ни готовился к армии, но и с водительской карьерой у меня не задалось. Меня быстро раскусили и, узнав, что я музыкант, взяли в оркестр...

Оркестр был духовым, а я умел играть на контрабасе, в крайнем случае — на виолончели, в самом крайнем — на альте или скрипке, но это было бы уже за отдельную доплату.

Оказалось, что ничего из вышеперечисленного в духовом оркестре не было. Но это было и не важно. В армии что главное? Не размышлять. Что для человека, привыкшего только это и делать, было непросто. Вскоре мне выдали альт (есть такой и духовой инструмент) и предложили быстренько научиться на нём играть. И тут я опять совершил ошибку и, действительно быстро на нём играть выучился (так я талант или где — после всего этого?) И тут дирижёр оркестра, решив, что как-то мне слишком уж легко служится, взял да и выдал мне трубу (не водосточную, а вполне даже музыкальный духовой инструмент), и предложил теперь так же быстренько научиться играть и на ней. Ни учителей, ни самоучителя мне не выдали. Главную инструкцию мне подарил первый трубач. Он показал, с какой стороны в трубу нужно дуть, а с какой — бессмысленно. И просил не путать. На этом курс обучения завершился. Пришлось осваивать самому. Но армия есть армия, и приказы не обсуждаются, а наоборот, выполняются.

…Потому что если это вдруг война, и коварный империалистический буржуин нападёт на твою любимую социалистическую Родину ночью, когда все спят (ну ладно, почти все), а ты начнёшь обдумывать приказ, вместо того чтобы его выполнять, да если ещё и командир, отдающий приказы, вдруг начнёт задумываться над тем, что за чушь он сам предлагает нам делать и кто это придумал, то мы тогда войну позорно проиграем и быстро будем угнаны в рабство. И станем мы неграми на плантациях в Африке или ещё где-нибудь, где нас будут бить палками, редко, но плохо кормить, и заставят добывать золото, алмазы и растворимый кофе для принцев и шейхов. А потом, когда мы всё добудем, из нас сделают евнухов и поставят охранять красавиц-жён в тамошних гаремах... а женщин всех выучат на гейш, на случай осложнений отношений с Японией. А те гейши, уже потом, когда им надоест ложиться под всякое... организуются в профсоюз и замутят свою гаремную революцию по прототипу нашей французской, против угнетения социальных меньшинств среди женщин, и на наших же танках, грубо переехав всех империалистов, с визгом и пением «Катюши» въедут в Белый дом...

Труба мне давалась нелегко. Губы всё время лопались от неправильного дутья, и я ходил вечно с разорванными губами, на которых видна была свежезапёкшаяся кровь, как у начинающего вампира. Но кто такие вампиры, в армии не знали, поэтому принимали меня за своего.

Вскоре, месяца через два, к нам по распределению прибыл новый дирижёр, который только что окончил институт военных дирижёров при Московской консерватории. Я был в экстазе (таз был экспортный, то есть). Теперь я всё узнаю, и, может быть, он мне даже поможет с документами, и, может быть, даже быстрее, чем через шесть месяцев... Но судьба готовила мне такую оплеуху, к которой ни мама, ни армия, ни даже весь союз психиатрических лечебниц мира подготовить не может. Это может (и с удовольствием делает) только матушка-Жизнь вместе с сестрицей своей по имени Судьба. «Все готовы? Гражданку Оплеухину — на сцену!»

Быстро сдружившись с дирижёром на нотную тему (только мы вдвоём в оркестре знали ноты, остальные же играли по слуху, но громко), я в один из вечеров рассказал ему о нашем с мамой гениальном плане и его цели. Я долго и красочно расписывал ему свою повесть странствий по просторам, про помидоры и школу водителей и автослесарей, и как мне не удалось прорваться в музыкальные ряды, но зато удалось, хотя и не без труда, прорваться в ряды Вооружённых Сил, чтобы приблизиться к нашей с мамой заветной мечте — дирижёрской палочке в моих руках, пусть даже и на фоне военной формы. Папе назло (почему только, до сих пор не пойму).

Он долго собирался с силами и, видимо, с мыслями, прокашливался, курил и два раза даже себе налил коньяка, что до того ни разу не делал.

И, наконец, собравшись, начал медленно и аккуратно, издалека, по-отцовски так, опускать меня на землю с идиотски-заоблачных высот, куда мы с мамой занеслись в гордыне, ничего про Москву, консерваторию и дирижирование не зная.

Но «приземление» всё равно получилось очень тяжёлым. Было ощущение, что парашют опять не раскрылся, удар о землю ужасающий, и окружавшие меня люди сочувственно смотрят на груду хлама, оставшуюся от меня при позорном падении.

Имейте в виду, уважаемые читатели, что я уже с парашютом прыгал, и не раз. И каждый раз он (по-разному, правда) не раскрывался, и я бился всем, чем ни попадя, о землю, стараясь при этом сохранить лицо и не потерять веру в себя, в частности, и в прогрессивное человечество вообще. Все мои поступления чего только стоили! А тройка позорная по контрабасу в школе Столярского? Кроме меня, тройку больше ни один выпускник не получил. А кирпичом в морду лица, в школе ещё, и плюс сотня всяких разных историй, которых сразу и не упомнишь и потому не расскажешь? (А иногда упомнишь, но всё равно не расскажешь, потому что женщины эти ещё живы)...

Из рассказа нашего нового лейтенанта-дирижёра я узнал, что его отец, москвич, был генералом танковых войск Московского гарнизона. Поэтому по большому блату его сын, выпускник факультета, был распределён... в ту же страну — и в Казань. И это лет на пять как минимум. Ну, а потом «долгая дорога в дюнах» ещё лет на пятнадцать, чтобы к моменту, когда уже, возможно, станешь капитаном, была надежда, что папа-генерал (если будет к этому времени ещё жив и не в опале) продвинет сына куда-нибудь в Московскую область, и если уж очень сильно повезёт, то годам к пятидесяти, может быть... а может и не быть... и т.д.

Я был в ужасе. Во-первых, у меня не было папы-генерала, то есть, физически папа, может, у меня и был где-то, но я не знал, успел ли он дослужиться до генерала, и если да, то каких войск, и в какой стране, и не уверен был в том, хочу ли я там дирижировать.

Во-вторых, перспектива провести лучшую часть моей жизни в каких-то Крыжополях и других райцентрах мне вовсе не показалась привлекательной, невзирая на палочку в руках. И я опять (в который уже раз) понял, что всё пропало и ни в какие дирижёры, чтобы руководить оркестром в забытых богом городишках, я не пойду. А чтобы у меня совсем не оставалось никаких сомнений, он мне ещё и порассказал, какая там, в Москве, жизнь все пять лет в казарме, пока в тебя вбивают дирижёра, с драками бесконечными, регулярным мытьём туалетов, чисткой картошки и другими удовольствиями. Потом добавил, что евреев и там не очень любят. (Как, и там тоже? А где же?..)

Я всё сразу понял: и то, что зря Иду Абрамовну (которая сразу смекнула, что я не в своём уме) не послушал и пошёл в армию, и что дирижёром никаким мне не быть, и что два года жизни моей потеряны глупо, и что очередная наша с мамой идея вылетает в трубу, и что надо было поступать в Одесскую консерваторию на контрабас, и что зря я на выпускной вечер в школу не пошёл, на тройку обидевшись, и что теперь придётся в армии как-то обосновываться, и что у меня действительно, по-видимому, продолжается полоса чёрного цвета, и ещё много всякого другого. Но как сказал кто-то очень справедливо: «Умный — это дурак через неделю». Моя неделя прошла, и я, похоже, поумнел, но было уже поздно, поезд в рай ушёл, причём без меня.

Извиниться за ошибочное проникновение в армию и позволить выйти вон мне не дали, а дали, наоборот, два года службы на благо... С подъёмами в шесть утра и беганьем по сорокаградусному морозу полуголым в качестве закаливания. С учениями и стрельбой из автомата по мишеням в противогазе на лице, зимой и летом. С мытьём тысяч жирных тарелок в холодной воде и с чистками унитазов лезвиями для бритья. А также в ассортименте имелось мытьё пола в казарме столько раз, сколько старшине казалось необходимым, чтобы кусочек белого полотна, которым он возил по полу после уборки, не пачкался; или маршировка на плацу с нечеловеческим задиранием ноги, как у Мавзолея (под команду «выше ногу, сволочи, на вас смотрит» — так как ей нечего больше делать — «вся страна»), и ещё огромный список нашей обширной и бессмысленной армейской деятельности, призванной сделать из подростка мужчину, укрепляя тем самым границы и до смерти пугая разных уродов-врагов нашей, по-видимому, боевой готовностью. Политподготовка одна чего стоила.

Прошло уже немало лет, но я до сих пор не могу ответить на этот вопрос — сделала из меня армия мужчину или нет? А если не сделала мужчины, то ЧТО сделала или кого?

Но двух лет было жалко. Да и глупость, конечно, несусветная. Кому я там был нужен? Какой из меня солдат — музыкант с тараканами в голове, а у каждого таракана повышенное внутричерепное давление тараканьей головы? На благо какой родины я там два года должен быть париться? Которая меня не признавала и пинала как глупого щенка, не пуская никуда? Той, которая так ни разу меня (видимо, как опасного социального элемента) за границу, даже в Болгарию, не выпустила? И ещё много других вопросов разрывали мою несчастную, грозящую вот-вот взорваться голову в ту ночь после «промывки остатков мозгов» нашим дирижёром. Но на ближайшие два года им всем было суждено остаться риторическими вопросами, то есть без ответа, а мне пришлось, уж раз пришёл, остаться послужить.

Вообще, оглядываясь назад, всё произошедшее можно рассматривать всего лишь в двух плоскостях: или смириться с мыслью, что большинство принятых решений были глупы, бессмысленны и несуразны... или, наоборот, считать, что меня по жизни (да и, наверное, каждого из нас) вело и ведёт до сих пор провидение, и тогда каждое решение, каждый поступок является совершенно необходимым звеном в череде дней и событий, без которых моя жизнь бы не состоялась или была бы просто вереницей одинаково неинтересных и однообразных дней и лет.

Я, чем старше становлюсь, тем больше склоняюсь ко второй версии, хотя, казалось бы, многие неприятности можно было избежать. Кому-то помочь, мимо чего-то пройти, не остановившись, кому-то не поверить, не дать себя обмануть, не довериться или не идти на заранее явный провал... но опять же, наверное, тогда это была бы не моя жизнь, а чья-то. Так что будем жить своей и пытаться, пока чего помним, записать для потомков.

До чего же приятно думать, что они когда-нибудь всё это прочтут и скажут: «Да, это был мой дед, или прадед... и я горжусь»... А я там, сверху, буду на это всё смотреть и радоваться или хотя бы просто улыбаться...

Но армия продолжалась, и там было много всякого разного, чего на гражданке не бывает, так как быть попросту не может. На то она и армия. Было трудно, было противно, было страшно и хотелось домой. Но я сам принял решение и должен был отвечать за последствия. Я думаю, что это и был мой самый главный урок. Много всякого случилось, и ребята погибали, причём даже не на войне, и ситуации жуткие были, безвыходные, на первый взгляд. И последствия могли они иметь для меня катастрофические. Но, видимо, судьба меня хранила, и все кошмары и ужасы, о которых я расскажу в отдельном опусе, прошли стороной, правда, изрядно попортив мне нервы (а может, это и есть процесс превращения в мужчину?).

Как ни тянулись два года, а это, между прочим, семьсот тридцать дней, или более шестидесяти трёх миллионов секунд, но, в конце концов, и они окончились.

После армии я переехал в Донецк, где, хотя и не сразу, но всё же поступил на работу в местный филармонический оркестр. В связи с отсутствием высшего образования (но при наличии среднего) оклад жалования мне положили в размере девяноста рубликов в месяц и сразу пообещали выдать сто десять по получению диплома. Заманивали, одним словом. Ну, кто же не хочет получать ещё двадцатку в месяц за ничего не делать, и я ринулся в бой. Быстро сдал документы в Донецкую консерваторию. Быстро надел военную форму и пришёл в ней на экзамен. Быстро всем понравился в форме. Очень быстро что-то сыграл на контрабасе, не выходя из формы. Быстро получил двойку на первом экзамене, чем меня уже было не удивить (это для ровного счёта был одиннадцатый заход), и весёлый, но довольный, вернулся на работу в симфонический оркестр, где многих мой провал в консерваторию очень даже удивил, но, похоже, не обрадовал. Если только бухгалтерию — они экономили на мне двадцать рублей в месяц. Или двести сорок рублей в год. Мелочь, но приятно!

Забегая вперёд, скажу: когда я в процессе иммиграции в Америку временно находился в Италии и должен был письменно объяснить, почему считаю себя угнетённым или обиженным, то одно моё упоминание об одиннадцати попытках поступления с показом зачёток с двойками, которые я сохранил, сразу вызывали в интервьюирующем меня особый интерес. И он понимал, что я или абсолютный кретин бесталанный, или действительно дискриминированный за что-то там непонятное. По-видимому, на полного кретина я не тянул (хотя сам иногда, оглянувшись назад, задумываюсь), и меня впустили как обиженного и угнетённого.

Но тогда, в Донецке, мне было не до удивления. Я к этому времени обзавёлся семьёй, и нужно было думать, как её и себя кормить. Жена моя училась, и я пытался растягивать девяносто рублей на месяц, но это оказалось очень сложной антиматематической задачей.

Поэтому, махнув на идеологию, я пошёл работать в свадебный коллектив, где музыка не соответствовала доходу. То есть музыка была несерьёзная, а оплата наоборот.

Итак, потихоньку привыкая к сорокоградусной донецкой жаре (которая оказалась ещё хуже казанской), от которой я спасался, сидя по шею в ванне с холодной водой, ужасному запаху каких-то химикатов, пронизывающих воздух всё лето (возможно, он шёл от шахт, которыми Донецк был в те годы знаменит), и холодной зиме, я мотался с репетиций в филармонии на свадьбы и обратно на концерты. Конечно же, я скучал по запаху одесских акаций и платанов, по лицам одесситов (таких больше уже нигде нет), по их говору, по Привозу, по морю. Разница между детьми и взрослыми, возможно, и состоит в том, что взрослые частенько мечтают о том, что у детей есть. А у детей это хотя и есть, но ценить они это не умеют, потому что дети. В числе этих «подарков» и свобода (относительная, конечно), и безответственность, и беззаботность, и ощущение безопасности, исходящее от родителей. И умение получать что хочешь — тоже. Вы вспомните, как ребёнок просит конфету, и на какие ухищрения он только ни пойдёт, чтобы её получить. И кричать он будет, и топать ножками, и истерики закатывать, и есть отказываться, и по полу кататься. Арсенал этот бесконечен. И не свернуть его с этого пути, и не успокоится он, пока своё не получит. А мы, взрослые? Теряем мы это упорство в достижении цели, большой или малой, теряем — а жаль.

Проработав год, я — так просто, почти не готовясь — опять заглянул в консерваторию с контрабасом наперевес, в попытке всё-таки отбить своё, на двадцатку в месяц, повышение. Спокойненько так и ни на что не надеясь, без военной формы и скорее для проформы пришёл я на экзамен в двенадцатый раз.

И тут оказалось, что в приёмной комиссии сидели музыканты из филармонии, где я работал, с кем ездил на гастроли и пил водку. Ну, само собой разумеется, что меня как своего... пропустили. Вывод я из этого сделал следующий: неважно, что и как ты делаешь, а важно, с кем ты пьёшь водку! Пойми я это раньше, во-первых, выпил бы намного больше водки, и во-вторых, давно получил бы диплом.

Я получил четвёрку на первом экзамене, страшно этому удивился, практически без напряжения сдал все остальные экзамены и — ПОСТУПИЛ В ВЫСШЕЕ УЧЕБНОЕ ЗАВЕДЕНИЕ... года на четыре позже, чем мог бы. Но, по-видимому, раньше всё-таки не мог, мозги не проклюнулись.

Это была наша с мамой победа. Запоздалая, но от этого не менее сладкая. Наш реванш за все слёзы и унижения, за израсходованные силы и ушедшие годы, а особенно — за утраченные иллюзии. И хотя сам факт зачисления в ряды абитуриентов после стольких многочисленных и блистательных провалов был невероятен, но радости уже не принёс. Видимо, я перегорел. Или повзрослел — а, может быть, поумнел — приняли же, наконец?

И ложка, действительно, дорога именно к обеду, а потом уже... так себе... для галочки, без аппетита и без интереса.

Вскоре, в связи с болезнью мамы, мне пришлось переехать в Одессу, и пока мама была ещё жива, я успел с безумным трудом опять прописаться назад в квартиру, где родился и прожил почти всю жизнь. Я из неё выписался, уехав в Донецк, брат выписался, уехав учиться в Саратов (он оказался сообразительней меня, в Одессе решил не экспериментировать, и поэтому его сразу приняли на отделение ударных инструментов местной консерватории). И если мы маму теряли, то прописанной в квартире оставалась одна восьмидесятилетняя бабушка. То есть потенциально мы с братом могли запросто остаться без мамы, вскоре — без бабушки... и без квартиры в которой родились и выросли. Маму мы, правда, всё равно потеряли, но квартиру я отбил.

Вообще, если вспомнить, какая всё-таки скотская жизнь нам в стране так никогда и ничего не победившего «социализма» была уготована. Мы должны были обманом жениться для прописки, по блату устраиваться на работу, и поступать в вуз за взятки, и доставать мясо с чёрного хода «от Иван Иваныча», и становиться в очередь на машину «от Степан Степаныча», и скрывать доход (если он у тебя вдруг был) — от соседей, в первую очередь. Мы врали (уж я так точно), что писаем кипятком от членства в октябрьской дружине, и что это почётно — быть в комсомоле, а попадание в партию было острее и желаннее оргазма — уж так все туда рвались, через заборы перепрыгивая. Мы унижались перед сволочными начальниками, которые, как мне кажется, только для того и становились кровопийцами, чтобы поиздеваться над максимально возможным количеством народа. На что уходила жизнь рядового человека? На борьбу с системой. И поняв, что с ней бороться бессмысленно, а жизнь — одна, человек или умирал, или бежал. Во все века бежал. До революции бежал, во время революции и после неё, видимо, предчувствуя, что грядёт — бежал. Во время войн бежал, между войнами бежал. В мирное время бежал. Кто как. Кто — женившись на иностранке, кто — став невозвращенцем, кто в контейнере с запчастями к автомобилям, кто — выпрыгнув в иллюминатор стоявшего на рейде корабля и кое-как доплыв до берега благословенного, всё равно какого, лишь бы иностранного государства. Бежали, как от чумы. И анекдотов на эту тему было немало, все помнят: «Что бы произошло, если бы открыли границы на двадцать четыре часа? — Остались бы только Брежнев и Косыгин». А кто не сообразил, что грядёт, вовремя был раскулачен, расстрелян, посажен, сослан, объявлен врагом народа, международным шпионом, врачом-отравителем... и так далее.

Безумно жаль, что не удалось убежать (часто по собственной либеральной глупости и вере, что «всё образуется») многим талантливым людям. Они прождали всю жизнь, иногда достаточно короткую, и ничего, кроме гадости, грязи, боли и унижения, не дождались. Они пели и танцевали, слагали стихи и рисовали картины, пытаясь как-то смирить свой бунтарский дух и сжиться с гнетущей реальностью. Но не все смогли и сгорели — от инфаркта, инсульта... или всё-таки сбежали. И прожили уже другую жизнь, в другой стране, часто безумно скучая по бывшей Родине, а иногда — не очень.

Если у России и есть сегодня проблемы, то мне кажется, главная их причина в том, что она растеряла-разбазарила-искоренила свои мозги. Я имею в виду массу образованных талантливых людей, сбежавших оттуда и, невзирая на какое-то подобие демократии, там образовавшееся, не очень-то они торопятся возвращаться *домой*. Я говорю и обо всех волнах иммиграции, и о собственными руками уничтоженных поэтах, учёных, великих полководцах, чудо-врачах и т.д. А может быть, мне это только кажется, и вовсе мы там не нужны, и живёт в любой стране именно тот, кто ей нужен, а может быть, даже и нет в России никаких таких проблем, и это мне всё чудится на расстоянии. А на большом расстоянии изображение расплывается, и всё кажется не тем, чем оно есть на самом деле.

Хотя, наверное, ничего хорошего не могло образоваться там, где система следит за тем, чтобы *у всех ничего не было*. За исключением небольшой, власть предержащей, кучки людей. Поэтому мне кажется, что из любой страны, где этим попахивает, надо бежать, куда глаза глядят. Кто-то сказал, что «качество страны и жизни в ней определяется двумя факторами: как страна заботится о детях и о стариках». Пусть каждый посмотрит на свою страну проживания и сделает выводы.

Мой предиммиграционный период прошёл в Одессе. Здесь я опять был связан с ресторанами, клубами и другими развлекательными заведениями, в которых звучала любая музыка для людей и за деньги. О процессе отъезда или, точнее, о цирке, организованном властями по этому поводу, можно написать роман длиной в миллиард страниц. Там каждая глава будет посвящена истории отдельной семьи. Там будет всё — и подкуп, и шантаж, и фиктивные подписи родственников, не дававших разрешения на выезд, и сдача партбилета, и комсомольские собрания, где клеймили предателей Родины. Вокруг этого базара, где торговали нами (по договорённости там, наверху), образовалось много паразитов типа рыбы-прилипалы на теле у кита. Были тут и те, кто за большие деньги обещал «организовать отъезд» тем, у кого были судимости или кто работал на секретном предприятии, и так далее.

Были те, кто организовывал перевод денег за границу. Были и продавцы квартир, были мастера по поиску зажиточных невест и женихов с деньгами — в пары уезжавшим, но без денег евреям, — и ещё бесчисленное множество мастеров других подобных дел.

Чего только стоили эти простыни-бинокли-фото-ружья, Палех, Жостово, икра и другие предметы первой необходимости в Вене и Италии, так как денег или не было, или их невозможно было вывезти.

Страна делала всё, чтобы, отпуская своих любимых предателей, обобрать их до нитки. Всё было организовано так, чтобы они прибыли на ненавистный (кстати, как ни странно, до сих пор) Запад «голыми и босыми», чтобы, не дай Боже, не удалось им пополнить ряды буржуинов и тем самым легенду о тлетворном, враждебном и гниющем развенчать. Пусть, наоборот, будут бедными, несчастными и просятся назад. А Родина-мать их, малышей-глупышей, пожурит и простит... может быть. Но никто не просился, или почти никто, хотя о трудностях первых лет иммиграции можно написать ещё одну, очень даже объёмную книгу. Кто только читать-то это всё будет? Те, кто уже прошёл этот путь? Может быть, хотя им-то это всё и так известно. Те, кто не прошёл, не поймут, не прочувствуют. Это как тюремные истории. Звучат для тех, кто там не был, совсем не так, как для тех, кто там был.

Приехав в Америку, я сразу сделал несколько интересных наблюдений и выводов. Среди них:

1. Мостовые здесь золотом *не* усеяны, как обещали.

2. Здесь *почти все* уже говорят по-английски, хотя многие — с акцентом.

3. *Любой,* кто хочет найти работу, *всегда* её находит (в сложные периоды жуткой безработицы включительно).

4. Здесь *каждый* живёт, как хочет.

5. В метро *бесплатно* играют потрясающие музыканты.

6. Америка — страна *контрастов.*

7. Нас здесь *никто не ждал,* но это не повод сидеть, сложа руки.

8. Америка — это *единственная страна в мире,* где можно, начав с нуля, достичь приличных результатов (не зря же все едут сюда, и никто не едет отсюда).

9. Как бы мы ни ругали нашу бывшую родину, но она дала нам хорошее образование, и, самое главное, она научила нас *думать, выживать и не обращать внимания на то, кто, где и что говорит* (так как всё равно наверняка врут — как там, так и здесь).

10. Мне здесь нравится, и я (хотите — верьте, хотите — нет) с самого первого дня чувствую себя *как дома.*

Я решил, что музыку своей профессией здесь делать не стану, хотя в течение первых двух лет всё-таки подрабатывал музыкантом. Я снова играл в тех же самых русских ресторанах, клубах и других развлекательных заведениях, в которых опять звучала несерьёзная музыка за деньги, но теперь уже здесь, в Америке.

На одной из первых своих работ, курьером, я доставлял различные пакеты по адресам в Манхэттене. Что было в пакетах, я не знал, но сейчас, уже много лет спустя, вспоминая какие-то нюансы, обрывки бесед и пытаясь восстановить упущенное, уверен — в пакетах были наличные деньги и наркотики. Понял я это, к сожалению, слишком поздно, а то наверняка потребовал бы, чтобы моя оплата соответствовала риску и занимаемой должности. Сегодня курьерам, транспортирующим столь ответственный груз, платят очень прилично, хотя если ловят, то тоже дают... прилично.

А тогда, лопух лопухом, я работал за копейки. Помню, что мой первый чек за неделю, составил двадцать четыре доллара. Уж не знаю, сколько я там часов отбегал, но точно немало. Однажды принёс я пакет не туда (ошибся адресом) и оставил его для человека, чьё имя было на пакете (типа Джон Смит). И хотя моя рабочая инструкция гласила: не оставлять ничего, если получателя нет на месте, но я стушевался, а секретарша сказала, что Смита сейчас нет, и отняла у меня пакет. Она была быстрая, смелая и уверенная в себе, так как была — дома. А я был испуганный, не уверенный ни в чём и жутко стесняющийся из-за невозможности сказать то, что думаю, на непостижимом в ту пору английском языке. И всё это потому, что я тогда был в Америке как бы в гостях. То есть я тут жил и вроде бы был дома, но так как ни хрена в окружающей меня среде не понимал, наверное, напоминал что-то среднее между слоном в посудной лавке и коровой под седлом. В результате пакет остался у неё, а я ушёл. Это всё было бы ещё полбеды, если бы я доставил пакет правильному адресату.

Босс мой чуть не получил обширный инфаркт сердца, когда ему позвонил настоящий получатель и, видимо, предложил быстро пакет ему всё-таки доставить, если тот не хочет серьёзных неприятностей (не думаю, что в пакете были трусы или пальто из химчистки). Босс сразу как-то осел всем телом и почернел в лице, а я очень быстро побежал назад, подальше от его лица. Невзирая на то, что не могу похвастаться географическими способностями (пока в автомобилях не появились системы навигации, я мог потеряться где угодно, что и делал регулярно), я без памяти, но с первой же попытки нашёл то место, где оставил пакет, и, жутко извиняясь уже не помню на каком языке (все помнят, что я был очень вновь приехавший, и мой английский оставлял желать), попросил мне пакет вернуть, так как он не тому предназначался. Когда я вне себя, вне дыхания и вне лица ворвался в офис, секретарша того неправильного Смита говорила по трём телефонам одновременно, и, видимо, это меня спасло. Я так мямлил и что-то там невнятное бухтел нон-стоп, задыхаясь, потея и кашляя, чем явно мешал ей работать, что она, нарушив, кстати, ВСЕ правила сразу, за что запросто могла быть, как минимум, уволена, отдала мне пакет обратно. И я его в этот раз доставил уже лично в руки правильному Смиту.

Тот вышел в другую комнату, видимо, его вскрыл, и потом с довольным выражением лица, вернувшись в комнату, сказал: «Ну, твоему шефу повезло, а то бы он мне долго отрабатывал». (Что же там такое могло быть — порножурналы, палка сырокопчёной колбасы и три банки свиной тушёнки?)

А потом я пошёл учиться в школу для иностранных «приезжантов», где преподавали английский и другие популярные здесь в те годы языки: бизнеса, бухгалтерии, компьютера и т.д. Там я научился печатать на машинке со скоростью пулемёта «максим» десятью пальцами вслепую (у музыкантов, говорят, быстро бегают пальцы), что тогда казалось ненужной роскошью, так как трудно было представить меня работающим секретаршей в мини-юбке, с бородой, печатающим боссу документы пулемётными очередями. Это умение, как оказалось позже, мне очень даже помогло, так как потом в обиход вошли компьютеры (и до сих пор не вышли), и я наверняка экономлю три часа в день благодаря тому, что печатаю, не глядя на клавиатуру.

Помню курьёзный случай. Нам задали сочинение, а потом на уроке учительница попросила, собрав все работы, пересказать его своими словами. Я очень волновался, но рассказывал долго и с вдохновением. Все слушали, как мне казалось, затаив дыхание. Когда рассказ окончился, наша учительница-американка сказала следующее (перевод с английского):

— Сергей, я думаю, что рассказ ваш был очень интересным, и я с удовольствием прослушаю его ещё разок, но если можно — на английском...

Я всё рассказывал по-русски, думаю, что на нервной почве. Пришлось повторить... на английском.

А потом я устроился работать в Линкольн-центр в отдел телемаркетинга. Там сидели интересные и иногда даже образованные люди и занимались милыми глупостями: они звонили всем подряд и предлагали купить абонемент на оперы и балеты на весь сезон. А я потом, вместе с моим начальником, должен был всю информацию об этом внести в компьютер. Первое время я только сортировал бумаги по алфавиту (оказалось, что у них тут совсем другой и совершенно не русский алфавит), потом мне стали доверять более сложные задачи, и, в конце концов, я сам начал вносить в компьютер информацию о том, кто сколько сделал звонков и чего там напродавал.

Босс мой был чудный мужик, который учил меня английскому языку. Я важные, с его точки зрения, слова записывал на листочек, который висел на стене передо мной, и старался их вставлять в предложения, пытаясь показать, как я уже здорово говорю по-английски. Реакция была разная: кто-то смеялся, кто-то терял дар речи на секунду-другую. Но я относил её за счёт того, что, слыша мой акцент, люди не могли предположить, что я знаю такие редко употребляемые, интеллигентные английские слова и выражения.

Однажды кто-то из телемаркетёров спросил меня — что это, мол, за листик на стене? (А босса как раз не было рядом). Я объяснил, что это мои уроки английского. Тот взял листок — и чуть не упал на пол от смеха. Отсмеявшись, он объяснил мне, что все эти слова (без исключения) являются не чем иным, как отборнейшим матом, и что использование их в свободном общении с народом может быть истолковано по-разному...

Я чуть не убил босса, когда он вернулся. Но босс резонно заметил, что изучение любого языка всегда начинается с мата.

А вскоре меня вызвали на интервью в другую организацию. На вопрос, кем бы я хотел работать, я ответил — президентом. Но интервьюирующую меня даму этот ответ, видимо, не смутил, и она попросила уточнить: президентом этой компании или президентом всей страны? Я сказал, что это будет зависеть от того, где лучше зарплата и меньше ответственность. После этого мы долго беседовали на всякие разные и, как мне казалось, не имеющие никакого отношения к работе темы. Меня взяли на работу, как она потом мне объяснила, за находчивость. Я работал ассистентом кого-то, кто совсем не говорил по-русски (а я его переводил для русскоговорящих клиентов этого же агентства по трудоустройству). А потом меня повысили, и я сам стал консультантом по вопросам трудоустройства населения. Переводить меня уже было не нужно, и я за несколько лет действительно устроил на работу массу народу, некоторые из которых работают до сих пор. Я учил совсем свеженьких (так как уже был ветераном с чуть ли не двухгодичным опытом проживания в стране), как писать резюме, как ходить на интервью и чего там не надо делать. Как одеваться, мыться, пользоваться ниточкой для чистки зубов (dental floss), дезодорантами и ещё многому такому, о чём не все всё знали. Мы проводили семинары, на которых тренировали народ и готовили к выходу на потенциальную работу.

Со мной работали две девушки русского происхождения, но привезённые сюда детьми. Они обе говорили по-русски, но так как это был их второй язык, то они переводили в уме с родного (английского), и иногда могли случайно загнуть такое...

Приходил к нам на семинары некто Семён, метра два ростом мужичок, в одном и том же голубом мохеровом (кто ещё помнит, что это такое) свитере. И от этого свитера шёл сильный, удушливый запах. Создавалось впечатление, что кто-то в этом свитере жил некоторое время, а потом категорически издох, и его забыли из свитера достать. Вот он там, покойничек, в свитерочке медленно и разлагался...

Нужно было как-то сказать об этом Семёну, чтобы помочь избежать проблем на будущей работе (если его вообще куда-нибудь возьмут). Здесь, как уже нам теперь всем известно, личная гигиена — это пунктик, причём прививается он с детства. Из туалета ни один американец не выйдет, не помыв руки, автоматически, не задумываясь.

Так вот, одна из этих девиц, Беллой её звали, долго думала и, наконец, решилась.

— Семён, — спросила она как-то прямо на семинаре, — вы по утрам душ принимаете?

— Принимаю, — слегка смутившись, ответил пропахший чем-то Семён.

— А свитер при этом снимаете? — продолжала Белла.

— Снимаю, — ещё более смутившись и не понимая, к чему она клонит, ответил Семён.

— В следующий раз будете принимать душ — свитер не снимайте!

Пауза, секунда тишины и — гомерический хохот. Всем, кроме Семёна, стало ясно, что́ она пыталась сказать в доступной форме, стараясь его не обидеть.

В следующий раз Семён пришёл в другом свитере, тоже пахучем. Скорей всего, и в нём кто-то недожил, но, по-видимому, упокоился совсем недавно, и свитер благоухал ещё не очень сильно...

Консультантами по трудоустройству в этой славной организации в основном работали дамы средних и выше средних лет, которые жили недалеко от работы, и сидеть дома им было просто скучно. У одной муж был конгрессменом, у другой были две фабрики галстуков в Италии. В общем-то, этих двадцати пяти — тридцати тысяч зарплаты им наверняка хватало на булавки и иголки к ним. Всегда ухоженные, одетые очень дорого (как я понял позже), они казались выше всяких мелочей, которые волновали нас, бедных иммигрантов. Но как же я был удивлён, увидев однажды следующую картину. К нам в агентство по трудоустройству иногда приходили в гости разные работодатели, чтобы рассказать, какие работники им нужны, а какие — не нужны. Время было другое, команды увольнять людей в целях понижения расходов (в связи с недавно объявленной плохой экономикой) никто не давал, поэтому народ на работу брали. Ну, и чтобы как-то скрасить наш с ними досуг, они (работодатели) всегда приносили какую-нибудь еду. Один раз была заказана пицца (дешёвая, в общем-то, еда для бедных), думаю, коробок десять. Видели бы вы, как эти миллионерши мели дармовую пиццу, по три-четыре куска. Я боялся, что они лопнут. Не лопнули... зато бесплатно. И тогда я понял: бесплатное любят все, невзирая на социальный статус и материальное положение.

Я в это время жил в Бруклине и как-то зашёл в итальянский ресторан. У них можно было купить суп навынос. Разговорился с хозяйкой, которая оказалась из Чехословакии, а муж, естественно, итальянец и главный повар. В ресторане было несколько столиков, и в углу тихо и скромно играл на пианино (кстати, очень неплохо) типичный американский пианист — длинноволосый, бледный, похожий чем-то на Пьеро, только что вырвавшегося из объятий Мальвины.

Тут вышел из кухни повар и начал петь на чисто итальянском языке арию Зайца из «Ну, погоди!», когда он поёт из телевизора «О соле мио». Пианист попытался подыграть, но так как нот у него не было, то он не смог. Я сказал хозяйке, что могу

подыграть (в надежде, что получу скидку на суп). Она, естественно, не поверила, так как не знала, что я музыкант. Спросила по-итальянски у мужа, он, естественно, согласился. Пианист уступил мне место с ухмылкой, достойной лучшего применения... но ведь и он-то не знал.

А дальше произошёл концерт. Шеф-повар пел всякие разные итальянские арии и песни, а я ему аккомпанировал, естественно по слуху. Кое-что из того, что он пел, я знал, а где не знал, то всё равно играл. Моих ляпсусов он заметить не мог, а пианист эту музыку не знал и настучать не решился. Всё-таки консерватория, армия, филармония и ресторан сообща наделили меня достаточной суммой знаний и умений в любой ситуации делать умное и счастливое выражение лица... ну, и играть, конечно, чуть-чуть.

Пианиста уволили, а меня взяли на работу (плюс бесплатный суп). Я там играл обычно по выходным, мне платили долларами, давали чаевые и всегда какую-то еду домой. А по будним дням я играл в другом ресторане, русском. В перерывах между пением всяких «Эх, Одесса», «Миллион алых роз» и других вечных произведений ресторанного искусства я учил английский и тренировал печатание на машинке (компьютеров тогда ещё в обиходе не было), тарабаня пальцами по столу. Все, естественно, звали меня профессором и над моими стараниями смеялись, вслух или за спиной. И в такой вот бесконечной беготне из Бруклина в Манхэттен и обратно, из школы — на курсы английского, в один ресторан, в другой и на работу консультантом по «трудному устройству» прошло два года. И вот однажды жена моя отправилась за продуктами в магазин и, идя по улице, уронила платок. Его поднял и вернул ей не совсем молодой уже человек, который что-то ей при этом сказал по-английски, хотя и с акцентом. Что сказал — она не помнит, но, думаю, что-то вроде «Мадам, из вас что-то выпало». Она, услышав русский акцент, ответила ему по-русски. Завязалась дружеская беседа, в процессе которой Лёня Лазарев, который оказался страховым агентом, сообщил ей, что нет ничего важнее для вновь приехавших, чем застраховать свою жизнь на смерть. В смысле, если с тобой вдруг что, то оставшимся дадут денег — и всем будет хорошо, включая того, кто уже нет... Концепция была интересная, хотя непонятная. Он обещал позвонить и прийти рассказать. И не обманул. Сказал, что забежит на минутку, забежал... и ушёл, как обещал, ровно через четыре с половиной часа, и то потому, что мы уже не выдерживали. Он оказался актёром из Ленинграда (был когда-то в СССР такой город), безумно смешным, и мы хохотали над каждым сказанным им словом. В какой-то момент сил на смех больше не осталось, и он, понимая, что если мы умрём от смеха, то нас, видимо, как живых, уже не застрахуют, удалился.

Вернувшись через месяц с нашими страховыми контрактами, в процессе опять же недолгой трёхчасовой беседы, между рассказами, шутками-прибаутками-анекдотами и нашими обмороками от смеха, Лёня как-то невзначай сказал, что мне тоже нужно идти продавать страховки. Он, по-видимому, точно знал, что у меня получится. Я не возражал, так как не имел ни малейшего понятия, о чём идёт речь.

Мы вместе прогулялись в их контору, которая оказалась просто за углом, где меня встретил главный страховой начальник и сразу дал мне тест. Я его с лёгкостью провалил. Но старший начальник Миша сказал, что это всё ерунда, и они меня всё равно берут, поскольку, во-первых, я «Лёнин протеже», и во-вторых, как оказалось, я вообще хороший парень. А, кроме того, добавил Миша, ещё не факт, что те, кто сдают тест, смогут стать успешными страховыми агентами. Результаты моего теста он, видимо, подредактировал, и мой страховой талант сразу засиял.

Правда, мне было сказано, что работать нужно весь день, с утра до вечера. Мне обещали хорошие комиссионные, если я... их заработаю, то есть если смогу продавать много страховок. И в добавление к этому — ещё много всяких нужных бенефитов: медицинскую страховку, пенсионный план и т.д.

Информации было много для моей и без того нагруженной головы, и я пошёл думать. В мой переполненный двадцатичетырёхчасовой день, минус сон и всякий там буфет-туалет, ещё одна работа никак не умещалась, и я пошёл торговаться, что делал всю жизнь и до того. Я предложил дать мне возможность работать неполный день, чтобы посмотреть, смогу ли я, а потом уже решить. Мне сначала отказали, но когда я уже был готов уйти, всё-таки, сделав особое исключение из правил, разрешили.

Я начал страховать население в свободное время (то есть в перерывах между учёбами и работами, и также ещё и в рабочее время). И за первые шесть месяцев заработал больше, чем зарабатывал за год в агентстве по трудоустройству (не так много я настраховал, просто за трудоустройство мало платили). Когда я пришёл с заявлением об увольнении меня с должности канцлера по трудоустройству, вся контора была потрясена фактом попытки ухода с работы человека ещё при жизни.

Как оказалось, с этой работы никого не увольняли (если только работник не был замечен в чём-нибудь из ряда вон, например, в злостном изнасиловании занесённого в Красную книгу крупного рогатого скота без разрешения хозяев), а сами из этой организации люди не уходили (зарплата, *бенефиты*, непыльная работа, пенсионный план и т.д.), их только могли вынести оттуда... но уже не при жизни. Со мной стали торговаться, рисуя картину моего славного будущего в стенах учреждения, но я был непреклонен. Мне там стало скучно, а это хороший симптом начала плохой депрессии.

Шли чудесные девяностые, вокруг дефилировала масса приезжающих, моментально страхующихся на случай «а если вдруг что», и жизнь моя потекла размеренно, невзирая на шестнадцатичасовой рабочий день (против скольки часового рабочего дня они там бастовали при царе? Кажется, против двенадцати?). Работа была нелёгкая, так как с людьми, но вполне интересная.

Интересная работа — это когда ты можешь использовать свой потенциал. Я мог говорить с людьми, рассказывая им истории про страховку и про многое другое, а рассказывать я любил. Плюс сам себе хозяин, плюс комиссионные (если что продал), минус отсутствие зарплаты (если не продал). В общем, не работа — мечта, подумал я. Пока тут перекантуюсь и потом уже, сориентировавшись на местности, найду себе «настоящее дело».

Но не тут-то было, и остался я в страховании на долгие годы, о чём, кстати, ничуть не жалею. Может быть, это и было моё настоящее дело. В процессе работы я познакомился с массой всякого интересного народу. У каждого было своё больное место и вечные проблемы: нездоровые родители, нежелающие учиться дети, нехватка денег, знаний, опыта. Все рассказывали мне, как уезжали, как было нелегко решиться на то, чтобы навсегда (по крайней мере, все так думали) расстаться с какой-никакой, а всё-таки Родиной. И я понял, что все мы — ГОВИ, Герои Очередного Великого Исхода. Возможно даже, не меньшие, чем те, из

Египта, с мацой сорок лет по пустыне без карты. Там хоть была какая-то иерархия: один говорил, куда идти, а другие с ним спорили, говорили ему вслух за спиной разные нелицеприятные слова, показывали палец (не помню точно, какой), делали тихие пакости, но шли с нехитрым скарбом своим, несли детей и лелеяли надежду, что когда-нибудь будут дома. А у нас же здесь — полный разгул демократии и никакой иерархии. Хотя каждая отдельная семья была один на один со всеми и там, и теперь тут. Казалось бы, вовсе здесь была даже и не пустыня. А скарб был опять нехитрый. Куда идти, было снова неясно, и что делать — тоже. Но никто не плакал и не нудил (по крайней мере, на улицах), а героически шёл, бился головой обо все встречающиеся неприятности, с непонятным до безобразия иностранным языком и бытом — но шёл, и, в конце концов, приходил... домой. И мебель была с мусорника, и мы были поначалу слегка потрёпанные. Все передавали друг другу найденные на улице телевизоры и стулья. Всех, кто знал сорок семь английских фраз, называли профессорами. Они награждались передовым вымпелом и правом звонить за других, знавших только восемь английских слов (из которых пять матом, два на немецком и одно на идиш), в телефонную компанию, в отдел социального страхования и, представляясь то Фимой, то Мишей, то Машей, то Рабиновичем, улаживать вопросы, которые возникают у вновь приехавших каждый день. Мы ходили в два часа ночи друг к другу за хлебом и солью, так как тот СССР, из которого мы вроде бы уехали, вместе со всеми людьми и их привычками приехал в США вместе с нами. И продолжали выдавливать из себя рабов медленно и мучительно. Трудно человеку, у которого страх являлся составной частью крови и речи, на протяжении десятилетий, вдруг ни с того ни с сего, просто переменив среду обитания, обрести уважение к другим, осознание собственной значимости — и посему свободу мыслей и действий. На этих ингредиентах местные товарищи свою кровь настаивали столетиями, а нам нужно было быстро, бегом догнать, влиться в коллектив и, желательно, раствориться в нём. Альтернативным вариантом было торчание белой вороной, как заноза в пальце, болезненно и бессмысленно. А ужасно хотелось, как «они», чувствовать себя спокойно, уверенно. Вы думаете, почему наши с вами земляки, попав за границу, очень часто ведут себя недостойно, хамят, ругаются, нападают на обслуживающий персонал? От неуверенности в себе, от страха, от комплекса неполноценности, тщательно культивируемого группой ответственных ребят из НКВД-ГПУ-ВЧК-КГБ-ГРУ-ОБКОМА-ПРОФКОМА-ОБЛИСПОЛКОМА-ХУДСОВЕТА и иже присных, и от наконец-то представившейся возможности «оторваться», выплеснуть накипевшее за столькие многие годы. А вот он, официант, уборщица, бармен, тут как тут, да ещё и не кланяется тебе в пояс и не облизывает башмаки, сволочь. А нука, мы ему сейчас, ляпкиным по тяпкину... слова-то эти ещё помним все, ругательные.

Мы ведь с вами все эти постреволюционные годы находились в серпентарио-аквариумо-обезьяннике для особо интересных экспериментов с населением одной, отдельно взятой страны. Эксперимент, правда, плачевно развалился вместе со страной, но искалеченными на много лет вперёд оказались миллионы человек. Причём это не грипп и быстро не проходит. Где бы ты ни жил и сколько бы ни зарабатывал, а прививок от страха ещё никто не придумал (хотя говорят, что марихуана очень помогает, так и тут объявили войну с наркотиками... так мы что, опять не туда приехали?). Дети наши уже, конечно, будут совсем другими, а мы уж так, у кого как получится. Есть, кстати, такое мнение в народе, что мы сюда приехали из-за детей. Я думаю — это, возможно, и повод, но, пожалуй, не главный. А как насчёт того, что мы приехали сюда — из-за себя, или даже, точнее, для себя? Для других мы там уже пожили и поработали. Нам обещали светлое будущее. Причём обещали нам его прямо оттуда, из светлого будущего те, кто в нём уже как раз и жили. Но нам, некоторым особенно нетерпеливым, ждать приглашения к их барскому столу надоело, а тут как раз открылись вакансии за границей. И мы решили махнуть. Во-первых, «не глядя», как на фронте говорят. Так как там у нас всех был вечный фронт — то ружьё не стреляло, то продовольствие не подвезли, то комбайны опять проиграли битву с урожаем. Во-вторых, избавиться от своей непредсказуемости в стране, где даже прошлое всё время переписывается. Как же там можно было планировать хоть какое-нибудь будущее? В ответ тем, кто считает, что я неблагодарная свинья и не помню ничего хорошего, спешу возразить. Там было очень много хорошего: Белка и Стрелка, Гагарин, Терешкова, подводные лодки и Сенкевич для всех в телевизоре. А также: иностранные бананы и ананасы, финские костюмы, контрабандные видеофильмы и журналы «Плейбой» — для некоторых. А ещё была борьба с вечно не унимающимся империалистическим Буржуином, на которую были направлены все силы и средства. Там было ещё очень много хорошего, что, наверное, можно перечислять долго (включая маленькие налоги, бесплатное обучение и медицину) — но там не было одного, и я лично по этому очень сильно почему-то скучал. Там никто не был заинтересован во мне и в нас вообще как индивидуумах, людях, которые кровь, пот и слёзы любой страны и любой системы. Жизнь наша там ничего не стоила (может, мы были бесценны?). Там между людьми и престижем выбиралось сами знаете что (вспомните хотя бы «Норд-Ост» и блестящую операцию по спасению заложников). И вдруг как-то стало обидно, что ты и есть тот самый

Ноль, о котором ещё при жизни успел рассказать пролетарский поэт, всем нам товарищ Маяковский. И захотелось почувствовать себя хотя бы единицей...

Не то чтобы здесь мы все сразу стали чем-то или даже кем-то. Но каким-то странным образом у нас, здесь живущих, постепенно складывалось ощущение нужности кому-то. Может быть, это всё самообман, и здесь мы так же никому не нужны, как и там. Но давайте будем жить здесь и самообманываться здесь же.

Годы эти, прошедшие с момента приезда в Америку обетованную, пронеслись как один день, миг... и вроде это было ещё вчера, а моему младшему с чисто американским именем Антон (именно не Энтони, а Антон) уже завтра двадцать три. И как это так всё мгновенно пролетело — не пойму.

Страхов тех старых, что тебя не поймут, не возьмут на работу, или возьмут, а потом выгонят, уже нет. Они уступили место другим, новым. Хотя, наверное, это нормально, когда человек волнуется, переживает, боится чего-то. Видимо, в этом и есть смысл жизни, её наполнение, составные её части, и без них была бы наша жизнь пустой и безвкусной или, скажем даже, пресной.

А так — всего понемногу: грусти, веселья, забот-работ, тревог и вдохновений.

Увлёкся я жизнью в Америке и на время отошёл от музыки. Примерно лет на восемнадцать... В эти годы я всё больше занимался бизнесом, страхованием и другими далёкими от искусства и музыки предметами.

И вот вдруг семнадцатого октября 2006 года мне приснилась Песня. (Скептики и другие неверующие в правое «творческое полушарие», его неограниченные и неизученные возможности могут эту часть пропустить).

То есть, проснувшись, я уже знал, что она будет называться «Осень». Слова и музыка каким-то странным образом сидели у меня в голове и требовали, слегка зудя, чтобы я это всё записал на бумагу. Ноты и буквы я ещё помнил. И не столько понимая, зачем я это делаю, сколько желая освободиться от зуда, я песню записал. И спел её друзьям. Она им понравилась. А мне было очень приятно и волнительно. Предчувствие чего-то восхитительно нового не покидало меня. Но я ещё не знал тогда, что меня ждёт впереди...

После этого дебюта вот уже на протяжении ряда лет ко мне во сне периодически приходят песни, стихи и проза и требуют, чтобы я их родил, то есть записал на бумагу. И я их записываю. Причём делаю это с удовольствием.

Конечно, это сильно напоминает Булгакова и его «Театральный роман». Но я не претендую. Всё-таки это Булгаков, и это — роман, а я пока всего лишь Евелев, и это — всего лишь песни...

Хотя их уже много. И они требуют встречи со слушателем. А иначе они — мертвы.

Вот поэтому Вы, уважаемый читатель, случайно или намеренно попавший на мою страничку в Интернете www. yevelevmusic.com, получите возможность ознакомиться с результатами моего творчества. Теперь дело за Вами. Очень надеюсь, что Вам понравится. Хотя, возможно, что-то и не понравится. Но я старался. Честное слово.

Спонсоров у меня пока нет, и хотя есть некоторые успехи, и где-то кто-то мои песни уже пел, но я финансирую свои проекты сам. На свой, как говорится, страх и риск. Для самого первого выбрал песни разные, ничем не объединённые, кроме автора. Подобрал талантливую команду музыкантов и певцов, аранжировщиков и художников, дизайнеров и звукорежиссёров, и вместе с ними подготовил весь этот проект под названием «Музыкальная шкатулка».

Коммерческий успех теперь зависит от всех тех, кто будет оценивать моё творчество. Так что убедительно прошу переправить эту ссылку всем, кого знаете. Пусть и они послушают. А вдруг понравится? Закажите себе альбом. К нему в подарок идёт прекрасно оформленная книжка с текстами песен (её можно увидеть на сайте и на Амазоне). Спасибо за внимание в любом случае.

Кроме этого, я уже успел выпустить ещё один сборник под названием «Симфония слова», где я сам читаю стихи под музыку — иногда свою, а иногда нет. Его скоро можно будет купить и на Amazon.com, и на моём сайте. А ещё я выпустил альбом «Симфония света», где блестящий пианист Женя Маслов играет мою музыку. Очень рекомендую.

...Ну ладно, с музыкой более-менее определились, теперь к жизни вернёмся...

Лет восемнадцать тому назад я напоролся на компанию «Никкен». Случайно, как всё в жизни бывает.

В это время у нас дома часто собирался народ, пили-ели — жена Лина прекрасно готовит. Потом шутили и пели всякие старые песни. У меня на эту тему даже мотивчик есть, называется «Сентиментальный вальс». Вот тут слова:

СЕНТИМЕНТАЛЬНЫЙ ВАЛЬС

1.

Мы, как всегда, разлетелись по миру,
Кто за женой, кто-то вслед за кумиром,
В лучшее веря и страха не зная,
Кто-то в такси, кто — подножкой трамвая.
Вы — в депутаты, а мы — в лесорубы,
Нам всё равно снятся женские губы,
Бывшие школьники вечно в дороге,
Не задержись у судьбы на пороге.

Припев:

А мы чьим-то глупым заветам верны,
И в душе с пионерским огнём
Комсомольские песни поём.
А нам — всё легко, нам весь мир пополам,
Мы из тех удивительных лет,
Где мы были, и нас уже нет.

2.

Что же такое в нас мамы вложили?
Как же мы там без компьютеров жили?
Помним, с кем пили и с кем ночевали,
И как тепло, не скупясь, отдавали,
Нет ни людей, ни страны... рассосалась,
Память упрямая, память осталась.
Лысые, толстые, даже седые,
В памяти той навсегда молодые.

3.

Надо собраться с силёнками, братцы,
Чтобы до берега как-то добраться,
Брали охапкою жизнь — не тужили,
Может быть, мы и неправильно жили...
Берег кому-то чужим показался...
Кто-то в загранку, но кто-то ж остался,
Или опять заблудились в дороге,
Так и стоим у судьбы на пороге?

Вот так мы и пели, собираясь регулярно-периодически. И тут вдруг — компания японская, «Никкен», подкралась неожиданно, а в ней — всяческие интересные приспособления для улучшения сна и здоровья, стельки магнитные, фильтры для воды и воздуха и даже матрацы особые... Одним словом, стал я этим делом серьёзно заниматься и всем об этих удивительных вещах рассказывать. В результате к нам народ как-то постепенно ходить перестал, так как я каждого, случайно на огонёк забредшего и на вкусную еду понадеявшегося, хватал, и про удивительный бизнес мой ему «втирал». Вдумчиво и тщательно «втирал», до полного удовлетворения.

Ну и, в общем, получилось неплохо. Народ поредел, продуктов стало уходить меньше — уже экономия, а кто натиска не снёс — тот и в бизнес вступил, и всяким удивительным магнитным инвентарём обзавёлся.

Я об этом могу долго рассказывать, но скажу лишь, что сетевой маркетинг (а компания «Никкен» именно в нём и была задействована) — вещь интересная, человека, в него вступившего, обнажает, и всем, кто он такой есть на самом деле, показывает.

Очень интересная штуковина. Здесь зачастую талант рассказчика, лидера, вожака или ещё какой другой, который в человеке был, но дремал, — просыпается, выглядывает на поверхность и начинает сиять с новой невероятной силой. Друзья и знакомые этого человека, одержимого идеей магнитов или продукцией любой другой компании, подобного состояния никогда не поймут. Поначалу считают, что он сошёл с ума, а потом, убедившись в том, что точно — сошёл, стараются держаться подальше и с упорством, достойным лучшего применения, за спиной приболевшего душевно крутят пальчиком у виска. Мол, хороший был человек, но вот пропал среди бела дня, тронулся и не спасти его уже.

Но мы, бойцы сетевого маркетинга, индустрии, принесшей более девяноста миллиардов долларов в недавнем 2013 году, не сдаёмся и идём вперёд к светлому финансовому будущему, невзирая на смех, издёвки, недоверие, скептицизм и другие нечеловеческие попытки человеко-образных нас остановить. А это непросто, да, пожалуй, и ни к чему. И в этом самом «Никкене» у меня тоже масса интересных историй было.

Например, одна дама, позвонив, спросила, не может ли так быть, чтоб магнитный матрац на потенцию мужа так положительно реагировал. Я сказал, что жалоб пока не было, но если ей стало мужа слишком много, то можно им с кем-то по-честному и поделиться, так как многим этого как раз и не хватает. Слава Богу, в наш век всеобщей занятости эта тема очень актуальна, и желающие облегчить её нелёгкую магнитно-потенциальную участь наверняка быстро найдутся.

Так это я к чему? А вспомнил я об этом к тому, что совсем недавно («Никкен» у меня уже давно сам по себе работает и моего присутствия не требует) я, случайно опять же, натолкнулся на интересную организацию под названием «А-С-Н», которая опять же, по счастливому стечению обстоятельств, оказалась из той же песочницы — снова сетевой маркетинг. А для тех, кто не знает — это всего лишь схема распространения товара или услуг не через магазины или Интернет, а через дистрибьюторов, и доход — не складам, магазинам, рекламодателям, а нам, живым людям. За что тем, кто эту систему придумал — большое нечеловеческое СПАСИБО!

Так вот в этой последней компании главный товар — это свет, газ, Интернет, телефон, телевизор и всё то, что у людей уже и так есть, и они за это уже и так платят.

А недавно накатила на меня новая волна, и я стал писать стихи. Не просто слова к песням, а стихотворные явления, живущие отдельной от музыки жизнью. Вначале раз в десять дней, потом раз в неделю, а вот теперь пишу практически каждый день. Иногда даже дважды в день. Зачем, почему, кто мне их засылает — не знаю. Но, раз оно прибывает, то, стало быть, надо с этим что-то делать. Тут всемирно добрый и хитро прищуренный дедушка Ленин правильно заметил: «Искусство принадлежит народу». Вот я его народу и собираюсь вручить, точнее, вернуть назад, так как думаю, что именно люди и жизнь среди них все эти годы и подталкивает меня к созданию этих зарисовок из жизни их и, видимо, также и моей. Ну и, естественно, труды не пропали даром, и в прошлом 2014 году я выпустил в свет первый поэтический сборник под названием «Штука жизнь, лечебные стихи» (есть уже на «Амазоне»). В процессе подготовки вторая книга стихов и первая книга прозы. Одним словом, работаем.

Ваш Сергей Евелев

Послесловие

Да, чуть не забыл... А вдруг кто-то из тех, кто ещё помнит, с чего всё началось, спросит:

— Ну а что же там с каплями/биографиями?

Поверьте, мне очень трудно определить, где начинается одна и заканчивается другая.

Они, видимо, и есть — я. А я — это они, капли эти, капли нашей жизни, памяти, событий, сомнений и разочарований, мечтаний и надежд, поражений, борьбы и побед. Они и составляют нас, и живут в нас, а мы, соответственно, в них.

Здесь всё окончательно перемешалось, и этот «коктейль», наверное, тем и хорош, что в нём есть всего понемногу — и боли, и радости, и меня, и Вас, и доброго, и злого, и реального, и придуманного.

Кстати, об этом все мои песни и стихи.

Буду рад, если откликнутся живые свидетели тех героических лет и событий. Буду счастлив без устали вносить изменения и дополнения.

Да, собственно, и выхода-то другого у меня и нет. Песни-то прибывают. А вместе с ними, естественно, и стихи. Иногда они рождаются как слова песен, а иногда — как отдельно живущие существа, с музыкой в себе. Вот, например, одно такое существо:

ВЫБОР

Две руки, две двери, два крыла
      нам природа на откуп дала
И сказала сурово: иди и живи,
      и на помощь меня не зови.
Две руки, чтобы песни играть,
      чтобы к сердцу друзей прижимать,
Те же руки с кинжалом вонзаются в грудь —
Каждый сам выбирает свой путь,

Из дорог, по которым бродили не раз,
Всех сложнее — ведущая к свету.
День проходит за днём, мы упрямо идём,
Нам вопросы диктуют ответы.

Две двери: там добро или зло, и кому-то опять повезло,
Он открыл и ушёл, он терял, но нашёл,
      по воде он как посуху шёл.
Дверь другая открыта всегда, но за ней притаилась беда,
И на этом пути ничего не найти,
      не вернуться домой никогда.

В эти двери мы с вами входили не раз,
Выбирая без страха и муки —
Где враги? Где друзья? Ошибаться нельзя,
С днём вчерашним навечно в разлуке.

Два крыла у тебя за спиной, поначалу их не увидать.
Но в назначенный день воспаришь над землёй,
                                    если не побоишься летать.
С жизнью прежнею ты распростись,
                                    и, пронзая небесную высь,
Ты напьёшься свободы, разрушишь свой плен
И вернёшься, не понят никем.

Сделав выбор, во всём положась на судьбу,
Лишь на миг задержись у порога,
Всех пойми и прости, от себя отпусти,
И тебе покорится дорога...

Это, кстати, слова к песне. Но, наверное, можно читать как стихи.

Время бежит, и всё чаще кажется, что вот там, где-то за поворотом, та самая муза, работа, идея, песня ненаписанная, стих гениальный, что-то самое главное, что придёт и всё изменит. Но не тут-то было. Никто не знает, есть ли оно в будущем, или оно уже всё в прошлом, или всё же — в будущем, но не в моём...

Во, как лихо закрутил. Нет, ну действительно, мы же не можем без того, чтобы не мечтать о чём-нибудь. А оно, мечтаемое, ведь всегда в завтрашнем дне обретается и ждёт нас. А мы не идём. А почему?

день рождения

Друзья мои, спасибо всем. Благодаря вашему вниманию и доброте мой день рождения несмываемым пятном останется в памяти как минимум на год. К тому времени он уже наверняка поблекнет по сравнению с тем, что мне устроят в следующем году, хотя... доживём — увидим.

Звонили все. Знаю не всех, кто звонил, точнее, не знаю большинство, но всё равно радостно и приятно.

Первым в шесть утра позвонил и поздравил Ю-ПИ-ЭС. Пожелал крепкого здоровья на работе и несгибаемых успехов в личной жизни. Посетовал, что я так и не забрал посылку, которая месяц пролежала на улице возле моего дома. Посылка намокла, подсохла, опять намокла и снова подсохла, и они были вынуждены отправить её назад в город Дели, откуда она пришла. Просили не волноваться на этот счёт, и счёт за отправку её назад обещали прислать, напомнив, что отправитель за неё не заплатил, и что теперь я должен буду заплатить за доставку в оба конца. Человек, который звонил, очень радовался на индийском языке, думая, что он — английский. Называл меня мистер Пател, говорил, что он тоже Пател и, может быть, даже какой-то мой дальний родственник. Ужасно поздравлял, извинялся и спрашивал, из какой я индийской провинции и когда я последний раз был в Индии, дома?

В течение дня звонили женщины, не называли имён, уверенные, что я узнаю по голосу, кто звонит. Поздравляли от души. Сообщали, что наши общие дети по-прежнему растут, и что они по-прежнему ничего от меня не хотят, но если вдруг у меня проснётся совесть, то я могу себе ни в чём не отказывать и им помочь материально по месту проживания, адрес указан. Хотя о детях, которые растут, а некоторые уже выросли, я не знаю, но помочь могу, невзирая.

Одна, назвавшись Таней, спросила, не хочу ли я приехать на свадьбу нашей дочери и заодно за неё уплатить, так как наверняка могу себе это позволить, в отличие от неё, поскольку живу в Америке, а не в Таганроге. И что остальные шестеро детей будут тоже очень рады меня увидеть. Все ли дети мои — не сказала, кто она — не сказала, при каких обстоятельствах мы с ней... — не сказала. Город, штат, страну и кому звонит, тоже не сказала. Называла меня Гошей и два раза с любовью в голосе сказала, что я всё-таки подлец и что лучшего любовника после меня у неё в жизни так и не было… если вообще были.

Звонили и мужчины, хотя их было меньше. Некоторые объяснялись в любви, что и понятно, в связи с тем, что Верховный суд, наконец-то, после стольких лет мучений и попыток скрыться от ответственности принял закон, раз и навсегда стерев до неузнаваемости остатки половых принадлежностей. И теперь все те, кто ещё помнит, мужчина оно или что-нибудь другое, может легально зарегистрировать брак с ещё одним таким же или лучше. И они смогут жить весело, но радостно, невзирая на неодобрительные взгляды соседей, не знающих, кто из них мама, а кто просто... пи...

Тётя позвонила из Израиля. Ей девяносто четыре года. Спросила, почему я её не поздравил с круглой датой. Видимо, в Израиле девяносто четыре — это круг. Сказала, что не ожидала этого от меня и что в конце концов у меня не так много осталось тётей, и что восемьдесят лет бывает не каждый день, и что я мог бы и запомнить или, в крайнем случае, записать. А потом поинтересовалась, зачем я ей звоню в такой жаркий день. Спросила, как у нас погода в Одессе, и прекратились ли погромы. Так ли у нас всё плохо, как говорят в телевизоре, и если да, то почему бы мне уже наконец-то не перестать дурью маяться и переехать к ней в Германию, где у них очень холодно и она постоянно замерзает? Просила привезти её шубу, которая висит там в шкафу слева, рядом с дедушкиной шинелью.

Многие звонящие, так и не дозвонившись, оставляли сообщения, желая многого из того, что у меня уже есть, и редко упоминая то, чего ещё нет, но хотелось бы. Имена иногда называли, но каждое через одно мне неизвестно.

Сами понимаете, в связи с наступающей зрелостью память ведёт себя, как ещё не оплаченная проститутка — иногда приходит, иногда нет. Сегодня утром пришёл из офиса в доме в кухню в доме же. Постоял пять минуть, так и не вспомнил, зачем пришёл, и успешно вернулся назад. Через минут двадцать до мозга добрался сигнал из желудка, и я вспомнил, что хотел позавтракать. Быстро вернулся в кухню, напевая: «Завтрак, как хорошо, что ты бываешь, спасибо, завтрак, что ты напомнил мне опять!». Напевал, чтобы не забыть. Не забыл и позавтракал. После пошёл в гараж. Постоял, зачем пошёл — не вспомнил. Вернулся в кухню, ещё постоял, опять не вспомнил и вернулся в офис, где и работал некоторое время. Потом обратил внимание на большой мешок с мусором, стоящий посередине офиса. Вспомнил, что ходил из кухни в гараж вынести мешок с мусором. Видимо, по дороге забыл, зачем пошёл, и принёс его в офис. Вспомнил и отнёс его назад на кухню, хотя правильней было бы в гараж. Но там я уже был, зачем, правда, не помню.

Телефон не унимался весь день. Батарея была горячая и про себя тихо напевала: «Хорошо, что день рожденья только раз в году», так как приходилось её всё время подзаряжать. Во время одного звонка приходили ещё два или три, и пока я пытался прослушать, что сказали звонившие, уже звонили следующие.

Через Фейсбук, Скайп, Вайбер, Вотс-ап и Вотс-даун прорывались все, настоящие и бывшие, решив, что это дело чести и доблести каждого из них — засвидетельствовать почтение, обрадоваться, что я — уже, а они ещё нет, и поделиться радостью того, что они ещё помнят меня и мой день рождения.

Все звонившие из стран бывшего Советского Союза интересовались моим здоровьем и сразу же, узнав, что в порядке, — материальным положением, перед этим сообщив, что у них-то как раз и не очень и здоровье, и положение. Но денег не просили, хотя намекали отчаянно.

Некоторые женщины из местных в беседе интересовались, по-прежнему ли я женат. Потому что, если я уже не женат, то у них есть чудесные претендентки или даже сами они, которые за честь почтут связать композитора и поэта со своей жизнью, особенно если ему уже есть где и на что жить, и он не посягает на жилплощадь претенденток.

Потом позвонила Кузя и сказала, что я наверняка её помню, потому что она была большой любительницей ажурного белья и всяких штучек-дрючек. (Ни белья, ни Кузи, ни дрючек не вспомнил). Поздравила меня и поблагодарила за всё. Добавила, что помнит, как я хотел стать дирижёром, и думает, что если я проявил хотя бы четверть упорства и изобретательности в достижении дирижёрства, которые я проявил, вначале склоняя её, а потом скрываясь от неё же, то наверняка уже стал дирижёром, и у меня свой оркестр.

Сказала, что, хотя долгие годы работала на экскаваторе, но всегда помнила мой совет прислушиваться к сердцу. И вот, наконец-то, однажды к нему прислушалась и обнаружила... шумы в сердце. Вылечившись, пошла и окончила консерваторию по классу скрипки, и теперь тоже работает в оркестре. Но там платят мало, и ей по выходным приходится подрабатывать на экскаваторе, где, хотя и не по сердцу, но платят хорошо. А ей нужно покупать ажурное бельё и всякие штучки-дрючки, о чём я, наверное, помню. Описала две штучки и одну дрючку. Напрягся, но ещё не вспомнил.

Добавила, что она выглядит до сих пор лучше всех женщин в оркестре, не считая двух мужчин. И хотя они уже не совсем мужчины и ещё не до конца женщины, ей с ними тягаться бессмысленно, а на операцию по смене пола ей даже экскаваторных заработков не хватит.

А вслед за ней позвонили из Одесской консерватории и сказали, поздравив меня, что у них чудесные новости, и теперь они принимают всех, невзирая на пол, в отличие от тех трудных для консерватории лет, когда некоторых незаслуженно обижали по национальной приверженности.

Оказалось, что особыми привилегиями у них теперь пользуются иностранцы, и в их числе живущие в Америке, и что я могу за каких-нибудь пятьдесят тысяч североамериканских долларов получить диплом об окончании консерватории по любому инструменту, включая древнюю лютню, губную гармошку и электропилу. Мне нужно только перевести деньги на их счёт, и они сразу же пришлют мне диплом и, если нужно, вместе с инструментом по моему выбору.

...Поэтому спасибо всем, друзья мои. Тем, кто звонил и не здесь. Тем, кто здесь и не звонил — ещё большее спасибо, телефон бы не вынес.

Последний звонок был из Австралии, как всегда, в четыре часа утра, когда я уже стал старше. Приятель, так же, как он обычно это делал последние двадцать пять лет, извинился, если попал не вовремя, так как он никогда не знает, в какой стране который час, и тем более *чем* те, кому он звонит, занимаются. Я сказал, что он звонит вовремя, у меня секс, полужаркий, так как включён кондиционер. Но я могу поговорить, если недолго. Он обрадовался и сказал, что это удивительное совпадение, так как у него тоже секс, который он пытается как-то разнообразить. И так как жена вторую девушку, помоложе, для групповухи привести пока не разрешает, то он решил позвонить мне. Мы поговорили недолго, вспомнили юность и себя в ней. Напомнили друг другу, что у нас секс, решили, что пауза затянулась, и вернулись, по возможности, к исполнению.

...Очень рад, что вы у меня есть, дорогие мои, гражданских и военных лет, подруги и друзья. Без вас мой день рождения прошёл бы быстро, сумрачно, без восхищения и без интереса. Я бы ничего про себя нового не узнал, позже бы проснулся и раньше заснул. Но что уже там жаловаться... Такой день! Такой у меня день! Такой у меня выдался чудесный день.

Жалко ужасно, что только раз в году...

16

апчхи

П осле возвращения из армии я ещё был переполнен армейско-тюремной тематикой и лексикой, так как войска, в которых я с восторгом отдавал свой священный долг, имели прямое отношение к охране тюрем. Поэтому я ещё некоторое время вставлял военно-тюремные слова и выражения в каждодневную речь. А также я ещё был переполнен любовью к Советской власти, которая меня вырастила и выкормила, *выкормыша*... Поэтому в рассказе переплетаются любовь к родимой власти, музыка и невыветрившаяся армейская риторика.

Вскоре я устроился на работу в симфонический оркестр одного славного украинского города, где играл на контрабасе. Для тех, кто никогда не работал в оркестре, сделаю предисловие, чтобы было ясно, что с чем, и кому куда.

Оркестр, как и любой производственный организм, имеет свою структуру. Здесь есть правила, обязанности, и посему каждый знает, кто какое бревно и куда должен нести. В нашем случае — кто какую ноту и в каком случае должен играть.

Итак, времена стояли *социалистические*. Это когда:

а) ничего *честным* путём заработать было нельзя;

б) если чего заработал *нечестным* путём, то это нужно было от всех прятать;

в) у большинства народа ничего не было, не считая спрятанного;

г) почти никто не верил ничему, сказанному властью в лицо или через телевизор;

д) зарплата была смешной, и все смеялись над работой в ответ на смешную зарплату;

е) секса не было, как и не было: омаров, спаржи, свежей клубники зимой и поездок в Канны на фестиваль летом (исключение составляла группа товарищей, раньше всех примкнувших к нужным рядам, и потому у них были и Канны, и тёплые ванны, и небесные манны)...

Вовремя примкнувшие *куда надо было*:

а) ели клубнику со взбитыми сливками, спаржу, омары и все остальные капиталистические глупости, когда им того хотелось (даже зимой). И специально выделенный для таких стратегических целей самолёт мог по особому заданию быть мгновенно поднят в воздух днём и ночью и махнуть в Швейцарию или, в крайнем случае, на Кубу за клубникой-спаржей-омарами. Без этих продуктов они, вовремя примкнувшие, могли очень «желудочно расстроиться» и начать нами (читай — народом) неправильно управлять. У нас же, от неправильного их управления нами, могли произойти разброд и шатание в рядах, при этом цели наши могли затуманиться, а сами мы резко теряли ориентацию в пространстве.

Всё это вместе затруднило бы движение туда, в светлое коммунистическое далёко, где, как позже оказалось, они уже и так всегда были, а мы в любом случае никогда бы и не были. Но они нас как раз там и не ждали, так как на всех светлое будущее рассчитано не было. Но, правда, они оттуда нам сюда говорили: «Сегодня надо хорошо работать, чтобы завтра было лучше». И это была святая правда. Единственное, чего мы, гегемоны, как раз и не знали, так это того, что лучше должно было быть им, слугам народа, а не нам. А они-то как раз всегда об этом знали, но из опасения за собственную безопасность — умалчивали;

б) зорко следили, чтобы никто из тех, кто поздно примкнул (а особенно, кто не примкнул вообще или даже если и примкнул, то всё равно где-то в глубине души подленько так не верил в торжество светлой победы Партии над её народом), не пользовался бы чужими благами;

в) везде ездили дипломатами, партократами, КГБ-ми, МВД-ми, ОБХСС-ами, месткомами, парткомами, горкомами, профкомами, управдомами и остальными очень уважаемыми «в узком кругу ограниченных лиц» — людьми без лиц, но с одинаковым их выражением.

И эта группа людей в одинаковых костюмах и с чётко ограниченными полномочиями, существовавшая во все времена, занималась: отслеживанием, не даванием, не пусканием, осуждением, ссыланием, стрелянием, отниманием, делением, умножением и другими не менее важными государственными делами;

г) очень гордились занимаемой должностью и с улыбкой, не задумываясь, перегрызли бы глотку любому другому претенденту на сладкое место у кормушки, в специальной больнице для своих и в спецмагазине для раздачи пряников за особые заслуги перед Отечеством (исключая, конечно, Героев социалистического труда, Нобелевских академиков, художников-передвижников, гениальных композиторов и инвалидов любых войн).

Так вот, как я уже намекал, хотя времена были социалистические, но, оркестр не работал на хозрасчёте (это когда чего насобирал, того и съел). Ну как же может оркестр так работать — а если никто не пришёл на концерт, что же, нам было с голоду помирать или нотами питаться?

То есть, оркестр играл кто во что горазд, и нам всем платили зарплату «понотно», то есть, считай, почём зря. Так как одни играли хорошо и весело, а другие — наоборот, медленно и фальшиво. Особо же приближённые, ничего не боясь, вообще могли в паузе заснуть.

Но уснуть было непросто, особенно когда оркестр играл громко или с иностранным дирижёром. И ещё уснуть было опасно — можно было державу свинячим храпом опозорить.

Платили деньгами: кому девяносто, кому сто, а особо пронзительно играющим даже иногда целых сто пятьдесят или ещё пуще того — двести тугриков в месяц.

Так вот, оркестр наш был, как я уже говорил, сам по себе организм сложный, но весьма любознательный. Все всё друг про друга знали или пытались узнать: кто с кем спит и зачем?.. про аборты, курорты, романы... кто что ест, пьёт, где бывает, и что там делает. Эдакая одна большая склочная, но дружная семья. Ну, и как в любой семье, у каждого было своё место за столом, своя ложка и, конечно же, своя кроватка. Иными словами, каждой Машеньке — по медведю (а на чужое глаз не раскатывай и губу не разевай!).

Теперь у нас пойдёт короткий ЛИКБЕЗ для тех, кто уже опять забыл про курс по ликвидации безграмотности, точнее, ознакомительная лекция на тему «Ху из кто?».

Итак, главный человек в оркестре — это первый скрипач. Обычно это тот, кто сидит первым слева от дирижёра и подсказывает ему слова и мелодии. Дирижёр с ним за это здоровается за ручку, выходя к зрителям, и этим как бы показывает, кого он уважает, а кого — не очень. Все чаевые они делят на двоих и от всех это скрывают. Но все всё равно знают и плевать на них хотели, потому что работают не за деньги, а за любовь к искусству. Деньги все остальные зарабатывают, занимаясь частным извозом, спекулируя джинсами и кроссовками, а так же играя на свадьбах в свободное от пребывания на симфоническом Олимпе время.

Вслед за Главной Первой скрипкой сидят и ёрзают от зависти все остальные первые скрипки. Они всегда хотят подсидеть самую первую скрипку и при первой же возможности играют неправильные ноты или делают какие-то другие гадости. Но дирижёр за всё ругает Главную Первую скрипку, а та уже потом, после концерта, должна поймать хулигана и накостылять ему по башке за несыгранное. Но сидят первые скрипки на своих местах крепко, держась всеми свободными руками за стулья, которые из-под них постоянно пытаются выдернуть работники сцены и вторые скрипки (но об этом потом).

Справа от дирижёра сидят виолончели, и иногда дирижёр может (если ему первая скрипка подскажет) за руку, оставшуюся свободной от здорованья с Главной Первой скрипкой, поздороваться и с Первой виолончелью. Остальным уже достаётся что осталось. А осталось всего-то — лёгкий кивок головы, типа: «Привет, пацаны, не забывайте, кто сегодня на раздаче у кассы, и будьте готовы отвечать за базар». (Перевод: «Прошу всех быть внимательными сегодня, так как играем чистейшую фигню собачью имени Союза Советских композиторов, и я сам не знаю, как мы это всё вырулим... но очень надо, так как в зале народ, и за всё уплачено»).

Виолончели, хотя и очень взвинченные и обидчивые инструменты, но сидят спокойно, так как на их места никто не претендует — ни скрипки, ни контрабасы.

В струнной группе ещё размещаются вторые скрипки (которым всегда хочется стать первыми, но те не пускают, так как самим мало).

Вторые скрипки — это те, кого не пустили в первые, но сказали, что если они будут паиньками и вдруг когда-нибудь какая-то первая скрипка падёт в бою или просто рассыплется в пыль по возрасту, то у них появится реальная возможность претендовать, если, конечно, они смогут продемонстрировать... и ещё будут помнить, зачем они этого хотели...

Но первых скрипок выносят вперёд ногами и не раньше; выносят вместе со стулом и, вернувшись назад, со стулом же, но уже без скрипки, объявляют конкурс, на который приезжает много разных первых скрипок отовсюду. Чтобы обеспечить глухой аноним и чистоту «экспермента» (буква пропущена нарочно, для выпендривания), их, участников, прячут за занавеской, и каждый играет свою песню, а беспристрастная (ха-ха-ха) комиссия выбирает лучшего из-за занавески. Но это всё до лампочки: все, кому надо, видят сквозь занавеску и выбирают не обязательно того, кто лучше всех играет, а частенько того, кто отличился по партийно-правительственной линии и про него позвонили, или, например, у него правильное родство, ну и, само собой, национальность. И боже упаси, не подумайте ничего плохого, так как сумма взноса здесь «рояли» не играет (ещё раз ха–ха-ха).

Были их родственники в плену или на оккупированной территории, уезжали ли во всегда тяжёлое для страны время в Израиль с возвратом, и рассказывали ли они политические анекдоты с тайным подтекстом — тоже роли не играет, но при всех равных (в смысле, все победители уплатили одинаково) берётся в расчёт.

И поэтому, невзирая на полную непрозрачность занавески, всегда побеждает кто надо, то есть — сильнейший.

А взносы всех участников конкурса-идут в общак и делятся согласно реестру между «паханами» в приёмной комиссии, а всем «проигрантам» возвращаются дуля с шоколадным маслом и пожелание «непокобелимого» здоровья в личной жизни.

Да, а вторые скрипки, которые так долго и с риском для жизни кормили маринованными (и слегка ядовитыми) грибами преждевременно от этого усопшую первую скрипку, остаются с носом и при своём интересе, но смотрят с надеждой в будущее и с утроенной энергией регулярно в паузах засылают наряд в лес за грибами.

Дальше идут альты, которые хотели бы стать вторыми скрипками (а один даже хотел стать арфой), но вторые стоят насмерть, а о первых скрипках они, альты, даже и не мечтают. Альты — это такие скрипки-переростки. У них в сравнении с настоящими скрипками такой сипловатый голос и меньше ответственности. Им обычно доверяют играть то, что скрипкам «западло», а виолончелям так вообще даже и не предлагать. Говорят, что в альтисты попадают неудавшиеся скрипачи, то есть те, кто уже на скрипке играть умеет, но в скрипачи их ещё не берут, а идти работать на завод, например, точить или сверлить как-то ещё не хочется. Хотя я лично не до конца с этим согласен. Встречал я потрясающих альтистов на своём пути, и они могли даже некоторым скрипкам дать форы, но те не брали. Сильно были гордые.

Да, чуть было не забыл — контрабасы. Это такая особенная группа, которая заседает от дирижёра по его правую руку, максимально далеко, на случай, если дирижёр в них захочет по доброте душевной чем-нибудь запустить, предметом каким немузыкальным, если встал не с той ноги, или так просто, чтобы не выдёргивались. Но там обычно большие такие мужики (хотя иногда и крепкие барышни), и их брошенным поленом или там просто булыжником не возьмёшь.

Настоящие герои. И вообще могут не по-музыкальному выругаться и запустить назад.

Говорят, что в контрабасисты попадают неудавшиеся виолончелисты, не совсем удавшиеся альтисты, абсолютно потерянные скрипачи и иногда просто люди, которым в жизни нужно держаться за что-то большое, а жёны (или, в редких случаях, мужья) у них, наоборот, маленькие. Контрабас, как мы все с вами знаем, от скрипки если чем и отличается, то это тем, что дольше горит.

И вообще, считается, что струнники — это голубая кровь, и с нею вместе — тонкая кость, типа интеллигенция. Почему — не знаю, но такое мнение в народе бытует.

А так — все мы были одной большой семьёй и горели одновременно синим пламенем творчества на костре великого искусства.

Дальше пошли. Есть ещё большая группа духовых инструментов, и там свои фокусы.

Есть там очень тонкой душевной организации гобой (соло из «Лебединого озера», жалостное такое) и где-то рядом флейта (хулиганистая дуделка-свиристелка), фагот (эдакий хрипловатый выпендрёж, звучит в нос, как будто бы он француз, а мы все — наоборот, г..., в смысле, на французов не тянем). Потом ещё кларнет (виртуозное такое дудение, много нот в быстром темпе, и если даже чего не того дуднул — не услышишь, не догонишь).

Всё это из деревянной группы (не подумайте ничего плохого, это значит, что инструменты — из дерева). Учиться играть на них нужно много лет и вдуть в любой из этих инструментов миллионы *куботонн* воздуха. До финиша доходят не все, так как частенько просто кончается воздух и терпение вдувать. Плюс звуки вначале выдуваются ужасающие, это действует на нервы окружающим, и их, дударей, за дутьё все гоняют, а в отдельных случаях ещё и бьют.

Есть медная группа: трубы (вспомните военные марши), валторны (звучат как охотничий рог, зазывающий на охоту, на битву или на пьянку), тромбоны и тубы (громоподобные дуделки для великанов. Туда, в отверстие для дудения, умещается всё выражение лица дудельщика, такое оно немаленькое... и это я не про лицо... хотя и про лицо тоже).

Есть такое мнение, что духовики — люди в оркестре второго сорта и очень часто алкоголики. Лично я с этим не согласен, так как встречал алкоголиков и в других группах, и даже не музыкантов, а с другой стороны, знал немало чудесных духовиков, и непьющих, по крайней мере, при мне.

Есть группа ударных инструментов, там много разных ксилофонов, треугольников, литавр, барабанов, тарелок, бухтелок-тарахтелок, трещалок-верещалок, бубнов, треф... и др. Этим людям — лучше всех, так как почти на любом ударном инструменте можно согнать свою злость на кого хочешь, даже на дирижёра. Это как в Японии, где у входа в офис стоит резиновая статуя шефа, и любой желающий, без риска быть уволенным, может взять палку и, чтобы задать себе на весь день хорошее настроение, взять и отдубасить начальство, точнее, его резиновую копию, до полного изнеможения и удовлетворения.

Ещё в оркестре бывает арфа — инструмент старинный, в родстве с лютней и лирой (не путать с итальянской валютой), много-многострунный, так что если одна-две струны лопнут, никто и не заметит. Паганини вот не повезло. Не на том играл. У него одна за другой, кто ещё помнит, лопнули три из четырёх струн. Он, правда, и на одной доиграл. Паганини всё-таки. Но, если бы у него ещё и четвёртая струна лопнула, наверняка бы тогда уволили за вредительство и, скорее всего, сослали в Сибирь валить лес. Чаще всего на арфе играет женщина в строгом платье с большим разрезом снизу почти до самых... до ушей (для чего разрез — не скажу, сами догадайтесь).

А ещё есть в оркестре Главный председатель (дохлых крыс). Он называется инспектор оркестра. Это может быть человек, играющий на любом инструменте, но заслуживший особое доверие, возможно, бывший кагэбист, хотя говорят, что бывших кагэбистов не бывает. Мастерство исполнения на музыке в этой должности никого не интересует.

В его обязанности входит проверка личного состава на предмет готовности к боевому дежурству (репетиции или концерту), обеспечение всех нотами и другими необходимыми для игры принадлежностями. Он также отвечает за соответствие формы одежды сезону и событию. На него же возложена почётная обязанность проследить, чтобы на сцене в правильной последовательности были расставлены и рассажены: музыканты, инструменты, стулья для сидения, пульты для нот, плевательницы и сморкательницы для слабонервных в моменты грустной музыки, а также, чтобы в строго для этого отведённых местах всегда висели поучительные таблички с вдохновительными надписями: «На концерты — с чистой совестью!», «Быстро сыграем — и быстро уйдём!», «Взялся за грудь — говори что-нибудь», «На дирижёра не смотреть — без прогрессивки остаться» и «Дирекция за пропавшие норковые шубы со сцены во время концерта ответственности не снесёт!».

Ну и, конечно же, как венец всего этого творения — ДИРИЖЁР. Даже бытует такое мнение, что дирижёр — он всему оркестру голова. И это очень даже обидно, потому что получается, что без него никуда. Ну, и если он — голова, то тогда какой группе на этом теле доверили роль зада, например, хотелось бы очень узнать, или кого там наделили, скажем, функцией потовых желез или других, не при детях сказать, славных органов внутренних дел? Тоже вопрос.

Некоторые смутьяны, видимо, явные будущие политзаключённые, неоднократно в очень закулисных беседах намекали, что, мол, оркестр может прекрасно обходиться и без дирижёра, который ему, оркестру, только мешает. Стоит в самом центре на возвышении, что уже унизительно. Типа все остальные ниже его и должны подчиняться, т.е. играть что он хочет, как хочет, и вообще с ним не спорить, а то как засветит маленькой, но подло острой палочкой в глаз. Будто бы он пуп земной, а они все — ничего особенного, так себе, шелуха от манной каши, твари никчемные, им, Богом, ведомые во тьме к свету и радости (цитата из ещё ненапечатанной Библии). И вроде бы только он один, Данко хренов, знает туда дорогу. Но сразу, куда он их ведёт, не скажет, потому как если скажет, то на кой ляд же он им потом будет нужен, Сусанин?

В общем, функция дирижёра хотя и многократно в разных умных книжках описана, но публике не вполне понятна. Поскольку всё, чем он там занимается — народу не видно. Всё помнят, что дирижёр из чувства нескрываемого уважения и для наведения тени на плетени стоит к нему, народу, извините за немузыкальное выражение, обратной стороной колена.

Кстати, говорят, что давным-давно они, дирижёры, стояли спиной к музыкантам и, соответственно, лицом к публике. И это было правильно, так как уплатила публика и заслужила вполне смотреть на то, какие он корчит рожи. А музыкантам это было даже лучше — хоть можно было играть себе спокойненько и на дирижёра не отвлекаться.

Некоторые говорят (явно в попытке подлизаться), что якобы дирижёр и играет на всех этих арфах и скрипках, а музыканты только делают вид. Зрителю из зала это не видно, а заработанное делят на всех. Ну, типа играют под фанеру (как сегодня большинство народных и очень заслуженных). Не знаю, не знаю; у меня тут реакция двойственная: были на моём веку и действительно потрясающие дирижёры (очень мало), которые что-то магическое совершали, и оркестр (вполне средненький такой) вдруг начинал играть потрясающе, и объяснения этому феномену никто не знал. А было немало и таких, без которых оркестр точно играл бы не хуже, плюс (что любому начинающему бухгалтеру понятно) его долю можно было бы разделить на всех. Мелочь — не мелочь, а детишкам на молочишко...

Ну, одним словом, всем уже, наверное, понятно, что оркестр — штука, в основном, очень нервная и невероятно впечатлительная. Работа тоже не какая-нибудь там «хухра-мухра». Сейчас объясню почему. Но перед этим «один очен важный вещ скажу — только ты не обижайся». Я понимаю, что некоторые особо нетерпеливые товарищи читатели по-прежнему терпеливо ждут, когда же про «Апчхи»-то рассказ будет?

Правильной дорогой идёте, товарищи! И мыслите верно! Но мучаю я вас разъяснениями всякими и при этом почву готовлю умышленно. Без этого вам ситуацию, в которой я и ряд других сомучеников по музыке неожиданно оказались, не понять и не прочувствовать. А без этого цена моей истории — две копейки до инфляции и после девальвации, даже если и в базарный день.

Итак, давайте все (кроме тех, кто работал в симфоническом оркестре и этого представить не могут, так как не в силах забыть) представим себе героизм и мученическое существование советского, да и вообще любого оркестрового музыканта.

Вместо того чтобы, как у нас в Одессе говорили, «иметь нормальное детство» — с футболом, игрой в бутылочку, а потом зажимательством/целовательством и всякими глупостями, идущими следом, — несчастное дитя на заклании (это значит, что родители-музыканты решили — пусть тоже хлебнёт) день и ночь пилит свою скрипку, *кларнетку* или арфу, чем раздражает весь дом-двор-мир. И пилит оно (извините, гражданки девушки, за неприличное слово) это всё много лет подряд, под бесконечные инфаркты учителей, родителей и соседей, с одной стороны, и улюлюканье нормально воспитывающихся на улице детей — с другой. И это лет десять-одиннадцать — школа (музучилище), затем ещё лет пять в консерватории, а потом уже для особо впечатлительных, полных наркоманов от музыки, которые не в силах сойти с дистанции, — аспирантура. Там их окончательно научат самым тщательно скрываемым от непосвящённых секретам интимнейшего пиления и вдувания (музыкальная каббала для избранных). И вот они, возможно, и неплохие музыканты, но — полная девственность, нетронутые миром и не имеющие ни малейшего понятия о том, что в нём происходит, в связи с отсутствием себя в нём же последние лет двадцать — весёлые, но довольные выходят на широкую дорогу жизни. Точнее, идут искать работу в филармониях, оперных театрах и других не злачных местах. Один из пятидесяти миллионов становится Ойстрахом или Гилельсом, точнее, им рождается, а остальные — в стойло, точнее, к станку или, ещё точнее, в оркестр. Единицы, которым особо повезло, шли в ресторан, но там и мест на всех не хватало, да и музыка была не та, хотя за другие деньги.

Опустим все подробности попадания в оркестр и попробуем представить себе простую репетицию или концерт, где в семи случаях из десяти мы развлекались музыкой советских композиторов.

Объясняю: композитору Фёдору Наплевакину по решению высшего совета старейшин комитета старпёров-партийцев заказали кантату «К миру», причём на завтра, потому что другой не менее гениальный композитор Шурик Хлюпкогрызин, которому её заказали уже давно, почти уже было всё навалял, но в самом финале запил, закурил, заснул и чуть не сгорел от непотушенной папиросы «Всем Казбек». То есть горел он творческим пламенем, отчего и занялось всё вокруг. Его-то как раз спасли, хотя я думаю — зря, а вот единственную рукотворную копию кантаты не спасли, так как она сгорела вместе с его квартирой, хотя вполне могла бы сгореть и вместе со всем домом, в котором он заслуженно проживал. Но почти что вовремя приехавшие пожарные браво и с восторгом всё, что осталось, потушили, но кантату — увы, как говорится, и ах...

Поэтому, с трудом сдерживая скорбь и рыданья, мир узнал, какого шедевра он чуть не лишился в лице пьяной рожи автора. И слава Богу — рукопись вовремя сгорела, и посему вся вселенная её, слава Богу же, лишилась. А ещё говорят, что рукописи не горят.

Да, так вот, работая по спецзаказу, Охлобыстин, то есть Наплевакин, неестественно трезвым нюхом предвкушая жуткий гонорар (шутка ли — наваять за один день), даже не расстроился тем, что половину гонорара придётся отдать товарищу сверху, который его порекомендовал как очень талантливого композитора, умеющего быстро писать хорошую музыку. (Почему-то вспомнилось «в кратчайший срок», «с наименьшими затратами», «пятилетку — за четыре года и двенадцать месяцев»)... Ну, сами понимаете, когда платят деньги и консерватория за плечами, он засучил — и к утру следующего дня всё слепил.

Получилось миленько. Бах Себастьянович, бедняга, весь гроб разворотил, так он в нём вертелся. Бетховен прозрел, а Моцарт достал Каренину из-под самосвала, выходил и потом отравил, хотя она уже к тому времени от этого шедевра и так оглохла. А потом они все вместе с Муму привязали себе на шею один большой поезд и бросились... под кирпич.

Музыка сочинилась очень хорошая, причём всем. Проблема была одна, хотя, прямо скажем, несущественная. Играть эту музыку было нельзя, да, впрочем, и не нужно бы. Потому что для искушённого слушателя (на корню испорченного всяким Шопеном и Гайдном) эта какофония напоминала пиление ржавой пилой телефонной будки, в которой застрял и, наконец-то, дозвонился до Таганрога измученный командировочный. Он стонал от ужаса, боясь, что сейчас пропилят будку и доберутся до него, но должен был закончить разговор со старшим прорабом и вымолить дополнительные командировочные, так как выданные — уже пропил.

Постоянно спускалась вода в бачках всех туалетов мира, рвали и метали икру с болью в душе пытающиеся долететь до середины Днепра принятые в комсомол птеродактили, и всё это бесконечно накрывалось матом городских продавщиц пива и кваса, которых без устали бдящий народ пытался уличить в недоливе и разбаве этого недолива водой, а они, наоборот, возражали.

Я могу тут изощряться миллион лет, но всё равно не передам и сотой доли той бредятины, которую писали советские композиторы. Да и хрен бы с ними, даже если они именно им, хреном бы, и писали. Пускай бы они сами это и играли — но нет. Шалишь, парниша, тут было всё как в Америке: разделение труда. Одни пишут, а другие эту «шедевриаду» доносят до народа.

А народу-то как раз плевать, он всегда мог отлучиться в туалет, а там сбежать от высокого искусства через окно, невзирая на девятый этаж. Оркестру же деваться было некуда. «Песня скрипа и скрежета» было написана, оплачена, и посему должна была быть оплакана всеми оркестровыми музыкантами, которые не догадались стать танкистами или хотя бы проститутками и потому были принесены в жертву. Кто-то же должен отстрадать!

Оговорюсь, были отдельные имена и отдельные произведения, написанные здорово и играемые с удовольствием. Но это была редкость. Как радуга.

Итак, на пульте — ноты гениального изваяния, играя которое, болят все зубы, включая искусственные и ещё не выросшие.

Выходит дирижёр, ехидно улыбается (так как он один знает, что нам сейчас предстоит), весело поднимает руки...

Никто из нас, участников этого мучительного заезда на кобыле с двумя задницами, которые едут в разные стороны, этих нот раньше в глаза не видел. Но никуда тут не спрячешься, завтра зарплата, а перед нами во всей своей первозданной наготе разверзнулся момент истины. Попытайтесь всё-таки это представить, заранее понимая, что этого сделать нельзя — ну, как нельзя прыгнуть на сто метров вверх или провести три года под водой без акваланга. Мы начинаем музицировать. Внимание: начинаю перечислять, что мы делаем.

Одним глазом надо смотреть в незнакомые ноты и сразу правильно этот бред недоабортированной кобылы играть: иногда медленно, но с душком, а иногда быстро, как сношающийся насмерть комар, так как лично «композицер» сказал, что это ему так муза напыхтела.

Следующим глазом надо иногда посматривать на играемый инструмент в попытке свериться с ним и не нажать не ту струну или не закрыть не тем пальцем не тот клапан.

Следующими, свободными от предыдущих операций глазами, необходимо смотреть на главного в твоей группе (в каждой группе инструментов есть свой вожак. Он или самый умный, или самый опытный, или ближе всех к начальству) и стараться играть так, как он играет. Хотя времени на то, чтобы копировать его, нет (это как пытаться копировать дятла в момент долбления им дерева со среднестатистической скоростью триста шестьдесят долбоклювов в секунду).

Следующим глазом все несчастные, но гордые от причастности должны поглядывать на концертмейстера оркестра, он же — первая скрипка, он же — доверенное лицо дирижёра, он же создаёт весь главный шорох. Все смотрят на него, как будто он — ожившая Джоконда или, в крайнем случае, наконец-то падающая на всех Пизанская башня. Смотреть на него редко интересно, но так как за деньги, то — надо.

И последними, всеми оставшимися глазами — нужно есть… бутерброд.

Шучу, нужно есть — дирижёра. Ну, это в хорошем смысле.

И делать это нужно потому, что он находится ближе всех к истине. Он первым получил манускрипт, случайно не украденный, не съеденный вместе с автором оголодавшими занзибарскими людоедами (случайно проездом в нашем городе), и успел с ним ознакомиться. Выпив много пива-водки-валидола-элениума- терракокка, чачи-валерьянки (по выбору) и напев себе мотивчик, он, дирижёр, прибыл на репетицию, полностью оценив титанически бездарный труд почти гениального композитора, при этом наметив свою, не менее гениальную, концепцию реализации этого произведения. Точно понимая, что автор хотел этим бредом сказать, хотя мог бы и помолчать (помните вопросы к сочинению — «А что Пушкин хотел сказать Гоголю письмом Татьяны?», или «О чём думал Толстой, когда князь Болконский камнем лежал под дубом?» или наоборот), и, умножив это на своё творческое видение проблемы (хотя единственная проблема была в том, чтобы не обделаться до конца исполнения, пытаясь совладать с исполненным восторга организмом, который мучило и пучило), дирижёр, насупив всё, что было под рукой, и отчаянно размахивая второй, вёл нас, несчастных, тонущих в недовзбитой сметане, лягушек, в бой, где выживал только глухой — и зритель в зале. Выживал лишь потому, что, во-первых, уже уплатил за билет и будет слушать за свои кровные, а во-вторых, там, в Союзе, во время исполнения бессмертных произведений, да ещё и под присмотром обязательно сидящих в зале горкома, комсомола и НКВД — иногда в одном лице, — выходить по нужде или просто так было почему-то не принято. Из чего я делаю вывод, что ходили про себя и под себя, хотя на качестве музыки это никак не отражалось, так как в ней уже и это всё было учтено.

Ещё раз повторюсь — не подумайте, что мы не играли божественную музыку Баха, Бетховена, Моцарта и других несомненных гениев. Но за каждую упавшую на нас с небес МУЗЫКАЛЬНУЮ МАННУ нам приходилось отрабатывать как на галерах, участвуя в страданиях от исполнения, описанного выше, и доставалась нам всё больше перловка и недоразвитая каша Геркулес Гермафродитович (в противовес МАННЕ).

В общем, невзирая на многоглазость и вообще «юлиецезаревость», обязательную при любом исполнении, на желание уйти вначале в себя, а потом вообще домой, мы отмучивали эти репетиционные часы, а потом ещё и концерты. А на концерте всё вышеописанное (и многое, не подвергающееся перечислению вследствие крайней интимности процесса, с одной стороны, и клятве о неразглашении, данной каждым из нас, с другой) умножалось на фрак, ответственность за занимаемую должность и гордость за то, что мы здесь на возвышении и маемся за деньги (хотя и смешные), а обречённый зритель там, внизу, и тоже за деньги — но уже за свои.

Обстановка всегда нервическая, плюс музыканты, должен я вам сказать, народ разбитной. Его хлебом не корми — дай ему чего-нибудь разбить и подшутить друг над другом, причём на концерте. То чего к чему приклеят, то куда чего нальют, то ноты сошьют суровой ниткой — не разрежешь, и т.д.

В такой-то вот взвинченной, готовой взорваться в любую секунду атмосфере мы (наконец-то) вплотную подходим к началу сердцевины моего рассказа.

Я вообще-то чихаю. Не то чтобы этим кого-нибудь можно было удивить, но я чихаю как-то очень громко. В юности я прочёл труд крупного специалиста по чиху. Мне даже почему-то кажется, что это писал сам Наполеон (или он чихал вслух, а кто-то за ним записывал). И там говорилось, что чихательство — дело очень тонкое и серьёзное, и если, мол, быть в этот момент в какой-то неправильной позе или сильно эту разрядку организма сдерживать (ну, как это делают девушки-скромницы, институтки и монашки), то может получиться для организма неприятность.

Я к этому как-то серьёзно не относился до тех пор, пока однажды не чихнул, повернув голову назад, когда кто-то меня позвал. Две недели после этого чиха у меня болела грудь, да так, что мне казалось, будто изнутри жгут раскалённым железным прутом. Что там внутри случилось — не знаю, и хотя всё вскоре прошло, появился опыт. «Всё, понял», — сказал я и стал относиться к чиху серьёзно.

Серьёзно в том смысле, что когда мне нужно чихнуть (ну, вы знаете, есть у нас полсекунды перед этим, когда уже знаешь, что сейчас чихнёшь, но ещё не чихнул), я обязательно стараюсь сесть, если лежу, встать ровно, если я куда-то повернулся — одним словом, создать организму благоприятные «чихо-условия». И так как я уже чихаю много лет, то мгновенное приведение тела в максимально естественное состояние уже давно превратилось в привычку. А, стало быть, я это делаю автоматически, не думая.

Итак, мизансцена следующая.

Концерт. Мужчины все — во фраках, женщины тоже в вечерних строгих платьях. Всё очень красиво и даже торжественно.

Играли мы в тот раз что-то прелестное и вполне музыкальное, кажется, Чайковского. Я — в группе контрабасов, то есть в самой последней линии обороны. За нами уже больше никого нет, не считая роты стрелков группы особого назначения НКВД, расстреливавшей отступающих. Но так как мы никогда не отступали, то стрелки вечно были без работы, и их поувольняли за ненадобностью.

Следующей после нас в сторону дирижёра залегает группа виолончелей (если кому хочется это всё получше представить, можно найти любое выступление симфонического оркестра и посмотреть, кто где сидит). Прямо передо мной сидят две женщины-виолончелистки. Им так лет по тридцать. Незамужние. Обе вечно напуганные — то ли тем, что ещё не вышли замуж, то ли тем, что уже и не выйдут, или что выйдут, но не за тех. А может, и тем, что старость начала подкрадываться незаметно. Идёт второе отделение, и каждый уже мысленно переживает тот сладостный момент, когда благодарные зрители вынесли и вручили все цветы, дирижёр пожал всем что смог, отзвучали аплодисменты, и мы, сняв с себя фраки, оделись в нормальную человеческую одежду и разошлись по домам.

Так, про виолончелисток я рассказал, теперь — про дирижёра. Обратите внимание, что дирижёр всегда стоит на таком возвышении — постаменте. Это сделано для того, чтобы мы не забывались и знали своё место, это во-первых (и об этом я уже говорил). Кроме того, дирижёры бывают всякого роста, и для того, чтобы любой из них, как генерал, мог в любой момент видеть все свои полки и бросать то танки на конницу, то наоборот конницу на танки, то прикрывая фланги, то обнажая их, ему и поставлена вот эта подставочка. Она такая небольшая, я думаю, метр на метр, и высотой, наверное, сантиметров двадцать — двадцать пять. Стоять на ней, конечно, можно, я даже думаю, что у дирижёров есть такой класс в консерватории — «Уверенное стояние на подставке, изображая при этом ветряную мельницу», но это всё правда, если корабль не качает. Но не забывайте — он на ней не просто стоит, он, между прочим, ещё и дирижирует, смотрит в ноты, листает их, следит за нами (чтобы на всех, кто на концерте уснул, на следующий день настучать в бухгалтерию), сопереживает замыслу композитора, изображает волнение, глубоко и чувственно дышит грудью и при этом делает глазами, языком и губами ещё многое другое, чего зрителям из зала, слава Богу, не видно, а то бы в ужасе от гримас они бы сами помчались в кассу, требуя вернуть деньги за билеты.

Так вот, играем мы эту самую музыку, и вдруг (все вспомнили про полсекунды) я понимаю, что сейчас чихну.

Несколько слов про игру на контрабасе. Во время игры в некоторых оркестрах контрабасисты сидят на таких специальных стульчиках, а в некоторых — играют стоя. В нашем случае мы сидели. Сидя с контрабасом в руках, чихать (согласно Наполеоновской теории) нехорошо, и можно себе навредить. Я, предчувствуя наступление «чихо-разрядки», встаю, продолжая играть. Чихать, играя, нельзя, так как руки находятся в неподходящем для чихов положении (смотрите на положение рук контрабасистов любого оркестра).

Лирическое отступление: почти все музыканты сидят по двое, ну, как две лошади в русской тройке, если третья заболела, или как два пилота в самолёте — один знает, куда лететь, а второй знает, как...

И первый из них — всегда главный, ведущий как бы, а второй, соответственно, ведомый. Любое музыкальное произведение хорошего или даже плохого композитора на двух страничках не умещается (чего иногда очень жаль).

Написано оно на многих страницах. Их на одну симфонию может быть, скажем, сто. И, естественно, когда на одной странице всё сыграл, нужно перевернуть страницу, ну как при чтении книги. А музыка ведь не останавливается.

Страницы всегда переворачивает ведомый — тот, который менее главный, меньше зарабатывающий, и вообще по-армейски «салага», то есть новичок. В нашей паре новичком был я, потому и ноты переворачивать приходилось мне. А рядом со мной сидела такая сука (хотя это был мужчина), что если я, новичок, ещё тридцатью глазами не успевающий за всем уследить, страницу вовремя не переворачивал, то он (который сука) сидел с выражением невозможности расстаться с девственностью лица, и ни за какие коврижки сам бы, сука (или я уже об этом говорил?), страницу не перевернул даже если бы, не играя, пришлось просидеть полконцерта. За что мне потом все — и концертмейстер моей группы, и инспектор оркестра, и концертмейстер, который первая скрипка, и лично сам дирижёр (все стукачи) — попытались бы коллективно откусить, уже точно и не помню, что там было положено по разнарядке, но что-то точно было.

Это я вам, друзья, рассказываю долго и с подробностями, а всё произошло меньше чем за одну секунду. Значит, я встаю и пытаюсь зажать нос, чтобы не чихнуть, но кто ещё помнит, это как оргазм остановить — можно, но заранее. «Одно неосторожное движение — и ты уже отец» (бессмертный Жванецкий). В момент этот злосчастный мне нужна была свободная рука для зажима носа, а обе руки, как назло, оказались заняты. Одной я держал контрабас, а второй — смычок (да-да, в некоторых приличных оркестрах на контрабасах, чтобы повыпендриваться, играют смычком). И тут я вижу, что мне, ко всем моим бедам, ещё нужно перевернуть страницу. Я пытаюсь положить смычок, поставить контрабас бочком на стул, перевернуть страницу и зажать нос. Дел много, Чайковский в разгаре, музыка течёт, времени в обрез. У меня почти всё получается. Смычок положил, страницу перевернул, и уже начал было заглушать чих, пытаясь при этом поставить на стул контрабас. Но, видимо, я не от Юлия Цезаря (который сразу, говорят, мог на шести контрабасах играть, и при этом на шестнадцать дирижёров чихать, так как был он — Юлий Цезарь), а по какой-то другой линии пошёл, и поэтому я чих удержать не смог. А когда чихаешь (напоминаю, что я это делал очень громко, чтобы не сдерживать правильного излияния организма), всё тело в этот момент производит какое-то секундное непроизвольное расслабление. Я и расслабился… и быстро опять напрягся. Но было уже поздно. Контрабас я из рук выронил, так как поставить его на стул так и не успел. Торопился я, но — не смог...

Дальше произошло следующее: контрабас, выроненный мной, потеряв равновесие, упал вперёд (кстати, контрабас, кто ещё не помнит, — это такой большой деревянный ящик со струнами). А впереди сидели кто? Правильно! Вечно жизнью неудовлетворённые, мыслями о замужестве отягощённые и временно музыкой окрылённые — виолончелистки.

Сидят они, ни о чём плохом не думают, и вдруг сначала раздаётся ужасающий грохот (это я чихнул), затем их окатывает странного происхождения дождь — это, видимо, из меня при чихе что-то вычихнулось (извините за анатомические подробности), и в финале экстаза на них двоих валится в свободном от меня падении контрабас. Учтите, они сидят ко мне спиной и ничего этого не видят, только слышат звуки, омываются дождём и ловят по голове контрабасом.

Недолго думая, они вдвоём, как сговорившись, издают дуэтом очень пронзительный визг человека, встретившегося в десяти метрах от берега с пятнадцатиметровой акулой, из пасти которой не вполне элегантно торчит часть ещё не доеденного человека, и, побросав на пол (чем только добавляют шума и паники в рядах) свои виолончели, смычки и пульты с нотами, стремглав вылетают за кулисы. В процессе выбегания они сносят всё, что попадается им на пути.

А на пути им попадаются: стулья, другие всякие предметы, находящиеся на сцене с целью или без; ещё один человек с контрабасом, который даже и чихнуть не успел, как был сметён со своего места вместе с инструментом, который он от этого ураганного ветра, пронесшегося сквозь строй, уронил. Выскакивая, они продолжали кричать и пищать, по-видимому, в бессознательной попытке продлить впечатление, что им и удалось. НО! Это ещё не всё. Хотя финал уже близок.

Дирижёр, как настоящий капитан, который покидает свой мостик последним, особенно когда корабль тонет (в отличие от умниц крыс, срывающихся первыми), поражённый в сердце всем шумом-грохотом и крико-писко-визгом, слегка ох... удивлённый и на миг дезориентированный, оступается, в волнении делает маленький шажок назад — и падает со своего метр на метр постаментика... куда бы вы думали?

Правильно думали — вниз, в зрительный зал! А куда же ему ещё падать, не на люстру же! Падает он назад, то есть головой и спиной вперёд, не видя куда, не понимая зачем, и летит не очень-то и грациозно, взбрыкивая ногами, на встречу с удивлёнными всем происходящим зрителями. Летит быстро и там же, где-то в первых рядах, и приземляется, до смерти перепугав десяток народа, сидящего на самых козырных местах, где в Америке обычно сидят те, кто плохо видит и слышит, а в СССР-е тех лет сидели, естественно, слуги народа, а между ними — и их прислужники, ну, там, товаровед, завмаг, прораб-дефицит, чёрная икра через задний проход и т.д. Ну, вы помните.

Лишившись головного танка, вся колонна останавливается на полном скаку без ржания, то есть оркестр замолкает. В зале лёгкая паника, у кого-то даже обморок. Зрители бросаются поднимать слетевшего с катушек сцены дирижёра. Он (настоящий адмирал) от помощи отказывается и сам кое-как встаёт. Пытается (шок у него явно) влезть на сцену (высоты — метра полтора, а он как раз и сам-то чуть выше этой сцены). Влезть у него не получается, так как очень высоко. Кто-то подсказывает, что можно обойти вокруг, и там есть лесенка. Он обходит, входит в оркестр, пробирается через завалы, образовавшиеся от разбитых инструментов и рассыпанных нот, на слегка покачивающихся ногах доходит то своего дирижёрского пульта, не без опаски снова взбирается на постамент... Я сижу, слегка расстроенный и без инструмента, так как он разбит. Две виолончелистки, видимо, обмочившись, и тщательно обматерившись, убежали куда-то менять памперсы… на сало. Снесённый контрабасист, обалдевший от происходящего, забыв обо всём, нервно закуривает — на сцене, во время концерта. Дирижёр поднимает слегка дрожащие руки... взмахивает ими... и накатившая музыка через секунду вновь уносит всех в тот мир, где нет проблем, где никто не чихает и не роняет инструменты, где красота и чудо рождаются при каждом звуке, где чувства все — глубокие и настоящие, и куда мы если и можем попасть, то редко и ненадолго, и то, если повезёт с композитором и дирижёром, и чихающий Наполеон, будь он неладен, со своими теориями не вмешается...

И вот так, загипнотизированные сами собой, оркестр и вместе с ним весь зал дружно доплывают до финала, где нас ждут нечеловеческие овации, море цветов и моё персональное дело на заседании месткома на следующий день.

Вкатили мне выговор. За что только?

Снесённому контрабасисту дали выходной.

Девицам-виолончелисткам — по два каждой.

А Наполеон, сволочь, как всегда, выкрутился, и ему вообще ничего не было.

Французам везёт. А нам, русским, опять за всех расхлёбывать. Подумаешь — чихнул человек... ну с кем не бывает?

больше!
никакого!
секса!

✧

Что самое главное в жизни 14-летнего подростка? Конечно же, секс. Точнее, мысли о нем. Ну, и как результат этих мыслей, частенько подогретых картинками из журналов, — сами понимаете что. Природа постаралась, и все необходимые инструменты расположила, так сказать, под рукой. Для удобства. За что ей большое спасибо, но мы не об этом.

Итак, всё происходит в семидесятых годах прошлого века в Советском Союзе, где секса, как тогда считалось, не было. Но зато картинки на эту тему были, хотя тоже не у всех. Преимущественно у избранных — тех, кто ездил за границу и, не боясь рискнуть, контрабандным путём завозил в страну журналы, фотографии и книжечки соответствующего направления и содержания. Была ещё группа приближённых к избранным. Этим доставался товар, побывавший в употреблении. О виде и запахе его рассказывать не стану, надеясь на память и фантазию читателя.

Поэтому, когда девятнадцатилетний Саша спросил приятеля Лёню (четырнадцатилетнего оболтуса), не хочет ли тот подглядеть, чем он, Саша, будет заниматься, приведя к себе домой девушку, ответ был заранее известен.

Немного предыстории для тех, кто эти славные времена не застал или успел их подзабыть.

Жил народ в коммунальных квартирах, куда привести девушку было большой смелостью, если только она уже не стала женой. Но кое-кто почему-то старался привести домой не жену, а девушку свободную или почти свободную от замужества.

Женщины в те годы делились на много различных групп. Но мы рассмотрим всего лишь две — лёгкого поведения (группа Б) и остальные (группа А). Во второй группе находились те, кому родители вбили в голову (и основательно) страх преждевременного решения полового вопроса. Девушке постоянно внушали, что если не убережёшь девственность и с нею честь (это, видимо, были разные понятия), то сразу перейдёшь в первую группу. Ту самую — лёгкого поведения.

А это — несмываемый позор! Клеймо на всю жизнь! Стыд! Невозможность достойно выйти замуж и ещё множество ужасов, преследующих падших девушек на их жизненном пути. Но, как выяснилось, некоторых ни уговоры, ни предупреждения, ни родители, ни школа, ни милиция остановить не могли. Сидел в них, видимо, какой-то бес, и было, видимо, им другое предначертано. Я думаю, что они были посланы на землю спасать нас — диких, одиноких и оттого порой необузданных мужчин. И, как вы сами понимаете, ценились эти дамы на вес золота. Ведь открыто (как сейчас) они себя нигде не проявляли, а передавались как бы из уст в уста (извините за неожиданную аллегорию, я это в хорошем смысле). Ну и перед тем как приступить непосредственно к рассказу — позвольте добавить ещё один штришок.

Представительницы группы Б тоже иногда вели себя странно, как будто каждый раз был для них первым. Хотя попадались среди них и те, кто считал секс просто работой.

Они приходили, брали деньги вперед, отрабатывали положенное — и бегом домой.

Были и такие, кто денег не брал. Их в народе называли «честные давалки» (и ничего обидного в этом не было). То есть всё было по-честному: я даю тебе, ты — мне. Так сказать, обоюдное краткосрочное любовное хитросплетение двух организмов в попытке убежать от изнуряющей действительности (и при этом не забеременеть). Тогда мы думали, что это и есть любовь, и только гораздо позже узнали, как это по-настоящему называется.

И такая вот «честная давалка» по договоренности должна была прийти в гости к Саше. А он предложил соседу Лёне побывать на этом «празднике жизни». Исподтишка, конечно. Обидно, но, поскольку выбора не было, то Лёня согласился.

Пришёл он за час до назначенного времени, и они с Сашей стали искать место, где спрятаться. Дело происходило в большой комнате, в огромной коммуналке; окно во двор, первый этаж, два часа дня, родители на работе.

Лезть под диван? Глупо. Из-под него ничего не увидишь (разве только услышишь), а увидеть хочется. Но ничего подходящего в комнате больше не стояло, кроме огромного шкафа с одеждой. В среднее отделение можно было влезть, чуть-чуть приоткрыть дверь и как-то насладиться картиной чужой любви, секса или что там у них получится. Саша дал строгий наказ — сидеть тихо. Ни звука. Иначе смерть, причём — на месте!

— Да какие там звуки! — нервно посмеивался Лёня, пытаясь скрыть нарастающее волнение.

Ровно без пяти минут два он полез в шкаф и приготовился к просмотру.

Саша прибрал, насколько было возможно, комнату и приготовился к приёму гостьи. Та пришла точно, минута в минуту, и они сели на диван, напротив слегка приоткрытой дверцы шкафа. Для создания шумовой завесы включили телевизор. И пока они там, на диване, устраивались, в шкафу осваивался Лёня. Осмотрелся и понял — будет трудно. Среднее отделение шкафа было забито постельным бельём, кроме того, на перекладине висела одежда — какие-то рубашки, платья, брюки, юбки. Все это сильно пахло нафталином. «Видимо, раньше в шкафу никто не жил, и потому его последних лет двести не проветривали», — мрачно подумал Лёня.

Тем временем снаружи пара голубков, дружно щебеча, расположилась на диване и рассматривала толстенный семейный альбом с фотографиями. Жанна (пришедшая в гости девушка) хотела точно знать, кто есть кто на каждой фотографии. И её любопытство, как вы сами понимаете, в данной ситуации, следовало удовлетворить. Периодически на плечо девушки ложилась мужская рука, но она её плавным движением стряхивала и возвращала Сашу к просмотру альбома.

Температура в шкафу поднималась, дышать становилось труднее. Нафталин и мельчайшие пылинки от одеял и подушек забивались в рот и нос. Лёне ужасно хотелось чихнуть, кашлянуть, вдохнуть, распахнуть дверцу шкафа, пить, плакать, добраться до сортира, в конце концов. Но ничего этого делать было нельзя, поскольку тогда Саша точно убил бы его за испорченное свидание.

Время шло, точнее — ползло как черепаха, и Лёне уже не хотелось смотреть ни на фотографии, ни на Сашину руку, регулярно сбрасываемую Жанной с плеча. Ему стало казаться, что он подло и бессовестно обманут, а они там про себя хохочут до изнеможения, зная, как Лёня здесь мучается. И никакого секса не будет, и всё это задумано для того, чтобы над ним поиздеваться.

Но события за границами шкафа начали хоть и медленно, но разворачиваться. Потеряв надежду устроить руку на плече и в попытке отбить у пытливой Жанны интерес к фотографиям, Саша пошел ва-банк, точнее, забрался свободной правой рукой Жанне под юбку, а левой рукой по-прежнему поддерживал альбом. В голове у Лёни мелькнула призрачная надежда, что сейчас Жанна стукнет Сашу альбомом по голове и, возмутившись, убежит. Но нет! Она, как ни в чём не бывало, продолжала листать альбом, задышав, правда, чуть глубже и делая тазом какие-то новые и необязательные для просмотра фотографий движения.

«Кажется, пошло», — думал Саша, елозя рукой под юбкой. «Не рановато ли я сдаюсь?» — прикидывала Жанна, поглядывая на странное шевеление у Саши в брюках. «Умираю, умираю…», — стонал Лёня, ненавидя себя, а также все юбки и брюки в мире.

Но дело действительно пошло, и вскоре, о радость! — альбом полетел на пол (он занимал их внимание всего какой-то час), и началась следующая стадия: целование, обнимание и, минут этак пятнадцать спустя, раздевание. И в этой процедуре тоже были свои сложности.

Вернувшись на минутку в шкаф, мы обнаружили бы, что температура внутри уже достигла градусов 40 по Цельсию! Дышать было нечем. Обзор всё время менялся, так как пара голубков в процессе любовных утех перемещалась с одного края огромного дивана на другой.

Несчастный Лёня, пытаясь увеличить приток свежего воздуха и улучшить обзор, постоянно двигался. При этом ему приходилось снимать валившиеся на него сверху вешалки с брюками и платьями. Его собственная одежда, между тем, прилипла к телу, мочевой пузырь был на грани взрыва; при этом казалось, что вот-вот лопнут глаза и польётся именно из них. Ноги затекли, слёзы готовы были хлынуть рекой, и отнюдь не от восторга. Но самым ужасным казалась невозможность отказаться от участия в просмотре, выскочить из шкафа и убежать. То есть, наверное, убежать было можно, но, во-первых, это значило прервать находящийся в разгаре второй акт драмы «Любовь на диване». Во-вторых, разъярённый Саша догонит его, изобьёт... и, кстати, будет прав. А уж представить себе, что сделают с ним мальчишки во дворе за такой фортель, невозможно было даже в самом страшном сне. «Сиди, дружок, и помалкивай, в другой раз не будешь подсматривать»,— звучал в бедной Лёниной голове настойчивый голос. Видимо, с небес.

Тем временем возбуждение, по беспроволочному телеграфу передающееся из комнаты в шкаф, заставляло несчастного следить за тем, что происходило на диване. И небольшим утешением его замученному организму была спасительная мысль: скоро всё кончится!

А на диване обезумевшая от страсти пара раскачивалась в плотных объятиях друг друга. Саша пытался раздеть Жанну, а она, в свою очередь, старалась помешать ему. «Может, не для того она пришла или не на такую напал!» — такая мысль озарила угасающее сознание скрючившегося в шкафу мученика.

Раздевание происходило медленно. Саша одной рукой пытался снять колготки (лето, жара, зачем колготки-то надела?!), и почти до колен их стянув, тигром бросался к верхней половине тела возлюбленной, пытаясь стащить с неё свитерок и лифчик. Жанна же, пользуясь тем, что нападение на нижнюю часть тела временно ослабевало, пыталась подтянуть колготки и восстановить статус-кво. (Зачем — понятно только ей). Минут за тридцать её удалось все-таки раздеть, хотя сражение шло нешуточное. А в шкафу тем временем начало дымиться тело возгорающегося от трения Лёни.

И вот, наконец, процесс пошёл по-настоящему. Все снятые вещи были отброшены подальше от дивана, поскольку пару раз девушке удавалось до них дотянуться, что сильно раздевание замедляло. Лежа на диване абсолютно голой, Жанна, видимо, начала догадываться, зачем её позвали, но при этом, собрав остаток сил, мешала раздеваться Саше. А он старался неистово, видимо, было ему уже невтерпёж. Два часа фотографий, борьбы и уговоров сделали своё дело! Постепенно Жанна сдавалась, и Саше удалось снять с себя почти всё. Остались носки, но до них ли теперь…

«Неужели дожил!» — тихо стонал Леня. «Я сейчас лопну от напряжения», — проносилось в голове Саши. «Ну, теперь, пожалуй, можно», — решила Жанна и вдруг ожила, начала подпрыгивать чуть ли не до потолка, вопить дурным голосом и вообще вести себя так, как приличные девушки в обществе себя не ведут. Орал телевизор, кричала Жанна, стонал Саша. Но в шкафу уже ничего не чувствовали и не видели. Все это длилось минут десять — пятнадцать. Но это здесь — на воле, на диване…

В шкафу же время шло по-другому. Там пролетела и, в общем, закончилась бесславно вся Лёнина жизнь. А ведь мог бы он стать пожарником, космонавтом или, в крайнем случае, дирижёром известного симфонического оркестра. Но, видимо, уже никем не станет…

И когда довольный содеянным Саша распахнул дверцу шкафа, глазам его предстала картина, которую, как говорится, ни в сказке сказать, ни пером описать. Как он ржал, именно ржал, а не смеялся! Он падал на пол и корчился от смеха. И в течение долгого времени после описанных событий частенько подходил к шкафу, чтобы освежить в памяти увиденную картину.

Там, в старинном бабушкином шкафу, на дне, практически без сознания, скрученное в невозможной позе, насквозь мокрое, в перьях от подушек, навеки пропахшее нафталином, заваленное брюками и платьями, лежало то, что ещё какие-то два часа тому назад было живым и весёлым человеком — семиклассником Лёней Петуховым.

В открытую дверцу шкафа ворвался свежий воздух, охлаждая и возвращая к жизни измученное тело. Душа, которая едва не покинула его, медленно возвращалась в свои пенаты, постепенно заполняя все уголки родного естества от пяток до макушки.

Затем тело, едва придя в себя, выпало из шкафа и, отказавшись от Сашиной помощи, встало на четвереньки и медленно стало продвигаться к двери. Там задержалось на секунду, то ли пытаясь осознать произошедшее, то ли просто переводя дух, и как бы самому себе, не для публики, шепнуло:

— Больше! Никакого! Секса!

дуэль с курицей

*(Борцам за права животных и птиц
просьба не читать.)*

Я думаю, что мне тогда было лет двенадцать, не больше. И наступил тот великий день, когда мама впервые послала меня на базар одного и наказала купить курицу. И всё. Инструкций специальных не давала, просто сказала: «Иди и купи». И я решил дурацких вопросов не задавать, что, как станет в дальнейшем ясно, было ошибкой. Но, поскольку умный — это дурак через неделю, я тогда ещё был... на неделю раньше.

На рынке в отделе птицы бегало, ни о чём плохом не думая, несметное количество белых, серых, пёстрых и других гражданок-кур. Возникла первая проблема: какую курицу нужно купить, я не знал. С мамой на базар ходил много раз, но она выбирала и покупала, а я лишь помогал нести. Стал я консультироваться у продавщиц. А продавщицы там всегда были гипнотизёры-психотерапевты, мастера продажи всего-всегда-всем. Выяснив, что мне курица нужна для приготовления еды (оказалось, что есть ещё какие-то другие способы применения курей, о которых я пока не знал), мне торжественно вручили замечательную белую курочку, и я, гордый сознанием выполненного долга, пошёл домой.

Проблемы начались только дома. Мама убила меня первым же вопросом.

—Зачем, — говорит, — ты живую курицу купил, что мы с ней делать-то будем?

Я растерялся:

— А какую нужно было?

— Ну как какую — мёртвую, убитую, ощипанную, готовую для путешествия в бульон! — сказала мама.

Я оторопел. Как мне это в голову не пришло, я до сих пор не знаю. Я предложил отнести её назад на рынок и сдать или обменять на уже убитую.

Мама сказала, что её назад уже никто не возьмёт, и поэтому убивать придётся в домашних условиях, но сразу предупредила, что она этого делать не собирается. И так как это моя оплошность, то убивать доверено — мне.

УБИВАТЬ живую курицу? Это было волнительно, страшно и ужасно противно. Всё вместе сразу, в одной посуде. Но так я уже был взрослым (шутка ли дело — одного посылают на рынок за продуктами), то, ни слова не сказав, пошёл искать пилу. Правильный вопрос: почему пилу, и где я видел, чтобы пилили кур? Не помню, наверное, нигде. Но, на нервной почве, пошёл за пилой. Взял её, огромную и ржавую, и стал думать, как буду пилить. Курица как-то всё гуляла по кухне и на мои страдания по поводу её распила никакого внимания не обращала. И лишь только когда я стал её ловить, тут она как-то ожила, точнее, взбесилась. Начала бегать по кухне, кудахтать, как будто её режут, хлопать крыльями и производить массу огорчительного шума, который мог привлечь внимание соседей, и получилось бы... курам на смех. Но, в конце концов, я птицу всё же изловил, и начал готовиться к «куропи́лу».

Но очень скоро стало ясно, что к процедуре готов лишь я один. Ни курица, ни пила ни к чему готовы не были. Курица билась об меня всем, чем Бог послал, царапая меня когтями и клюя отчаянно, кстати, непонятно почему. Неужели я напоминал ей корм? Ну, отпилить ей хотели голову — можно подумать… и чтобы из-за этого так нервничать?

Ну, женщины, хотя и куры, — странный народ. Никогда их не поймёшь — что они хотят, чего они не хотят, почему?..

Да, кстати, и пила была не очень, в смысле — очень большая, и я понял, что мне понадобятся две руки для одной только пилы, а курицу тогда чем прикажете держать? Отменив куро-распил в связи с нехваткой рук, я решил взяться за более, как мне показалось, подходящий инструмент для борьбы с пернатыми, то есть топор. Он был тоже тяжеленный и тоже ржавый. То ли им давно уже не рубили курей, то ли просто наполеоновские войска, отступая в суматохе, оставили, и он вот так и залежался без надобности.

— Значит, так, — сказал я себе. — Для того чтобы рубить, как дровосек, двумя руками, мне нужно курицу зафиксировать!

Но это оказалось гораздо легче сказать, чем сделать. Курица оказалась упрямой (может, обиделась, что я её поближе не познакомил с пилой) и фиксироваться категорически не желала. Тогда я перенёс место встречи, которого изменить было нельзя, на чёрный ход. Там была лестница вниз на улицу и много разного назначения дверей, которые, как вы вскоре поймёте, имели прямое отношение к этой истории.

Я вязал курицу бельевой верёвкой, сняв с неё предварительно всё бельё (с верёвки, конечно же, не с курицы), но она билась и всё время была чем-то недовольна. Вязал я её где-то час. За это время с неё слетела половина перьев и затупился клюв. Я был расцарапан и весь в крови (пока что моей собственной), как после хорошей семейной сцены с настоящей женщиной (я уже позже узнал, что так бывает), измученный, уставший и злой. Но сдаваться было нельзя, тем более что мама уже несколько раз интересовалась, крича из комнаты: «Убил, прибил, прирезал?» — в общем, издевалась над мальчуганом за досадную оплошность. Да-да, нежные мамочки, так вот воспитывали мужчин в некоторых селеньях. На крови...на собственной...

В общем, как-то я её, в конце концов, зафиксировал, привязав за ноги к одной двери и за голову к другой. Взял топор, размахнулся и рубанул, предварительно закрыв глаза.

Или она почувствовала что-то, или просто ещё не пора было моим мучениям окончиться, или я продолжал сдавать экзамен на куро-пило-рубку и ещё был не готов к получению диплома убийцы — в общем, она, курица то есть, ноги как-то успела до моего удара из верёвки высвободить, и я рубанул мимо курицы. Нельзя, правда, сказать, что я вообще мимо всего рубанул. Я, например, разрубил пополам ступеньку, на которой стоял, и в результате этого неожиданного изменения ландшафта свалился по ступенькам (оставшимися неразрубленными) вниз. Но, к счастью, ничего не поломал, только лишь ещё больше разозлился на курицу. Ушибся, правда, в нескольких местах.

Итак, ушибленный, в ссадинах, окровавленный, избитый, исцарапанный и исклёванный, весь в перьях, снова привязываю злосчастную курицу опять же к двум, напротив друг друга расположенным, дверям, беру топор, замахиваюсь... и в этот момент мама, в которой моё часовое отсутствие на тему «Убей же, наконец, хоть что-нибудь!» стало вызывать любопытство, резко открыла дверь, к которой была привязана голова курицы. Мама у меня, светлая ей память, была женщиной, как в Одессе говорили, крупной, красивой и с крепкой рукой, и потому дверь открыла резко и без либерализма. Открыв дверь, она, естественно, вышла на площадку чёрного хода, где я со всеми куроубивательными инструментами и расположился и почти всё, что надо, убил. Но тут она вошла... неожиданно для нас всех.

Незначительная часть курицы, точнее, её голова, осталась отдельно от всего остального висеть на двери, которую мама открыла резко. Остальная курица, почти вся, то есть, но уже без головы (а я, дурак, не догадался, что надо было просто открыть резко дверь, а не топоры, вилы, молоты и наковальни готовить!), элегантно повисла на другой двери, к которой была привязана за ноги. Но я успел всё же рубануть и попал мимо курицы опять, но зато ухитрился разрубить вторую ступеньку пополам, и теперь уже с неё сверзилась вниз мама. Она вышла из двери и, ещё про курицу ничего не зная, ступила туда, где секунду назад была целая ступенька, а теперь там уже была дыра, оставшаяся из-под ступеньки... и она туда всем весом тела красивой и крупной женщины...

Маме, надо сказать, повезло меньше, чем мне, да и тело у неё было обширнее. Падение длилось *дольше*, шума было *больше,* и перелом руки у неё заживал *дольше*, чем заживал бы у меня. Но, в конце концов, рука срослась, и можно было опять идти на базар за курицей... мёртвой, конечно.

Но если вы, дорогие мои читатели, думаете, что история на этом окончилась, то вас ожидает сюрприз. НЕТ, не окончилась! — и посему я продолжаю научно-фантастическую повесть «Мы против курицы, или Как непросто стать серийным убийцей».

Свалившись со ступеньки и пролетев ещё шесть, ударившись всем телом о стену и взвыв громче любой курицы или даже громче целого куриного хора имени Курятницкого, кое-как встав, охая и ахая, с переломанной рукой, мама начала взбираться по ступенькам наверх, пытаясь не наступить в дыру. По дороге она рассказывала всякие интересные вещи о том, как я умён, и что не зря говорят, что иногда аборт — даже лучше, чем наоборот, и вслух спрашивала себя — зачем меня, осла, послали на базар? И для чего нужен огроменный топор для умерщвления маленькой курочки? И так, в интеллигентной беседе с самой собой, так как я, ещё в шоке от случившегося, мало что слышал и соображал, а посему в беседе не участвовал, мама кое-как добралась до двери, из которой недавно выпала.

Вернувшись назад в кухню, она, к собственному удивлению, обнаружила куриную голову, томно висящую на бельевой верёвке, привязанной к ручке двери. И это совершенно естественно, что у неё возник вопрос о местонахождении остальной курицы, исключая голову. Вопрос как-то повис в воздухе, так как на соседней двери одиноко болталась бельевая верёвка… но курицы там не было.

Мама, понимая, что она чего-то не понимает, но ещё не понимая, чего, временно на курицу решила плюнуть и пошла заниматься рукой, ещё, кстати, не зная, что она поломана. Это уже попозже, ближе к ночи, рука страшно разболелась, поднялась температура, вызвали «скорую», и она маму оттарабанила в больницу, где перелом установили и гипс наложили, но это всё было потом. А сейчас я, на последнем издыхании находясь и даже не в состоянии себе представить, что мама вскоре со мной сделает здоровой рукой (воспитывала она нас строго, и руки — не в Америке, чай, слава Богу, — иногда распускала), решил всё-таки попытаться обнаружить лучшую часть курицы, бесследно, как мне показалось, испарившуюся, оставив голову без присмотра, а бульон — в нетерпеливом ожидании.

Внимательно исследуя место преступления, я обнаружил следы крови, ведущие вниз по лестнице. И хотя они могли быть моими, я всё же решил пойти по следам.

Спустившись на первый этаж (а экзекуция происходила на втором), я открыл дверь и, выйдя во двор, сразу понял, что там происходит что-то интересное. Соседи, человек десять, стояли кру́гом и о чём-то отчаянно спорили. Музыкальным ухом я уловил обрывки фраз:

— Да нет, долго не сможет...

— Ну, глупости, она так и целый час промотается!

— Да что вы понимаете, мичуринцы юные, это всё зависит от организма, возраста, диеты и состояния здоровья. Все случаи — разные, так что выводы на этом этапе делать будет преждевременно...

Я, невзирая на неясность ситуации, повинуясь одному лишь инстинкту и движимый любопытством двенадцатилетнего мальчишки, не без труда протолкался внутрь импровизированного круга. Ничто — ни уроки биологии и анатомии, ни увиденные фильмы, где Ленин был всегда впереди, ни подсмотренные картинки с голыми женщинами, на них изображёнными, не смогли меня подготовить к увиденному...

В ясный солнечный летний день, строго по кругу в центре двора, с приличной скоростью и, по-видимому, точно зная, зачем, носилась, наматывая километры на спидометр, моя исчезнувшая курица. Всем была она хороша, за исключением одного маленького нюанса: у неё не было головы...

Все мы к тому времени прочли Майн Рида «Всадник без головы». Но то было в книгах и то был всадник на лошади, а тут была курица... и без лошади... и без всадника... и без головы. То есть, строго говоря, это даже была и не курица, а то, что от неё осталось после резкого открытия мамой двери.

Народ спорил о том, сколько она ещё так может бегать, удивлялся, как она бежит точно по кругу, не видя (глаза-то остались на голове). Заключались пари, и с каждым пробегаемым ею кругом ставки росли.

И в какой-то момент, то ли решив, что это выглядит неэлегантно, то ли обидевшись на маленькие ставки, то ли просто устав, курица без головы остановилась, как бы задумавшись, сделала два-три медленных шага, а потом просто упала на бок и затихла. Народ расстроился, особенно те, кто проиграли в споре на дальность дистанции и выживаемость без головы, и начал медленно расходиться.

Тут я, более или менее спокойно, как мне казалось, взял спринтершу за ноги и понёс домой к маме. Вдогонку услышал:

— Куда птицу-то попёр, малец? Пусть лежит, намаялась она сегодня…

— Да наша это, — не поворачиваясь, сказал я, — мы с мамой ей башку отрубили… а она вот взяла и… сбежала.

Виду безголовой птицы мама почему-то не обрадовалась, похоже, рука сильно болела. Поэтому ощипывала труп и варила курицу уже не мама, а бабушка. И, наверное, в течение целого года после этого инцидента меня одного на рынок не посылали. Боялись, видимо, чего-то — то ли того, что я опять живую курицу приволоку… без головы. Или того, что я могу, замахнувшись на курицу, прибить ещё кого-то случайно… то ли ещё чего.

Так что вступительный экзамен на профессионального убийцу я тогда не сдал. И об этом случае вообще забыл. А вот недавно вспомнил и подумал — а действительно, как же это она без головы бегала, да ещё так долго, и не натыкалась ни на кого? Мистика какая-то, надо будет это дело погуглить, там всё знают. Хотя, — тут встречная мысль натолкнулась на предыдущую — много людей так и живут, без головы, и ничего, годы целые наматывают, десятилетия даже. И, что самое удивительное, народ, вкруг пестрящий, этого как бы и не замечает.

А вы говорите — курица.

крепкая дружба!

Исходя из того, что кто-то уже забыл, а кто-то об этом и не знает, напомню диспозицию. В восьмидесятые годы прошлого тысячелетия в огромную клетку под названием СССР всё с бо́льшим упорством продолжали поступать инструменты растления населения. Шли они потоком из буржуазного далёка, но цель имели точную и ясную: уничтожение коммунального монстра в надежде, что на обломках оставшегося произрастёт что-нибудь конструктивное, приближенное к демократическому обществу двадцатого века. Попытка двинуться в этом направлении и произошла в девяносто первом. Но сегодня все уже знают, что из этого вышло.

Ещё сам дедушка Ленин, в девичестве Крупский, говорил, что для того чтобы построить новое общество, одним из необходимых условий всегда будет появление нового человека, готового в этом обществе жить, намекая на то, что даже самая умная обезьяна под водой жить не может. Так как не её эта среда. Даже если это четверг.

Видимо, семьдесят с лишним лет в СССР планомерного уничтожения лучших привели к тому, что «человек» этот, который мог бы новое общество строить, к нему ещё не был готов, так как ещё не родился, а который родился, был изведён на корню.

Итак, вернёмся к подрыву устоев коммунизма. Всякие порножурналы, карты игральные с девочками и женщинами и другие атрибуты загнивающего капитала всегда в незначительных количествах проскальзывали под носом бдительных таможенников, но тут, в восьмидесятых, в ход пошла тяжёлая артиллерия: видеомагнитофоны, для работы с ними — иностранные телевизоры, и набор видеокассет, на которых было...

КГБ тогда ещё работал вовсю, но этот момент как-то проспал, а может, и нет. Возможно, это вообще всё была гениальная диверсия, которая им позволила многие «скользкие элементы» выявить и, наконец-то, получить прекрасный повод их посадить или, что гораздо ценней, заставить стучать.

Поясню: на видеокассетах, которые, конечно же, нелегально провозились моряками и дипломатами, были отсняты фильмы, для просмотра в стране дурно пахнущих подмышек категорически запрещённые.

«Калигула», «Греческая смоковница», «Последнее танго в Париже», «Эммануэль», «Девять с половиной недель», «Салон Китти» и ещё десятки других были в списках под грифом «один», то есть *очень* порнографические и потому — *очень* запрещённые. Потом следовал гриф «два», в нём была мягкая эротика, туда же вошли все фильмы про каратэ с участием Брюса Ли и других мастеров боевых искусств, также запрещённые для просмотра.

Нужно понимать логику партийного электората. Вся тайна происходящего в СССР была тайной только для девяноста семи процентов населения, живущего в стране. Любая разведка самого даже полудефектного государства знала всё, что только можно было знать: от стилей стрижек интимных мест, если таковые существовали, до подробных схем атомных подводных лодок.

Перед Его Величеством долларом/маркой/франком/фунтом/рублём ещё никто и никогда не смог устоять, и потому покупалось всё, включая и информацию. Но правящий аппарат не хотел, чтобы массы знали, как живёт народ за границей, что ест, как одевается, о чём говорит. Опасность также представлял и секс — не как средство размножения особей, а как инструмент свободоизъявления человека в обществе, без кандалов и пролетарских цепей, и безо всяких ограничений по развратному миру путешествующего. Потому и говорили тогда, что у нас секса не было, чтобы гусей не дразнить, тех, которых с яблоками и подливкой.

А тут как раз секс был, на видеокассетах отпечатанный, дикий, необузданный, с другими особями, по два, по три, по семь, по девять. Иногда даже сам с собой или с представителями того же пола, по ошибке по договорённости или за деньги. Всё там было — и органы разные во весь рост, и буржуазные способы пользования ими для получения извращённого капиталистического наслаждения… и, естественно, видеть это всё нам было нельзя. В связи с чем появились рисковые ребята, которые за большие деньги прикупили себе весь набор фильмов из списков КГБ и стали тайно, но за деньги, у себя дома или на чьих-то квартирах, собирать народ группами и приобщать его к каратэ, сексу, эротике, оргиям и всему тому, что нам, коммунистическим выкормышам, было чуждо и потому особенно противно как на это смотреть, так этим и заниматься.

Ну вот, это было предисловие к рассказу, а теперь переходим к главному повествованию.

Дело было ещё в том самом Советском Союзе, где некоторые, невзирая ни на что, всё равно ели хлеб с икрой и коньяком запивали, и песни напевали в те восьмидесятые годы.

Жили в одном южном городе два друга, оба предприниматели в душе и авантюристы по натуре. Оба музыканты, гитаристы, играли когда-то даже в одном ресторане.

Кочевая жизнь музыкантов приучила их всегда искать, чего бы купить да потом продать и заработать. Желательно при этом не попасться в руки ОБХСС.

Для тех, кто забыл про ОБХСС: это был Отдел Борьбы с Хищениями Социалистической Собственности, карающее крыло партии, бдительно следившее за тем, чтобы никакие посторонние сморчки (и это я не о грибах говорю) не позволяли себе того, что позволял себе Центральный Комитет Коммунистической Мафии имени Маркса-Ленина-Сталина. То есть любая попытка стать конкурентом государству на любом участке деятельности моментально награждалась колонией строгого режима, чтобы «позволивший себе» получил достаточно времени подумать о том, как неправильно он поступил, на что замахнулся и за что попался.

Двое друзей, друг с другом даже не сговариваясь, с разницей в два месяца приобрели набор видеоаппаратуры, коллекцию кассет и развернули бурную подпольную деятельность по демонстрации запрещённых фильмов за деньги.

Дело было прибыльное, но опасное. В Стране Советов каждый третий стучал на второго, да так, что первому слышно было, отчего третий дрожал, думая, что на него стучит первый!

Эти кружки под условным названием «Третьим будешь?» с самых НКВДшных времён культивировались, как пелось в песне, «от Москвы до самых до окраин!».

Всей этой истории бы и не было, не узнай один из них, по имени Арсен, о том, что бывший друг его, музыкант Гриша, занимается тем же, чем и он. А как узнал, почему-то жутко расстроился. Хотя город был большой. Народу, на зрелища охочего, полно. Крути себе тихонько машину, деньги собирай и не дёргайся следующие двадцать лет как минимум.

Но нет! Решил Арсен Гришу извести, бизнес его уничтожить и организовать ему, Грише, отправку в места не столь отдалённые, чтобы другим неповадно было с ним конкурировать.

Как это сделать, долго не думал. Ребята, убийцы узкого профиля, легко и за деньги решающие такие проблемы, ещё в стране не появились, поэтому он решил убрать конкурента собственными незапятнанными руками, то есть начал писать подробные отчеты о деятельности друга Гриши в КГБ. А куда же ещё о друге-то писать?

А КГБ стал к этому делу присматриваться и принюхиваться.

И вот в один вовсе не прекрасный день два человека в одинаково плохо сшитых костюмах, с прозрачными глазами, невыразительными лицами, но с горящими от ненависти к врагу сердцами, постучали в двери квартиры, где в это время изрядно вспотевший от напряжения народ просматривал запрещённое кино.

Гриша, который всем этим мероприятием и руководил, быстро сообразил, что происходит, и, добыв кассету из видюшника, резким движением запрятал её в трусы своей подруги, сидящей рядом, решив, что там искать, может быть, и не будут. Из холодильника мгновенно метнули на стол, открыли вино и изобразили гулянье.

КГБ-шники вошли, осмотрелись, и хотя иностранной марки телевизор и видеомагнитофон стояли на тумбочке, но за это арестовать ещё было нельзя. Попросили включить и, видя, что кассеты нет, поняли, что на просмотр опоздали. Произнесли несколько грозных фраз и ушли.

А народ спешил себе по утрам на работу, рожал (невзирая на отсутствие секса) детей, ездил в Ессентуки в отпуск.

Правда, некоторые, которые хотя и были равны, но оказались чуть «равнее» других, ездили в Карловы Вары.

И никто не знал, что в этот сумрачный осенний день 1981 года началась битва за сердца и умы населения одного приморского города одной отдельной, от всего мира взятой сумасбродной страны.

С каждым днём схватка становилась жёстче, а противники набирались опыта в бою. Никто тогда ещё на верёвках с вертолётов не влетал прямо в окна и не выпиливал дырку в крыше лазером, чтобы в нужный момент свалиться прямо на магнитофон, но исхитрялись по-другому.

Арсен методично сообщал работникам невидимого фронта обо всех новостях в индустрии, предупреждая их о новых фильмах, поступивших в оборот, и, когда знал, о местах просмотров.

А Гриша в ответ, слегка разбогатев, окружил себя собственными шпионами, которые, вынюхивали последние новости и сообщали ему обо всех готовящихся акциях. Говорили, что он даже прикормил одного в высоком чине КГБшника, который ему тоже важную информацию о планах по борьбе с ним же и сливал, за что киномеханик Гриша ему, начальнику, в нужных местах на пьянках с барышнями совершенно бесплатно показывал всякие голозадые кино с Камасутрой наперевес. А что — они, шпионы, ведь тоже людьми родились. Это уже потом из них сделали то, что сделали.

Комитет пытался фотографировать через окна, а Гриша носил за собой набор плотных светонепроницаемых занавесок. Те подсылали шпионов из обычных зрителей, а Гриша нанял двух бандитов, которые, прижав каждого в углу на секунду перед просмотром, говорили, что если он/она — стукач, то потом найдут и бритвой — чик по горлу. И показывали опасную бритву со следами запекшейся крови. А рожи у бандитов были такие, что легко верилось, хотелось обмочиться на месте, и стукачи сбегали до просмотра, чтобы обмочиться уже дома.

Потом сотрудники пытались открывать двери отмычками, но Гриша с друзьями делали баррикады в дверях из тяжёлых диванов, буфетов и роялей! А потом за пятьсот рублей ему сделали спецустройство, которое подпирало дверь изнутри, и не открыть её было.

Затем каратели придумали новый трюк: они находили управдома с электриком и без предупреждения отключали электричество в доме, а потом входили в квартиру. Идея состояла в том, что без электричества кассету было из видеомагнитофона не достать, она там застревала, и тогда легко было доказать просмотр запрещённого фильма.

А Гриша добыл маленький, специально для этих целей собранный прибор — трансформатор. И когда всё электричество внезапно выключалось, этот прибор, через который и была включена вся аппаратура, ещё давал электричество минут на пять, чего было достаточно, чтобы кассету добыть и искусно спрятать.

Нет, конечно же, потихоньку в домах стали появляться «видики», и на них хозяева смотрели бог или чёрт знает что, но их отловить было сложнее, и сама статья «за просмотр» была ещё не так зубаста, если была вообще.

А вот просмотр за деньги нелегальных, нелицензионных фильмов — это уже было посимпатичнее, и статья на этот счёт лет на десять-пятнадцать имелась. Потому-то и битва шла насмерть. Гриша от своих собственных стукачей об Арсене и его подрывной деятельности знал. И в какой-то момент ему это всё надоело, и он решил, за гнусное поведение и подлое отношение к собрату по бизнесу, лишить Арсена всяческой возможности ему мешать подобным бизнесом заниматься. Нужно было только план разработать, но тут просто случай помог.

Купил себе Гриша с рук, так как в магазинах не продавалась, редчайшую американскую электрическую гитару очень известной фирмы за огромные по тем временам деньги. К нему все гитаристы города приходили, как на экскурсию, этот раритет увидеть, пощупать и даже поиграть на нём чуть-чуть, если хозяин разрешал.

Пришёл как-то даже и Арсен как прошлый друг-соратник. Про видеобизнес ни словом не обмолвился. Поиграл минут десять и предложил выкупить инструмент, давая на двадцать процентов цену выше, чем та, которую Гриша уплатил, но тот не согласился, ангелы, видать, нашептали. Он сам тогда ещё и не знал, какую важную роль эта гитара в реализации его планов сыграет.

А вскоре оказалось, что гитара была из партии украденных товаров, и тот, кто ему её продал, тот, естественно, сам Гришу и сдал.

Правда, в защиту ему нужно сказать, что сдав, тут же позвонил и предупредил. Через полчаса, после того как Гриша гитару надёжно у друзей спрятал, к нему и нагрянули с обыском. Искали долго, тщательно. Естественно, ничего не нашли, и попросили на следующий день зайти в гости к следователю по известному адресу.

Следователь оказался мужичком приятным во всех отношениях, и сказал, что знает наверняка про покупку Гришей гитары. Также сказал, что лично к Грише у него никаких претензий нет, пусть только принесёт гитару и сдаст её. Гриша, естественно же, рассказал, что гитару хотя и покупал (глупо было отпираться), но уже перепродал другому за полцены на рынке, так как она ему не понравилась. И хотя наверняка покупателя в лицо при встрече узнал бы, но кто он и откуда, — не знает. Но если на улице или где-нибудь случайно встретит, то тут же просигнализирует, так как он понимает всю важность ситуации и ответственность товарища майора за доверенное ему дело.

Майор ему, конечно, не поверил и предложил пойти и подумать, а в противном случае пообещал испортить ему, Грише, всю личную и общественную жизнь на всю оставшуюся жизнь.

И Гриша пошёл думать. План, по коварству соперничавший с Сальери и другими Иудами Искариотовичами — предателями, сложился легко и быстро.

На следующее утро Гриша неожиданно объявился дома у Арсена, чем привёл его в лёгкое недоумение, особенно если принять во внимание, что Арсен в гости к себе Гришу не приглашал, и уже давно.

Гриша рассказал, что уезжает в Израиль и всё распродаёт, и предложил Арсену выкупить у него гитару. Тот сказал — с пребольшим удовольствием, но только в наборе с видиком, телевизором и всей коллекцией видеокассет, так как не хочет, чтобы они попали в руки потенциального конкурента.

Гриша для правдивости ситуации козью морду состроил, помычал, подумал, но, в конце концов, согласился.

Торговались долго. Арсен звонил друзьям музыкантом, уточняя цену за гитару, и, в конце концов, ударили по рукам. Через два часа Гриша привёз ему всё, о чём договорились, и произошёл обмен товара на деньги, кстати, немалые.

Арсен ликовал. Теперь он будет в городе единственным обладателем знаменитого инструмента и одновременно — владельцем видеобизнеса, без единого конкурента!

Окрылённый победой и не скрывая праздничного настроения, он пригласил бывшего соперника в гости вечером на демонстрацию нового супер-пупер-порнофильма, предупредив, что это будет очень закрытый просмотр, приедут важные люди, закуска, выпивка, дамы... и вообще всё, как у белых людей. Это, мол, ему, другу Грише, перед отъездом прощальный подарок от друга Арсена.

Не забыл, естественно, попросить, чтобы Гриша с ним из-за границы связался, ну, чтобы наладить поставку свежей видеопродукции.

Выпили по пятьдесят коньячку с лимончиком и разошлись до вечера. Арсен — в магазины отовариваться, а Гриша — прямиком к майору, которому с радостью сообщил, что он случайно на улице встретил того, кому гитару продал, подружился с ним и вечером будет присутствовать на закрытом просмотре порнухи, куда и пригласил майора прибыть и в справедливости всей рассказанной им истории самому на месте убедиться.

Майор, конечно, очень сомневался, но решил на всякий случай шанса не упускать, и в назначенный час во главе группы мужчин без лиц и выражений на них, но зато с пистолетами, и вступил, открыв дверь отмычкой для внезапности, в квартиру в самый разгар гулянья.

Не подумайте ничего плохого. Всё было чинно и интеллигентно. Все сидели на стульчиках, слегка закусывали бутербродами с чёрной и красной икрой, попивали коньяк и водочку и смотрели на порнуху во всей её первозданной красе.

Среди участников просмотра, действительно, оказались какие-то важные персоны, которых тихо и без промедления отпустили, сразу узнав, кто они. Остальных попросили не торопиться. Переписали имена и адреса и строго предупредили — больше подобного рода мероприятия не посещать, если не хотят получить письма на работу, в комсомольскую или партийную организацию с дальнейшими последствиями. Поэтому все участники киносеанса от страха и подписали заявления, что уплатили по десять рублей за просмотр.

Арсена арестовали. Нашли у него дома и краденую гитару, и коллекцию из нескольких сотен запрещённых кассет, а в тайнике под полом — около семидесяти тысяч рублей, валюту разных стран, пару икон, немного героина, всего так лет на десять — пятнадцать — двадцать.

Ему дали тринадцать, невзирая на то, что он сотрудничал со следствием, но, как вы помните, следствие уже сотрудничало по этой теме с Гришей.

Из тринадцати Арсен отсидел десять. За хорошее поведение в лагере и деньги, собранные корешами за его пределами, он вышел готовым уголовником со связями и идеями, кем и работает до сегодняшнего дня.

А Гриша, реабилитировав себя в глазах майора, когда следствие окончилось, через свой контакт в КГБ выкупил всю ранее конфискованную аппаратуру вместе с кассетами и по новой, в течение следующих трёх лет, давал по пять сеансов в день. Кстати, на суде Гриша не присутствовал, и потому Арсен так и не узнал, кто его заложил. А на Гришу он даже как-то и не подумал. Тем более, что беднягу Гришу в группе некоторых выпендривающихся во время рейда, по договорённости с майором, скрутили, дали ещё по морде и увезли в «обезьянник» (место, где сидят арестованные). Но, правда, потом сразу выпустили — по договорённости же.

А вскоре он, Гриша, стал миллионером и, когда всё в стране, за исключением её названия, пошло на продажу, выкупил два сталелитейных завода и десяток весьма выгодно работающих шахт по добыче чего-то очень ценного. Потом, перед самым выходом Арсена из тюрьмы, продал их и, став миллиардером, уехал. На всякий случай, решив гусей не дразнить. Так и живёт он сейчас, не скажу, где и с кем, но точно — в своё удовольствие.

Мораль: не рой яму ближнему. В ней может хватить места и для тебя.

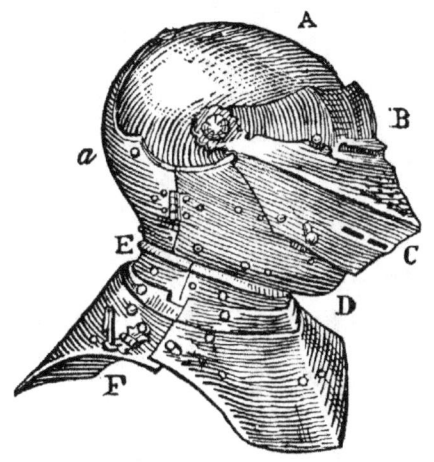

любовь и... газы

Да-да, я прямо вижу недовольные лица и слышу упрёки из зала: как же это можно так называть рассказ и вообще ставить два таких разнополярных понятия в одно предложение?

Ну, тогда давайте разбираться. Настолько ли они разные и могут ли оказаться в одной упряжке — решать вам, мой милый читатель. А, кроме того, если уважаемая, чуть ли не самая богатая и уж точно одна из самых известных женщин в мире Опра Уинфри могла пригласить к себе на центральное американское телевидение специалистов по газам (в гостях у Опры они долго и увлекательно об этом всему американскому народу рассказывали, только что не показывали), то я уж точно могу не волноваться и эту тему в рассказ включить. Я теперь после Опры точно знаю, что все — и Суворов, и Александр Македонский, и Наполеон, и лично все дедушки Ленин/Сталин/Карл Маркс, и все голливудские красотки и модели Виктории, которая бельё секретное выпускает, — все они с газами были, есть и будут — есть... если, конечно, будут есть.

Ну и, в конце концов, все мы люди, все мы человеки, и ничто человеческое поэтому нам не чуждо (фраза умная — не моя, но просто как-то к слову пришлась). Ну и, поскольку люди, то мы и плачем, слёзы льются, и потеем, и вообще устройство организма у нас сложное и во многом непредсказуемое, так что всякое бывает.

Но история-то моя, как вы уже, наверное, и сами догадались, не о том как бы, а как раз даже — о Любви. О ней, злодейке. В смысле, если накроет, то берегись. Не спрячешься, не скроешься, и мама не горюй.

Попадаем мы с вами теперь в школу среднюю города Москвы, куда прямо в девятый класс, переводом из другой школы приходит наша героиня с простым и красивым именем Лена.

И вот входит она в свой класс в первый раз, и учительница предлагает ей сесть туда, где есть свободное место. И она, вопреки всем правилам-канонам и приличиям, вместо того, чтобы сесть на свободное место рядом с девочкой, садится рядом с мальчиком. А ну-ка, девочки, быстренько себя вспомнили в эти «недополовозрелые» годы. Дрессировка дома, в школе и в средствах массового оглупления была очень серьёзная. Туда не ходи, за это не берись, ноги не расставляй, юбку одёргивай, идя вниз, по лестнице поднимаясь, её, наоборот, к телу прижимай, не целуйся в рот, береги честь и к ней дотронуться грязными мужскими руками никому ни-ни... ну, и многое другое. Надеюсь, вы помните.

Итак, садится она рядом с нашим героем и, взглянув друг другу в глаза первый раз, всего на секунду, как это иногда случается в жизни, оба они погибают мгновенно, пав жертвами той самой Любви, о которой много пишут, но которая в жизни редко встречается. Ромео и Джульетта, Тристан и Изольда, Ленин и Крупская, Соловьёв и Седой, Фантомас и Луи де Фюнес, не в счёт.

То есть, влюбились они наповал, и быть друг без друга теперь катастрофически не могут. И потому каждая минута, проведённая вдали от любимого существа, физической болью отзывается во всём теле. Одним словом — полный караул. Об этом знают все: над ними вначале смеются, потом подсмеиваются, потом завидуют, а потом как-то перестают обращать внимание как на данность типа солнца, неба и воды в реке. А они, как сиамские близнецы, всё время вместе, держатся за ручку и в школе, и после школы. В кружок танцев — вдвоём, в кино — естественно, вдвоём. Делают вместе уроки, в перерывах целуются и обнимаются, пытаясь друг другу передать всю любовь свою до капельки и отдаваясь ей полностью. Учатся они неплохо, жизнь идёт своим чередом, оканчивается школа, она поступает в институт, он проваливается, и на горизонте маячит армия, а это — два года разлуки. И у них, естественно, слёзы, крики-вопли — как я *тут* без тебя, да как ты *там* без меня?

Пытаются его от армии отмазать, но ничего не получается. И вот последняя ночь перед долгой разлукой, и они — решаются, и превращается эта ночь в ночь любви и всего того, о чём тоже иногда пишут, но зря, так как описать чувства, а особенно их потоп-ураган-цунами-самум-вулкан, невозможно и незачем, я думаю.

Утром оба, совершенно обалдевшие от свершившегося и от бессонной ночи, едут на вокзал, где пятеро сержантов их не могут разделить, вцепившихся друг в друга мёртвой хваткой, но, в конце концов, отрывают. Его упаковывают в плацкартный вагон дальнего следования, а её в бесчувственном обмороке везут домой и ещё две недели приводят в порядок, отпаивая валерьянками, реланиумами и релениумами.

Ну, всё — он уехал, она осталась. Но и это ничего не изменило. В Москве день у неё начинался с письма, где очень подробно и с болью в душе описывалось всё: где была, что делала, в одну строку, не выдыхая. А там, на его конце, день начинался с получения очередного письма и чтения его многократного с раной в сердце, и потом, когда выдавалась минутка, назад отписывался ответ, также с подробностями. И пишут они о любви своей безграничной, и что умирают друг без друга каждую секунду, и как видят всё во сне, где и встречаются, и делают там всё-всё-всё, и как это прекрасно. Он ей клянётся в вечной верности, ну и она, естественно, тоже. Время идёт, но легче не становится. Надежд на скорую встречу мало, но они есть. Саша, наш герой, знает, что некоторым счастливцам удаётся съездить домой в отпуск, и он изо всех сил старается, чтобы его, отпуск, заслужить. И тарелок на кухне моет больше всех, и туалеты вымывает так, что там, в унитазах, хоть суп вари — такая чистота. И ведёт он себя примерно, что такому шалопаю как он, удаётся с большим трудом. И хотя трудная выпала ему служба в танковых войсках, но направляет его звезда любви вечной и не даёт ему нигде оступиться. И так проходит год, а отпуском всё не пахнет. И тут она, судьба, девица капризная, но совестливая, подбрасывает ему звёздный шанс. Только остаётся его разглядеть и правильно себя повести в специально для этого сложенной ситуации.

Перед отъездом Лена Саше подарила фотоаппарат, который в армию, в общем-то, брать с собой нельзя, но он как-то исхитрился. И тут уже иногда стал делать снимки, и натренировался неплохо. В тот самый день он хотел попросить кого-нибудь сфотографировать его на фоне полкового знамени, чтобы ей, невесте своей, послать этот снимок (о, чуть было не забыл: они решили пожениться прямо в день его возвращения из армии). Пусть, мол, она гордится и радуется, видя, какой он тут у неё герой в ладненькой солдатской форме, на фоне знамени.

Ну, так вот, идёт он в штаб, и видит там следующую картину: двое солдат, охраняющих полковое знамя от врагов, занимаются какими-то глупостями. А вообще-то охраняют они это знамя двадцать четыре часа в сутки, потому что буржуины ненасытные ночами не спят — всё думают, как же его, знамя это, украсть и проклятым америкосам за большие доллары продать.

Так вот, солдатики от скуки сумасшедшей (шутка ли сказать, стоят как идиоты возле палки с тряпкой и от других, видимо, тоже очень умных и талантливых, это сокровище охраняют) решили поразвлечься хоть как-то, и давай изгаляться: то так повернутся к знамени, то эдак, то из него платок на голову соорудят, то к задней части прижмут, как бы изображая подтирательный момент жизни их солдатской копеечной. А наш герой, явно ангелами благословлённый на подвиги, быстренько достаёт фотоаппарат и всё это тихонечко запечатлевает на плёнку. Потом делает фотографии и с ними аккурат к замполиту полка с докладом спешит. А надо вам сказать, у них там в армии как раз на носу было 23 февраля, День защитника Отечества от отвратительных существ, на это самое Отечество бесконечно посягающих, так как более достойных дел у них, бандитов и развратников, нету.

И говорит он замполиту пламенную речь: что, мол, в то время, когда вся страна, не покладая рук, трудится над построением социализма, который грозит в один прекрасный день забеременеть и окончательно разродиться в коммунизм, и тогда всё прогрессивное человечество перестанет задыхаться и, наконец-то, вздохнёт свободно — так вот в это самое время некоторые, недостойные звания советского солдата, индивидуумы издеваются над святая святых — знаменем полка, за которое отцы наши и деды проливали... ну и дальше по списку. И, мол, что долг каждого честного солдата такие субъекты выводить на чистую воду, что он, собственно, и сделал. Полковник смотрит на фотографии, синеет, багровеет, зеленеет, то есть работает радугой, и в ярости бросается, как коршун, на хулиганов и клюёт их долго и нудно партийным клювом в полнокровную юношескую печень, пока от них не остаётся жалкое подобие человечишков. И от этого позора несмываемого им жить, в общем-то, совсем уже и не хочется, а хочется, наоборот, поскорее помереть, чтоб не мучиться. А доносчика, как и было принято с незапамятных стукаческих времён, награждают за бдительность и находчивость благодарностью с занесением и отпуском в родную Москву сроком на десять дней.

Ещё не веря своему неожиданно свалившемуся счастью, Александр Доносчиков (чего не сделаешь ради любви?) шлёт телеграмму о своём приезде, а она ему — ответ, и решают они с невестой вместе, не дожидаясь конца службы, расписаться прямо в день приезда.

Для солдат срочной службы в те годы очереди не было, и расписывали прямо на месте.

В общем, есть не ел, спать не спал, кое-как дождался дня отъезда и погрузился в поезд, где три дня его трясло, горемычного, но всё-таки дотрясло до самой до Москвы. А там уже и невеста вся в слезах, похудевшая от страданий и ожиданий, но всё равно счастливая. И бросились они друг другу в объятья, и замерли, хоть картину рисуй. Стоят, друг в друга впившись, не шевелятся. Не верят своему счастью. Ну, отрыдались, отцеловались, и прямиком в ЗАГС, где уже всё было назначено. Быстро расписались и едут к ней домой, а мысль у него одна, и та постельная, аж весь трясётся от нетерпения, вот только бы донести. Да и она, наверное, тоже не о «Капитале» Маркса, небось, думает. Ждала, себя по пустякам не разменивала, вот и дождалась. Подъезжают к дому, и тут Лена говорит: «Я тебе, муженёк мой законный, приготовила сюрприз. Поэтому сейчас тебе глаза завяжу шарфиком, только, чур, не подглядывать, лады?» Ну, а ему чего — сюрприз так сюрприз, лишь бы кровать недалеко, а то уже вот-вот из ушей брызнет. Лена ему завязывает глаза и ведёт на третий этаж, открывает входную дверь, заводит его в коридор, потом в гостиную и говорит: «Ты тут стой минут пять, а я сейчас в ванную мигом, вернусь и сюрприз покажу».

Ну, как вы думаете, какой в его мыслях там сюрприз готовился? Пойдёт она в ванную, а потом ему откроет глаза и предстанет в самом что ни на есть обнажённом, для него, единственного, виде, а там уже план действий был у Сашка готов. И вот стоит он тихенько, слышит — вода там журчит в ванной, стоит и радуется, что всё так удачно получилось и с фотографиями, и с отпуском, и с женитьбой. И будет у него теперь жизнь расчудесная, а год второй промчится как час. Вернётся он, и заживут они с любимой жёнушкой душа в душу. Но в это же самое время организм его, начинённый всякой всячиной за трёхдневное-то путешествие в жёстком трясущемся плацкарте, стал требовать своего, точнее, как-то газами переполнился и попросил разрешения, робко так, испустить лишнее, чтобы жить стало легче и веселей. А он, организм, когда просит, ему, знаете ли, лучше не перечить, а то можно такого натворить! Они, газы, знаете ли, очень коварные бывают. Если от них вовремя не избавиться, то они могут начать двигаться в неправильном направлении, и там то ли взрыв, то ли возгорание, то ли распирание может случиться. Точно уже не помню, но врачи советуют не возражать и тут уже идти у организма на поводу и не своевольничать.

Вариантов у Саши было немного: терпеть неизвестно сколько и зачем или разрешиться, пока время есть. Смотришь, она пока в комнату вернётся, запах-то уже и развеется. А про звук, который она вряд ли через шум душа может услышать, он и не волновался.

И, недолго думая, он как… дал, просто, по-солдатски, не стесняясь, с оттяжкой долгой и красивой, звуково по всем нотам клавиатуры пройдясь, и в конце этой праздничной увертюры для значительности ещё и точку поставил, а потом ещё одну, с наполнением.

И сразу организм, слегка опустошённый и очищенный, благодарно отозвался облегчительным внутренним аккордом, поощряя его за правильный ход поршня, и, действительно, жить сразу стало полегче.

Ну вот, выдал он на-гора, как говорится... но чувствует, что запах всё же есть, а тут она скоро вернётся, да ещё и вся в неглиже. И, чтобы любовную сцену не портить, он по-режиссёрски решил слегка сцену оживить и процесс ускорить, снял с головы шапку солдатскую, и давай ею сзади-спереди помахивать, чтобы свежие струи воздуха ситуацию провентилировали, и поскорей. За этим занятием его, видимо, и застала жена, которая вошла в комнату быстрыми шагами, подошла к мужу и с весёлым возгласом: «Вот тебе и сюрприз!» сняла с него шарфик.

Раздались крики и вопли, которые производили человек тридцать гостей, сидящих тут же в комнате, за празднично накрытым столом. Они кричали всё, что подобает кричать в таких случаях: «Горько! Счастья молодым! Молодцы! Ура!», ну и другие разные приятные вещи. Но жениху было это всё, мягко говоря, до лампочки, так как стоял он, обмерев, совершенно не понимая, как себя вести. Жена его, конечно же, ещё ни о чём не зная, быстро усадила муженька за стол, подняла рюмку, рассказала о любви, и как ждала, и как она рада, ну и в таком ключе вся её речь. И праздник покатился, насколько это было возможно в одной, хотя и большой комнате. Весь вечер жених, он же муж, он же солдат в отпуске, не ел, правда, пил, и посему опьянел. Поэтому брачной ночи по полной программе так и не получилось. Кстати, ни один из гостей и словом не обмолвился о произошедшем в то время, когда Лена была в душе. Ну, правда, он ей потом и сам всё рассказал. Она громко смеялась и сказала, что это ерунда, да и с кем не бывает.

Десять дней промчались, Саша уехал, а Лена осталась. И всё вроде бы было чудесно, но какой-то противный червячок сомнения стал медленно, но верно пускать ростки в их ещё не окрепших от семейной жизни душах.

«Какая скотина, — думала она. — Полная комната гостей, а он при всех — да и такое учудил, хоть бы извинился. И мало того, что подпустил с грохотом, так он ещё и шапкой развеять пытался, идиот».

Ровно через неделю после инцидента об этом, ухохатываясь, говорил весь город. Но, как в знаменитой игре в испорченный телефон, история начала обрастать подробностями, как ёлка игрушками.

Там уже было: и обделался при всех, потом голый и пьяный бегал и дебоширил, приставая ко всем женщинам и иногда даже к мужчинам. И свинья, и хам, и бабник, и мурло. История, как снежный ком, покатилась в народ, и когда через месяц Лене рассказали её последнюю версию, не зная даже, что она и была участницей описываемых событий, то от невинного газоопорожнения там уже почти ничего не осталось. Зато там была оргия с участием молодожёнов, драка с мордобоем, погони на мотоциклах и жертвы среди населения, а потом арест, милиция и даже суд. А вслед за судом — месткомом, профком, облисполком... и позор хулигану и растлителю малолетних.

И задумалась наша девочка крепко — какая жизнь её ждёт с Сашей, который так ославился перед всем народом?

А он тоже время зря не терял и думал про себя, дослуживая: «Вот же сука, так меня подставила! Хоть бы намекнула, что там гостей полон дом, так я бы не пер... не стал уж изгаляться, а потерпел бы. А теперь что? Вернусь в город, шуток на эту тему не оберёшься. До конца дней моих будут это помнить и при каждом удобном случае вспоминать. Да и Лена, жена любимая, тоже позора этого не забудет: первый раз в доме в качестве законного мужа, и такой конфуз!»

Отслужил Саша и домой к супруге вернулся, пожили они несколько месяцев и разошлись. Как кто-то взял их любовь и вымазал в грязи. Вроде они даже про случай тот и не вспоминали, а зачем вспоминать-то? И так всё ясно, ну, случилось, ну и что? Ну, не сказала она ему про гостей, ну газо-разрядился он при всех, не зная об этом. Что, собственно, тут такого криминального или просто античеловеческого? Ни-че-го!

Ан не выдержала их любовь подобного испытания. Или там и любви-то не было? Так вроде была, всем же видно было. Но, получается, разбилась она вдребезги о маленький такой риф, да даже и не риф, а так себе — рифик крохотный, газированный слегка.

Глупость какая-то. Из-за чего только семья распалась?

А Саша так маялся после развода угрызениями совести, что вернулся в армию и записался на сверхсрочную службу на двадцать пять лет. Там и служит. Полковник уже по политической подготовке, выучился, дослужился. Не женат.

А Лена вскоре вышла замуж по расчёту, без сюрпризов и глупостей и всяких там любовей и других *сюсю-мусю*. Муж — инженер-наладчик, живут хорошо, трое детей, все пионеры.

Вот такая история про вечную Любовь, человеческие выхлопы, и про то, кто кого победил. Бывает же такое. Кстати, Опре Уинфри при встрече — большой газированный привет.

матрас,
**ещё
матрас**

Покупка матраса — дело вообще непростое. Каждый, кто сталкивался, знает. Все компании, создающие их и продающие их же, делают всё возможное и невозможное, чтобы убедить нас, потенциальных «лежантов» на матрасах, что их продукт — самый-самый, и «самее» уже даже и придумать нельзя.

В глубокое прошлое отошли те времена, когда в том ещё, Советском Союзе, матрасы были только одного вида — для сна. А те, в свою очередь, делились на две группы: старые и новые.

Бывали иногда и разные размеры, но, чтобы наскочить на свой любимый (читай — нужный) размер, нужно было побегать.

Но это всё в прошлом. В благословенной Америке перед каждым из нас-разливанное матрасное море, и чего здесь только нет! Здесь вам и матрасы воздушно — надувные (спишь и думаешь, что ты птица, летящая по небу, пока не проснёшься в чужом гнезде). Причём каждый из спящих может свою половину надуть, как ему нравится — кому твёрдо, кому помягче.

Для любителей водной стихии (и для тех, кто в прошлой жизни был рыбой или, в крайнем случае, акулой) дают водяные матрасы. Есть набитые особой травой с самой вершины Гималаев. Есть наполненные гречкой (говорят, что очень целебные). Это, наверное, очень удобно, особенно если в доме кончилась гречка. Дырочку сделал и ссыпал немного прямо в кастрюлю. Есть такие, которые принимают форму тела, и это усиленно рекламируется. Есть и такие, которые не передают колебания. Народ, увидев рекламу, как один на матрасе танцует, а второй в это же время спит, бежит и покупает это чудо. Стараются матрасные производители не на шутку. И на девяносто дней бесплатно поспать дадут, и старый матрас заберут. А через три месяца можно его сдать назад, и пока не найдёшь замену, спать в ванне с водой, или на балконе на раскладушке, или вообще не спать, а потерпеть... сколько там той зимы.

Одним словом, так как спать рано или поздно всем хочется, то индустрия серьёзная и важная, и поэтому каждый матрас стоит немало. Вам продавцы, конечно же, расскажут, что это вообще-то и не матрас, а «химическая лаборатория в чехле, устройство для создания оптимальных условий телу в период сна, за которым стоят десятки лет серьёзных изысканий, миллиарды потраченных долларов и миллионы вылеченных от бессонницы». И поскольку это не матрас, а устройство, оно и стоит в два — три, а иногда и в десять раз дороже, чем матрас, на котором просто спят.

Чтобы подкрепить свои истории, они периодически спонсируют исследования на сонно-матрасную тему и уже в который раз приходят к совершенно неожиданному выводу, что сон очень важен, человек без хорошего сна гибнет, и, соответственно, вот почему нужно за «матрасную лабораторию» уплатить дороже, чем за саму кровать.

Ну, да ладно про матрасы. Вернёмся к нашей истории, хотя она тоже про них каким-то боком.

Жил я в городе Старые Мосты, а потом переехал в другой городишко в том же штате. И этот город мы назовём Новые Мосты, чтобы не путаться.

В то время я сотрудничал с одной компанией, продающей всякие разные приспособления, которые можно отнести к товарам альтернативной медицины. Ну, это для тех, кто ищет пути решения, улучшения, омоложения и окончательного выздоровления без лекарств.

Среди прочих в списки товаров были — правильно, матрасы. Не простые, а с магнитами внутри. Лекцию про магниты и использование их в течение последних пяти тысяч лет я здесь читать не стану, так как дело здесь вовсе не в этом.

И вот в один прекрасный день компания эта решила выпустить новый усовершенствованный матрас, а старую модель — быстро распродать, чтобы место на складе для новой освободить. Для ускорения процесса, объявили они распродажу для этой компании и её товаров совершенно неслыханную. Берёшь один матрас — второй тебе бесплатно. А матрасы, как в индустрии заведено, недешёвые.

Имея в этой компании привилегированный статус, я сосчитал, что, если закажу десять матрасов, то получу двадцать. И если я десять из них продам даже по оптовой цене, то оставшиеся десять матрасов мне достанутся бесплатно. Я тогда могу их хоть продавать, хоть дарить.

Сказано — сделано. Заказал я матрасы, сижу жду. Да, напоминаю, что я недавно переехал из Старомостовки соответственно в Новомостовку, о чём компанию предупредил.

Проходит недели две, и хотя матрасы едут с западного побережья на восточное, я, думая, что уже прошло достаточно времени для их транспортировки, звоню в компанию.

— Как, — спрашиваю, — наши дела обстоят с матрасами?

— Чудесно, — говорят, — обстоят, вы уже на них почти неделю как спите, наверное, ну и как вам они? — спрашивают меня в ответ. — Мы даже просим всех написать рецензию на тему «Как я безумно люблю мой новый матрас» и отправить её в компанию по следующему адресу...

— Спасибо, — говорю, — за предложение, я обязательно его рассмотрю, как только матрасы получу и хотя бы одним из них воспользуюсь.

Да, тут нужно сделать одно лирическое отступление, без которого история будет не вполне понятна.

Те люди, кому мы продали свой дом в Старых Мостах, остались покупкой недовольны и обвинили нас во всех смертных грехах и даже пытались подавать на нас в суд. Мол, мы там чего-то натворили в доме, в результате чего он потёк и вообще чуть не рассыпался. Кто продавал и покупал дома, знает, что перед продажей всегда приходит инспектор и делает инспекцию. Банк без этого денег покупателю не даст. Так вот, инспектор у нас по всему дому лазал часа четыре. Заглянул во все места, всё описал и сфотографировал, представив банку и покупателю свой рапорт. Судя по тому, что никто ничего не спросил и не сказал, там всё должно было быть нормально. Более того, в день покупки/продажи покупатель делает контрольный осмотр дома. Он к этому моменту уже пустой, мебель вывезена, и зачастую всякие разные проблемы, скрытые под коврами и за картинами, сразу видны.

Ну, в общем, они дом купили, а через некоторое время, видимо решив, что дорого заплатили, стали с нами ругаться. Но наш адвокат им показал все документы и просил не беспокоиться и нас тоже всякими глупостями не беспокоить. Важно то, что их моими друзьями назвать было никак нельзя, и злобу или, скажем, некоторое недовольство они, конечно, могли и затаить.

Так вот, возвращаемся к истории с матрасами. В нашей беседе наступила небольшая пауза, видимо, работник проверял что-то в компьютере, а затем слегка дрогнувшим голосом спросил:

— Вы что, хотите сказать, что матрасы не получали, ни один?

— Да, говорю, именно это я и хочу сказать!

—Странно, отвечают мне, но вы же за них расписались.

—А какая там фамилия указана, спрашиваю?

—Фамилия там — Быковский!

—Чудесно, говорю, а я как раз Петрючелли-Забубённых (фамилии придуманы, но так же друг на друга не похожи). Я, говорю, могу прислать вам все необходимые документы, чтобы подтвердить, что я, во-первых, не Быковский, а во-вторых, что подпись там не моя.

Задумался клерк.

— Нет, — говорит, — не надо, я вам сейчас сам по факсу отправлю этот документ, и если подпись там не ваша — звоните.

Получаю документ, подпись там, как я и предполагал, не моя. Отправляю его назад, и с ним вместе три образца моей подписи на разных документах. Жду, и через три дня получаю звонок.

— Здравствуйте, — говорят, — это мы из матрасной компании вас беспокоим. Какие у вас там обнаружились проблемы с матрасами? — спрашивают. — У нас тут есть целая группа экспертов матрасного дела, и они с удовольствием помогут вам все проблемы решить, вы только, — говорят, — не волнуйтесь, тем более у вас такой большой заказ.

— А я, собственно говоря, пока ещё и не волнуюсь, — говорю я, — да и проблем у меня с матрасами пока не возникло. Как только возникнут, я к вам сразу за помощью и обращусь, но сами матрасы, невзирая на отсутствие с ними проблем, очень хотелось бы получить. У меня тут покупатели волнуются, очень уж им по ночам спать хочется. Они старые матрасы-то повыбрасывали, а новые всё никак не приезжают. Никак нельзя ли, — говорю, — поторопиться с доставкой?

Пауза минуты на две, слышен звук пальцев, нервно отбивающих чечётку на клавиатуре компьютера. Затем линия оживает:

— А, вижу-вижу, вы всё получили ещё неделю назад, а то я уж на секунду заволновался, не мог вас найти.

— Нашли меня? — спрашиваю. — Ну и чудненько! А никак нельзя ли ещё и матрасы найти, так как я их не получал, о чём подробно уже рассказал предыдущему товарищу.

Тишина, пауза, чечётка.

— Так вы не получили ничего?

— Нет, ничего не получил, — говорю. — Ну как же, здесь же ваша подпись...

— Знаю-знаю, — перебиваю я, — историю с подписью мы уже тоже проходили с предыдущим работником вашей славной организации.

И тут меня осеняет!

— Скажите, а какой там у вас адрес записан?

— Да ваш адрес, улица Главная, 37, деревня Старомостовка.

— АААА! Понял, — говорю я, — у вас там мой старый адрес.

— А почему вы его не поменяли на новый? — вылетает вопрос и голос такой, недовольный.

— А я его поменял, как только переехал, о чём вы знаете, так как мне уже по новому адресу прислали несколько разных писем, пакетов и даже один чек. Хотите, могу вам их отправить по факсу, чтобы вы и сами увидели.

— Пожалуйста, — говорит, — отправьте.

Отправляю. Жду. На следующий день звонок.

— Скажите, — спрашивают, — а сколько матрасов вы недополучили?

— Все! — отвечаю. — Я недополучил все отправленные вами матрасы.

— Странно, — говорит этот клерк, — а тут написано, что вы все получили (то есть, все двадцать, видимо), и подпись ваша о приёме тут есть.

Тут я слегка взрываюсь и объясняю про подпись, про матрасы, про нетерпеливых покупателей и про всё остальное. Прибегает его начальник, мгновенно, минут за сорок пять, во всём разбирается, просит простить за доставленные неудобства и гарантирует, что сегодня же все матрасы в срочном порядке будут отправлены ко мне.

И я, успокоенный, иду спать, пока на старом матрасе.

Проходит недели две. Ну, думаю, уже пора. Иду звонить. Кстати, куда подевались те двадцать (!) матрасов, понять не могу. Если они приехали по моему старому адресу, то не могли же те, кто там сейчас живёт, даже назло нам (там моё имя на коробках, конечно же, было) расписаться в получении двадцати матрасов в коробках. А если они их и приняли, то на что надеялись — что никто не заметит? И где они эти коробки поставили и что с матрасами будут делать?

Одни вопросы, ответов нет. Звоню в компанию. Как, говорю, делишки наши скорбные полосато-матрасные продвигаются? А чудесно, говорят, продвигаются, а матрасики наши вам как?

Отлично, говорю. У нас идёт дождь, и поэтому я уже месяц стою на улице под зонтом и жду приезда матрасов от вас. Очень, говорю, боюсь их пропустить, поэтому разбил возле дома палатку и ночую в ней. Чуть заслышу шум машины — сразу выскакиваю. Но машины всё как-то не те, то мусорные, то квас развозят, то детей воруют, то канализацию прочищают.

— Странно, — говорят мне, — а у нас есть подпись, что вы их получили.

Пауза.

— Какого числа, — говорю, — получил?

— Позавчера в шесть вечера, — отвечают.

— Все, что ли, получил?

— Все!

— А фамилия там какая получателя?

— Афиногенов, — говорят.

— Красивая, говорю, фамилия, жаль только, что не моя.

— Как это не ваша?

— А так, — говорю. — Меня же, когда рожали, не спросили, ни какое имя я бы хотел, ни даже какая фамилия мне приглянулась, — вообще практически ни о чём не спрашивали, а так, всучили что попало. В следующий раз я, конечно, выберу Афиногенова, а в этот раз я уже, скорей всего, опоздал.

Пауза.

— Вы хотите сказать...

— Хочу! — перебиваю я, — зови давай начальство.

Приходит начальство... и всё начинается сначала. Всё сверили, всё сходится — и тут меня осеняет опять!

— Скажите, — говорю я, сам не веря в то, что сейчас услышу, — а вы куда матрасы-то отправили?

— Ну, как куда, — бодренько так отвечает начальник, — к вам, куда же ещё? Деревня Старомостовка, улица Строителей...

Из меня донёсся хриплый стон.

— Что с вами, — интересуется начальник, — вам плохо? Может, вызвать вам «скорую»?

— Да нет, говорю, мне не плохо, и наверняка лучше, чем вам. Это ВЫ уже сорок матрасов куда-то отправили, а до меня пока не один не дошёл.

Пауза...

— Я вам должен буду перезвонить.

Через день перезванивает, правда, другой человек и говорит:

— Нам просто кошмарно неудобно за все трудности, которые у вас возникли в связи с этими матрасами, и мы, чтобы хоть как-то окупить ваши моральные затраты, вам отправляем их без оплаты за пересылку (а это, кстати, вполне приличная сумма за двадцать огроменных матрасов).

— Спасибо, — говорю, — весьма тронут, а когда мне ожидать матрасы?

— Ну, когда вы нам те, что уже получили, обратно пришлёте, — говорит, — тогда мы, по получению наших, вам сразу ваши и отправим. Мы же не можем бесконечно слать вам матрасы, которые вы почему-то не получаете.

!!!

Пауза.

— Вы хотите, чтобы я вам что прислал? Матрасы, которые я не получил? Я вас правильно понял?

— Как это не получили, ни одного?

— Нет, говорю, как это ни смешно, не получил ни одного, ни даже пол-матраса....

И тут он задаёт гениальный вопрос:

— А где же все матрасы?

— Честно говоря, — пытаюсь я отвечать, — даже и не знаю. Наверное, кто-то их получил, сложил в стопку и, как Принцесса из той сказки, где на горошине, на них спит, и при таком матрасном количестве никакую горошину, даже и арбуз не почувствует. Так что, — говорю, — если хотите мой совет, то, во-первых, больше не отправляйте матрасы в Старомостовку. Там, как я предполагаю, внезапно образовалась чёрная дыра, куда и проваливаются все ваши матрасы. А вообще-то можете и поинтересоваться, куда проживающие по этому адресу товарищи все ваши матрасы запрятали. Для этого количества уже нужен склад. И, по-видимому, из-за вас им пришлось открыть целое матрасо-хранилище. Складывать ведь куда-то надо, а матрасы всё прибывают и прибывают.

Мне обещали всё исправить и просили не волноваться.

Дня через три мне позвонили из банка, сказали, что вообще-то у них всё в порядке, и спросили, не делал ли я в ближайшее время каких-то крупных покупок. Я сказал, что не помню.

— А вот такая-то компания и такая-то вот сумма?

— Секундочку, — сказал я.

Взял калькулятор, разделил, и получилось, что с меня взяли за сорок матрасов.

— Здесь ошибочка, — говорю. — Я сорок матрасов не покупал. Здесь должна была быть сумма ровно в четыре раза меньше. Я платил за десять, и десять мне должны были прислать бесплатно, — говорю.

— Ну и как, прислали?

— Нет.

— Ни одного?

— НИ ОДНОГО.

— Ну так мы вам вышлем документы и опротестуем этот заказ.

— Да уж, пожалуйста, вышлите. Давайте опротестуем.

На следующий день вдруг неожиданно получаю один матрас. УРА, думаю, наконец-то трубу пробило и система заработала. Жду остальных. Остальных нет. Звоню в компанию.

— Спасибо, — говорю, — один матрас получил, а где же остальные?

Пауза.

— Сколько вы получили?

— Один.

— Один?

— Один!

— А остальные?

— А остальные я ещё не получил, и вот я поэтому спрашиваю, когда ждать остальных? Только, пожалуйста, — с мольбой в голосе прошу я, — не говорите, что вы третью партию отправили по неправильному адресу.

— Нет, — говорит, — отправили-то мы всё по правильному, в деревню Старомостовку, но почему вы получили один, когда мы отправили двадцать, я понять не могу.

Я задумался, вздохнул, положил трубку — и сдался. Всё, сказал я, больше не хочу никаких матрасов. Никогда! Я буду спать на полу, на холодильнике, на шкафу — где угодно, но про матрасы в моём присутствии прошу не упоминать. И перед тем, как я заснул на новом, единственном, через пургу и заносы доехавшем до меня матрасе, утомлённый мозг пронзил вопрос: а может, мне обратно в Старомостовке дом откупить, там уже, наверное, тонна матрацев собралась. А иначе, видимо, мне их так и не получить. Подумал мозг... и заснул... от ужаса.

Проходит неделя, и к моему дому днём подъезжает огроменный грузовик. Приходит водитель и спрашивает, куда разгружать. Осторожно интересуюсь: какая компания прислала? Сходится! Какой товар? Сходится! Сколько этого товара? Двадцать! ПОЧТИ СХОДИТСЯ!

— Мне, — говорю, — сгрузите девятнадцать, а двадцатый — спасибо, не надо. Отправьте, прошу, обратно, так как я уже двадцатый раньше получил.

— Не могу, — говорит. — Или берите всё, или я всё отправляю назад.

Ну, я тут секунды три подумал и решил, что если я всё сейчас назад отправлю, то, видимо, уже эти матрасы в жизни больше не увижу, а потом они ещё и пропадут по дороге назад, так как путь-то через Старомостовку ведёт, а там дыра чёрная, безразмерная, полная матрасов...

— Ладно, говорю, сгружай всё!

А сам подумал, что я как-то с компанией договорюсь: или доплачу им за один матрас, или, если они его примут, отправлю один назад. Ну всё, обрадовался я, всего-то три месяца не прошло, и эпопея завершилась. Ура, аллилуйя и аминь.

Да, для жителей других районов я должен тут сделать ещё одно отступление.

У нас здесь всё сплошные маленькие городки в районе, где я живу. И если что-то привозят — телевизор в коробке, компьютер, мебель, любой другой товар, — а хозяев нет дома, то его оставляют или у входной двери, или у двери гаража. У нас здесь не воруют, за что огромное спасибо всем.

Так вот, загрузил я матрасы в гараж (двадцать огромных коробок заняли весь гараж) и уехал в отпуск, ни один матрас с собой не взяв. Надоели.

Перед этим с банком разобрался, они всё пересчитали и сказали, что возьмут только за десять матрасов, а остальное будут у компании отнимать, мирным путём... если получится.

Возвращаюсь через неделю, и у меня на подходе к дому темнеет в глазах. Добраться до гаража не могу, так как возле него кто-то устроил склад коробок. Начал считать... насчитал ровно сорок. Открыл одну — в ней матрас... Я ничего не заказывал, ни за что не расписывался. Складываю их возле дома, накрываю плёнкой, чтобы дождь не промочил (четыре часа работы), и не понимаю, что мне со всем этим добром делать. Жду три дня, и удивлённый тем, что ничего не происходит, звоню в компанию.

— Скажите, пожалуйста, сколько вы мне отгрузили матрасов? — спрашиваю.

— Двадцать ровно.

— Чудесно, — говорю (хотя почему не учтён первый самый, пришедший до двадцати, не пойму). — А что мне делать с теми ещё сорока, которые у моих дверей магическим образом объявились, пока я уезжал? — спрашиваю.

— А какой это номер заказа?

Даю номер.

— Вы что-то путаете, наверное, по этому номеру я вижу, что вам привезли двадцать, а больше никаких ещё сорока я не вижу. Но вы можете их отправить назад, если они у вас действительно есть.

Хорошо, говорю. Звоню в транспортную компанию, которая, как я думаю, мне их привезла. В моё отсутствие ещё сорок матрасов мне привезли, спрашиваю? Нет, говорят, мы вам только те двадцать привезли, и больше ни о чём не знаем. А кто же мне их тогда привёз, и как мне их отправить назад? Просто, говорят, уплатите за отправку, и мы заберём. И, сосчитав, называет мне такую цифру, что я тут же отказываюсь. Я эти деньги из матрасной компании потом сто лет буду выпрашивать. Если они даже не могут понять, куда исчезли сорок матрасов, уехавших в Старомостовку, если они не понимают, как ко мне попали сорок лишних матрасов после присланных мне двадцати одного (хотя они считают, что только двадцати), то как же я им докажу, что за свои деньги отправил им матрасы, которые не заказывал, хотя они мне их прислали, и как смогу убедить вернуть мои деньги за отправку?

Звоню в компанию. У меня, говорю, тут на улице валяются ваши сорок матрасов, которые я не заказывал. Если хотите их обратно получить, оплатите доставку, и я их обратно вам отошлю. Пощёлкали, посмотрели, подумали. Не можем, говорят, оплатить вам, так как у нас нет никаких записей в системе об отправке вам этих, как вы говорите, сорока матрацев. Так что, если бы даже и хотели, некуда нам внести эту информацию. Вы, наверное, просто просчитались или забыли чего, или, может, это кто-то из соседей заказал, а вам по ошибке доставили. А если вы коробки не открывали, то как вы можете быть уверены, что там именно матрасы и именно наши? Так что уж вы нас извините…

В общем, матрасы остались у меня. Я устроил большое гуляние, на котором десять продал, а остальные разыграл, раздарил, устроил аукцион с начальной ценой в один доллар... в общем, почти от всех избавился.

А потом я получил письмо из банка, где меня поздравили с тем, что компания — отправитель матрасов вернула на мой счёт все деньги за матрасы, так как обнаружила ошибку в системе и поняла, что ничего мне вообще никогда не присылала.

Прошло уже немало лет. Но до сих пор народ помнит это мероприятие на матрасную тему. Было много еды, алкоголя, шуток на тему «раз и на матрас» — и веселья при аукционе и розыгрыше «дорогих подстилок для лежания».

А я вот думаю: как же в этой Богом благословенной когда-то стране, при таком невероятном бардаке, всё как-то движется и происходит? И внешне даже вполне прилично выглядит. Вроде-бы как во всём порядок. А внутри? А если копнуть? А если матрас заказать?

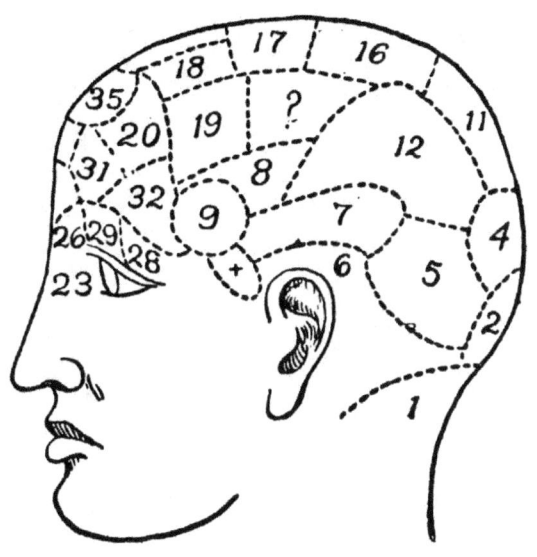

месть

Ну как же тут было не влюбиться, когда тебе шестнадцать и ей тоже, и вы учитесь в одном классе. Ты видишь её каждый день. Она проходит мимо тебя и вроде бы не замечает, но ты всё понимаешь и всё принимаешь от неё. Даже то, что она тебя игнорирует. Тебе достаточно перехватить её взгляд, направленный куда-то, может быть, даже и на тебя. Запах её волос ударяет в голову, как вино. И походка её напоминает тебе походку богини, то есть если бы по земле ходили богини, то наверняка ходили бы именно так. И это тянется изо дня в день, без малейшего дуновения ветерка надежды в твою сторону. Ну хоть что-нибудь, хотя бы мельчайший знак внимания, и ты взлетишь и обогнёшь землю, как искусственный спутник, много раз, и достанешь для неё самую прекрасную звезду, и задуешь из-за неё солнце, если будет нужно.

Но нужно не было. Она была горда и непреклонна, как пирамида Хеопса, которая, наверное, не замечает суетящихся у её подножия мелких и никчемных людишек. Да и что они понимают в сравнении с ней? Где они были и что они видели? Вот она-то за последние три с лишним тысячи лет повидала всякого...

Девочки седьмых-восьмых классов вообще-то своих одноклассников-мальчиков не очень-то жаловали. Красивые, наливающиеся горячим соком, постепенно превращающиеся в женщин и потому знающие себе цену, они всё больше любились на стороне или, в крайнем случае, со старшеклассниками. Это было престижно.

Оставались некрасивые и очень некрасивые. Но мы сейчас не о них. Эта была красавица. Папа — капитан дальнего плавания. Всегда по последней моде одета, реснички, ноготки, прическа ... Создавалось впечатление, будто бы она, кроме наведения красоты, вообще больше ничем не занимается.

И вот однажды Вика (героиня наша) и Лёша (влюблённый в неё по уши герой) неожиданно оказались в ситуации, расставившей всех по своим местам.

Это был Новый год, и Лёша один шёл на празднование к своему другу Мише, который был старше его на 3 года. И там, естественно, собрался народ, в основном из старших классов. Из Лёшиной возрастной группы он был один. Это было лестно, но немного страшно.

Ребята и девочки отнеслись к нему на удивление хорошо, опекали его, а кто-то даже позвонил и добыл свою сестру, чтобы ему одному было не скучно. Сестра носила очки, знала всё, была страшной занудой и чего-то постоянно рассказывала, не выключаясь ни на миг.

«Лучше бы я был здесь один», — подумалось Лёше, но тут двери распахнулись — и в тёмную до этого момента комнату вошло само солнце. «Да будет свет!» — повисла в воздухе не озвученная никем мысль. И свет был, и имя ему было Вика. Естественно, что кроме Лёши, который просто ослеп от исходившего от неё сияния, никто так бурно на появление девушки не отреагировал. Привет-привет, и всё. А от чего ослепнуть — было. Виделись они всегда только в школе. Ну и, невзирая на папу-капитана, всё-таки школьная форма, минимум парфюмерии и так далее, сами понимаете. А тут на воле, да ещё и празднование Нового года! Одним словом, она словно сошла с обложки иностранного журнала мод — такая же гламурная и неотразимая. Пришла Вика на празднование вместе с Шуркой, известным бабником и притом, как говорили в народе, очень скользким. Можно было бы долго рассказывать, как мучительно и болезненно отзывался в Лёшиной душе каждый Викин благосклонный взгляд на Шурку. Они обнимались, немного даже целовались. Все это ранило ножом, и прямо в сердце. Но оторвать от этого мучения взгляд, и на то чтобы, ещё чего доброго — встать и уйти, не было у него сил. Просто не было — и всё.

Итак, два часа ночи. Народ уже, в основном, распределился — кто на кухне, кто в спальне, кто-то ушёл домой. К этому времени Шурка, уже очень разгорячённый выпитым, в очередной раз при всех пытается завалить Вику и при этом даже стащить с неё что-то из одежды.

Скандал назревал долго, и первая вступительная часть его закончилась звонкой пощёчиной, выданной Викой Шурке, по-видимому, за его ретивость. Трезвый он бы отступил, а тут под градусом, да ещё и народ какой-то в комнате торчал у телевизора, как будто смотрели праздничный концерт. Он вдруг хватает бедняжку Вику и начинает её трясти как грушу. Не бить, не душить, а именно трясти. А он парень видный, метра два ростом, да и весу в нем килограмм 120.

— Да я тебя! Да ты мне! — шипит разъярённый кавалер. — Да у меня таких, как ты!..

Ну и дальше в том же духе. Бедная Вика почти что висит в воздухе, подвластная могучим рукам, не в силах вымолвить слово, как вдруг:

— Не тронь!

Никто даже поначалу и не понял, что произошло. Затем от боли в руке взвыл Шурка. Затем из внезапно ослабевших рук на пол с грохотом выпала Вика. Затем в сторону с воплем отлетел, получив сильно в ухо, Лёша, который до этого зубами впился Шурке в руку.

Все произошло мгновенно, и все как-то сразу протрезвели, и тут же большим коллективом дружно выплеснули на обидчика всю копившуюся годами злость.

— Да что же ты к девке-то приставал?

— Она же тебе сто раз говорила — отстань!

—Ну что же ты такой непонятливый?

Тут народ из разных комнат подтянулся, и уже через мгновение исподлобья на ещё недавнего героя-любовника смотрело почти два десятка недобрых глаз. Ситуация становилась непредсказуемой, и Шурка решил не рисковать, хотя троих-четверых он бы здесь точно уложил. Но народу было больше. Здесь были те, к кому он не приставал, из девушек, конечно, и они уж тут бы с удовольствием отыгрались. Да и ребята, всегда завидовавшие его успеху у слабого пола, тоже не преминули бы взять реванш, ну хоть какой-то там, хоть коллективом по морде «обидчику» надавать — и то приятно.

Одним словом, мгновенно и правильно оценив ситуацию, Шурка лишь буркнул:

—Идиоты все! — и исчез, оставив после себя неприятные воспоминания, которые через пятнадцать минут испарились.

Вика, поправив прическу и одежду, подошла (ну, наконец-то!) к Лёше, который, оглушённый страшным ударом в ухо, лежал возле дивана, и положила ему руку почему-то на лоб, как будто хотела померить температуру.

— Ну, ты как? — с участием и почему-то шёпотом спросила она.

— Я в порядке, — моментально забывший обо всём, включая ухо, ответил Лёша.

— Спасибо, что заступился! Вот никогда бы не подумала, что ты такой! Пошли отсюда. Идём ко мне. Мои все уехали на два дня. Я тебя буду лечить и угощать. У нас дома полный холодильник.

Абсолютно обалдевший от собственной смелости и вдруг неожиданно открывшейся перспективы, Лёша вначале потерял на миг возможность издавать звуки, но вскоре оправился:

— Ну, пошли.

И они пошли. А город был тихим и добрым. Было холодно, мороз пытался забраться во все укутанные места, но ему это не удавалась. Им было тепло и весело. Все уже спали, отгуляв, а им ещё гулять только предстоит.

И всё было как во сне. Они пили шампанское и танцевали. И она первая поцеловала его, и ещё раз сказала спасибо, и он ответил ей, не без труда совладав с собой, долгим и горячим, как огонь, поцелуем. И это тянулось долго, и она начала его раздевать и целовать его тело везде и по-всякому. И это было восхитительно, и он куда-то улетал, и возвращался, и вновь улетал.

В душе пели птицы, а над головой летали амуры и постреливали в них своими меткими стрелами, улыбались и одобрительно кивали головами. Он не помнил, как они оказались в кровати, и вдруг понял, что они без одежды и что сейчас произойдёт то, о чём он никогда не мог и мечтать в самом своём смелом и безумном сне, а сколько их было?! И какие они были, эти сны?

Он не увидел её лица в тот момент, когда что-то вдруг произошло, буквально за секунду до этого самого...

Она вдруг повернулась к нему, внимательно изучающе посмотрела. Ощущение было, что она видела его в первый раз.

— Мы сошли с ума, — сказала Вика. — Ну, заступился ты за меня, ну и что? Это не повод... да и зачем всё это, мы ведь не пара. Пошли на кухню, будем чай с тортом пить.

Секунды складывались в годы, а те давали отсчёт тысячелетиям. В голове тикали часы, раскалывая мозг. Жизнь кончилась. Это всё. Надежда, говорят, умирает последней... И вот она умерла.

Было слышно, как на кухне кто-то шурудит посудой, и отдельно от этого — её шаги, шелест одежды.

Оцепенение, в которое впал Лёня, проходило, уступая место рыданиям. Они рвались из него наружу. И плотина, сооружённая неизвестно кем и когда, сдерживала их неимоверными усилиями. Но вот-вот прорвёт и всё затопит, и всё погибло, и все узнают, что я плакал. Стыдно будет, как же будет стыдно.

Зачем же это она так, подумалось ему? Но сердце заныло, снова стало больно, и он переключился. А я всё равно зашёл дальше Шурки и, возможно, даже дальше всех, пришла спасительная мысль. Ай да Лёшка, ай да сукин сын!

Но все равно саднило в груди, и в животе было такое противное ощущение, какое бывает, когда укачало на пароходе. Они быстро выпили чай и разошлись. И это было всё. О случившемся никто из них никогда больше не вспоминал, а встречаясь в школе, они были подчёркнуто вежливы, но не более того. Внимательный наблюдатель усмотрел бы за этим что-то. Но все были заняты своим, и никто не наблюдал...

А потом школа кончилась, и их пути разошлись. Прошло 20 лет. Другое тысячелетие. Другая страна. Другая жизнь. Годы, полные забот и тревог, замужеств и женитьб, разводов, детей, даже иммиграции в другую страну, отделяют сегодняшний день, где нашим героям суждено было снова встретиться, от дня вчерашнего, в котором они сошлись и разошлись так непросто. Хотя, скорее всего, просто, и с высоты прожитых лет это видно особенно чётко и ясно.

И вот встречаются они днём на пляже и вначале даже не узнают друг друга. Шутка ли, столько лет... Но она такая же красивая, ну, может быть, чуть-чуть усталый взгляд, да одна-две морщинки, которые он раньше не замечал. А может быть, их и не было там раньше. Да и не в этом суть.

И он уже не тот худой нескладный паренёк, а вполне даже возмужавший и в самом расцвете сил мужчина. И всего достигший, и довольный своей жизнью. Хотя тогда непонятна изредка мелькающая грустинка во взгляде, как будто чего-то в его жизни нет и никогда так и не было, или было, но потеряно.

Говорили о всякой ерунде, смеялись долго, и что-то вдруг прорвало... и они всё вспомнили, и нет никакого стеснения, и он ей — как долго и безуспешно был влюблен, и кроме неё никого не видел и не хотел.

И она — как жаль, что не знала об этом раньше. Да что ж ты не сказал-то никогда? Да как-то не смог я! Извини. И про ту злополучную новогоднюю ночь, и как ему хотелось и мечталось, и как она поддавалась, и как уже почти что всё произошло, и как она, вдруг поняв, что он ей не совсем безразличен (а он-то совсем о другом подумал тогда), вынуждена была включить по-морскому «Полный назад!» Испугалась... А что дальше? А школа? А вдруг беременность? А где же достойный и богатый жених? И так далее.

И как она теперь жалеет. И что вышла замуж за капитана, и у них двое детей, и жизнь прекрасна. Но что-то всё равно не то. И что вдруг сейчас, увидев его, всё вспомнилось. И она вдруг поняла, что кроме него в ту самую новогоднюю ночь и после неё больше никого и никогда по-настоящему не любила. И как обидно, как глупо, что нельзя ничего вернуть.

И так в разговорах и воспоминаниях пролетел день, и уже вокруг темно и никого нет, и они вдруг, не сговариваясь, родные души, искавшие друг друга в мире и наконец-то нашедшие, бросаются в объятия друг друга, и одежды немного, и воспоминания возносят их на гребень самой высокой волны. Тела их горят, как тогда, и вот они уже сплелись в один клубок, и вот-вот наступит этот сладкий миг, когда два тела превращаются в одно... огненный океан погружает всё твое существо на самое упоительное дно и топит его в оргазмическом экстазе.

И в этот раз уже она не уловила перемены, лёгкой тенью скользнувшей по лицу...

И вдруг он вспоминает — хотя момент, казалось бы, для этого вполне неподходящий — всё, что случилось ещё тогда, и как он страдал. И как долго это наваждение не покидало его. И как было непросто вырвать её из памяти. И как долго все другие женщины не существовали для него. И только время, которое действительно лучший лекарь, постепенно залечило раны, и жизнь вернулась в свои берега.

А ему всегда казалось, что он, наконец-то, выжег её из своей жизни, из своей памяти навсегда! И всё для чего? Для того, чтобы наступить на те же грабли опять? Сейчас? И здесь? И всё сначала? Нет, спасибо. Там мы уже были и больше не хотим.

Он встал, оделся и ушёл, так и не доведя начатое до конца...

Это была его месть. Вообще-то месть должна быть сладкой. Но ему почему-то сладко не было. Наоборот, было даже как-то горько и даже очень. Он ненавидел сам себя и за то, что не настоял двадцать лет назад, и за то, что трусливо сбежал сейчас, и за всю свою дурацкую жизнь с придуманной любовью, которая ему всю эту жизнь и отравила. А может быть, и не придуманная. Может быть, это и была та самая настоящая, которая, говорят, если и бывает, то только одна. А все остальные так себе, суррогат, принимаемый за настоящее чувство.

Ему вдогонку неслись вопли и даже проклятия обиженной, обманутой, неудовлетворённой женщины. И на эти крики, наверное, отзывались небеса.

Но ему было всё равно. Он уходил быстрыми шагами, почти бегом, подальше от этого места, от себя, которого уже больше нет, от неё, от прошлого, где остался кусок жизни... уходил стремительно, и в этот раз уже навсегда.

ограбление

Всякие удивительные истории бывают с нашим братом. Ничего даже и придумывать не надо, только лишь о том, что было, рассказывать.

Итак, семидесятые годы. Белоруссия. Большой город, январь. Зима, мороз и много снега.

Перед нами молодой человек по имени Женя, в общемто, нормальный парень, женатый. Живут они втроём вместе с мамой жены. Тогда это называлось «с тёщей», но всё равно — втроём. Работает Женя в месте скопления людей, в ресторане. Место в те годы сладкое и престижное, да ещё и денежное. Все его знают и любят. И вот однажды совершенно случайно знакомится он на работе с дамой, уже не юной, но ещё вполне даже ого-го. И она, эта дама, приглашает его к себе домой под каким-то там предлогом: то ли полку повесить, то ли ещё что-то. Ну а что, какие проблемы, помочь так помочь, руки у него, слава Богу, не растут откуда не надо, а скорее даже наоборот. По дороге домой она (Мальвиной, кажется, её звали) объясняет, что муж её — дальнобойщик, водитель то есть огромных грузовиков, и водит он их по всем странам. Зарабатывает при этом немалые деньги, но дома, правда, бывает редко. Ну, всему своя цена, как говорится. Деньги есть, а мужа как бы и нету. А она, между тем, ведёт его к себе в шикарную четырёхкомнатную квартиру, обставленную по последнему слову польско-немецко-югославской моды, с хрусталями и коврами, ну и другими излишествами, на которые мы все были падки в те далекие семидесятые. Полку там быстро прибили, потом она искусно и, главное, незаметно, накрыла лёгкий стол. Свечи мягко освещают кухню, коньяк, шампанское, балычок, икорка чёрная, крабы. Просто и изысканно. Сидят они, беседуют, время течет. Приятная обволакивающая атмосфера. И вот разговор их плавно переходит в танец, который, в свою очередь, незаметно перетекает в спальню, где уже, как по мановению волшебной палочки, всё готово: расстелена огромная царская кровать, приглушён свет, правильная музыка. «Когда только она успела?» — мелькнула мысль. И тут же пропала. Вдруг, ну точно как в кино, дама оказывается в лёгком пеньюаре, а под ним уже ничего нет, кроме неё самой, конечно же. И дальше всё продолжает развиваться быстро и стремительно, и вся Женина одежда слетает с него и разлетается, как будто это лето, и кто-то вспугнул стайку бабочек, они разлетелись по разным углам и там сидят.

Итак, жаркая сцена в постели, в которой они вытворяют такое, что даже составителей знаменитой «Камасутры» могло бы озадачить. И в таких развлечениях проходит пять минут или час — никто не знает, кто ж тут уследит за временем?

И вот лежат они, накувыркавшись, распластанные, на шёлковом белье, опустошённые, счастливые, без чувств и мыслей, упиваясь этой незваной, неожиданно на них сошедшей нирваной... и на звук поворачивающегося в замке ключа вначале вообще никто не реагирует, потому что этого просто не может быть, потому что не может быть НИКОГДА! Но звук становится всё невыносимей и громче и постепенно заполняет Женино существо ужасом и непредсказуемостью дальнейших событий. Мальвина же совершенно спокойно встаёт и со словами: «Это, наверное, муж неожиданно вернулся, больше ни у кого ключа нет!» — выходит в прихожую. Секунды две герой наш находится в полном параличе. Слова Мальвины о том, что муж должен вернуться через неделю и всегда звонит накануне, ржавым гвоздём зудят в голове. А слова её о том, что он в прошлом мастер спорта по боксу, догонят Женю позже, уже на улице, но это будет потом. А сейчас он слышит их голоса в прихожей, её — нежный и трепетный:

— Как же это ты без звонка?

И его — угрюмо-недоброжелательный:

— А ты зачем дверь-то изнутри закрыла, и я не мог войти?

— Боюсь одна, вот и закрываюсь! — кажется, ответила Мальвина, но Женя этого ничего уже услышать не мог.

Он вдруг понял, что смерть его догнала, и в любую секунду войдёт в спальню и обрушится на него всей силой двух или даже трёхпудового боксёрского кулака, и превратит его пока ещё лицо в кровавое месиво, и вырвут сердце ему и вознесут на алтарь любви и измены одновременно.

Почему-то в тёмную холодную белорусскую ночь эта перспектива ему привлекательной не показалась, и он в секунду, в темноте, так как свечи уже догорели, непонятно как отыскал всю одежду, скрутил её в комок и, подбежав к окну, открыл его и прыгнул. Летел, казалось Жене, он долго, почти что вечность. И в полёте вспомнилось ему, что дома у него жена и тёща, и что, наверное, уже очень поздно, и что он не знает точно, где он находится. Ну, то есть, город-то он знает какой, а дальше? Когда к ней ехал, он просто рулил, а Мальвина-душка руководила: «Направо! Налево!»

И вдруг — последняя мысль: а на каком этаже Мальвина живёт? На третьем… и он задохнулся от сознания непоправимости содеянного. Какой же идиот станет прыгать с третьего-то этажа? Какой-какой, такой, как он. И ещё, казалось, много всяких мыслей, как в кино, пронеслись перед ним на чёрно-белом экране — и вдруг всё исчезло.

И вернулась жизнь. Ударом и звуком падения во что-то огромное, бело-черное, мягкое и пушистое. Это был грязный снег! Его в течение нескольких дней сгребали в кучу люди и машины, люди — раскапывая из-под снега свои машины, а машины — снегоуборочные, чтобы расчистить дороги для людей.

Сугроб был чуть ли не до второго этажа. Так что летел наш герой, вероятно, полсекунды и всего метра три. В сугробе было темно и странно. Ощущение, что он уже умер, и это ад, а тут в аду — жёсткая экономия электричества, пронзила его. Но через несколько секунд от тела до мозга добралась следующая команда: «Внимание — мне холодно!» Ещё бы не холодно! Зима, чай, градусов пятнадцать мороза по Цельсию дают. Тут тело быстренько, без консультации с мозгом, начало отчаянно барахтаться, пробивая себе дорогу к свету, к свободе, то есть, и вскоре сухой морозный воздух ударил в нос. Жизнь победила, сугроб окончился, босые ноги вскочили и побежали, и Женя вместе с ними. Оказалось, что ноги знают, что надо делать в подобных случаях, а все остальные части тела хотя и не без труда, но за ними поспевали. Бегут себе ноги, и тут вдруг как бы мозг прорезался: «Ау, — говорит, — ребята, и куда это мы бежим?», и ответ как-то сразу сам объявился: мол, к машине бежим! «А где машину поставил, помнишь?» — ехидно спросил кто-то. «Не помню», — ответил другой голос. И вся беседа эта проистекает внутри. Может быть, даже и в голове, где вдруг оказалось много голосов и каждый говорит что-то своё. А ноги, никого не слушая, бегут куда-то и действительно прибегают к машине. Голова о том, где машину поставили, так и не вспомнила. Зато дала команду рукам искать ключи. Руки, на секунду, правда, растерявшись, потом начали истерически шарить по карманам, ища ключи, потом нашли, потом долго тряслись, то ли от холода, то ли от ужаса, и не могли никак попасть ключом в замок двери. Потом попали, открыли, дёрнули дверь, но, видимо, с головой и с ногами не посоветовались и о том, что будут делать, никого не предупредили. И те были не готовы. Поэтому, резко распахнувшись, дверь ударила Женю в голову, разбив ему лоб и нос и сбив с ног. Он упал в снег и несколько мгновений лежал навзничь, ничего не понимая — кто его ударил, чем ударил, почему он упал. Сознание медленно возвращалось, подсказывая дальнейшие действия, хотя и не давая ответы ни на один из вопросов. Почему вернулся без предупреждения муж? Почему Мальвина так спокойно об этом сказала и пошла его встречать без видимого волнения и страха? Почему не убился, упав с третьего этажа? Как нашёл машину? И ещё много разных вопросов вихрем проносились в голове и, не получая ответа, уносились, уступая место следующим. В какой-то момент Женя вдруг понял, что едет, и что он за рулём, и даже узнал район. До дома было буквально рукой подать. «А сколько я ехал?» — захотелось подумать ему. И тут же перехотелось. «А который, кстати, час?» — натолкнулась на предыдущую следующая мысль, и они вдвоём также быстро испарились, как и появились. Следующий проблеск сознания застал Женю стоящим перед дверью своей квартиры, а руки (вот спасибо-то) поворачивали ключ в замке. Прихожая, тепло, огромное зеркало.

Он стоит перед ним, пытаясь соотнести отражение в зеркале с действительностью и как-то это оценить, и, по возможности, даже проанализировать.

В зеркале отражается непонятного цвета совершенно голое тело человека, держащего в руках большой тюк с одеждой, где трусы, пальто и ботинки сплелись в тугой узел и стали частью целого, пропитанного снегом, страхом и ещё бог знает чем. «И это я в таком виде бежал, а потом долго ехал?..» Но додумать эту интересную мысль Женя не успел. Что-то в его отражении шевельнулось, причём как-то неприятно и, я бы даже сказал, неестественно. Как же это? — захотелось спросить, но он не смог, потому что неестественная часть его отражения в зеркале вдруг зашевелилась снова и вообще зажила своей, отдельной от Жени жизнью. И жизнь эта отдельная открыла рот и спросила:

— Что случилось, дорогой?

Голос был противный, с ехидцей, но до боли знакомый. Женя слышал его много раз, но в данную секунду мозг его голос этот узнавать отказывался. Как, впрочем, и отказывался в теле, которому этот голос принадлежал, узнавать любимую тёщу.

А это именно она стояла в дверях, одетая. Видимо, не спала в два часа ночи-то, зятя родненького ждала. Видимо, хотела покормить или просто из любопытства — где же это он, разлюбезный, так задержался? Реальность и неизбежность произошедшего стала приобретать формы и размеры. Формы были уродливые, а размеры огромные.

На раздумье была одна секунда. Взглянув на себя, видимо, в последний раз и увидев разбитый и потому до неузнаваемости распухший нос и большую ссадину на лбу, Женя открыл рот, и оттуда вывалилось:

— Меня ограбили!

Много раз потом он будет задавать себе одни и те же вопросы: почему он это сказал? Как его угораздило? На что он надеялся? И многие другие. Но слово, как вы помните, не воробей, и оно вылетело, и не просто откуда-то там, а вылетел этот воробей из тела голого, с разбитым носом, человека, стоящего с клубком одежды в руках перед зеркалом в прихожей его собственной квартиры в два часа ночи. Тёща зловредно молчала, приняв позу кобры, тихо, но угрожающе шипя. Она почему-то передумала кормить зятя, не торопилась, давая жертве осознать всю безысходность положения, в которое она, жертва, попала. Тишина нависла, но лишь на миг, и в следующую секунду в голове у Жени раздался громкий щелчок — видимо, кто-то включил свет. После этого, как результат, безусловным рефлексом открылся рот. А дальнейшее Женя уже как бы видел со стороны, причём довольно чётко. Рассказывал он мастерски. Вахтангов, Немирович-Данченко, Качалов и Смоктуновский в первом ряду партера по очереди, а иногда и все вместе одобрительно покачивали головами, как бы говоря тем самым: «Талант». Что тут скажешь — талантище, а это, брат мой, — или есть или нет!

Его речь лилась, текла широким потоком, снося по пути людей и строения, не задерживаясь ни на миг и вовлекая в происходящее всех и вся.

Тёща буквально приросла к полу.

Теперь уже завораживающей коброй был он. Ничего подобного ни придумать, ни представить себе она не могла. А он всё пел — и как на него напали, и как сняли всю одежду и побили (разбитый нос и большая ссадина на лбу вполне пригодились), и как он сам не понимая в шоке, почему, долго бежал за машиной грабителей (да-да, совершенно голый) по ночному городу — благо было очень скользко и машина ехала медленно. И как он выследил эту машину и место её стоянки, и потом, дождавшись, пока все разошлись, разбил стекло и стал доставать вещи, а их было много — видимо, грабители раздели не его одного. И как он замёрзшими руками перебирал вещи, откладывая в сторону только свои. А потом он бежал по городу с пакетом вещей и даже не заметил, что он абсолютно голый, а одежда у него в руках. И ещё много других невероятных подробностей обрушилось на бедную женщину, бывшую кобру.

А она-то всего лишь думала зятя, не особенно-то и любимого, в чём-то безнравственном уличить и перед дочерью в лучшем виде показаться, немного чашу весов на свою сторону наклонить, а то что-то уж слишком дочь её ненаглядная к мужу прислушивается и доверяет ему. А тут такая жуткая история.

— А в милицию сообщил? — когда фонтан красноречия иссяк, спросила тёща.

— Как-то не догадался, — понурив голову, ответил зять. — Сейчас умоюсь и пойду.

— Да куда ты уже сейчас такой пойдёшь, иди ложись, утром подумаем, — сурово, но с долей участия заявила она.

Утром на завтрак давали сочувственную жену, сопереживающую маму жены, омлет с колбасой и помидорами. Есть было трудно. Распухший на пол-лица нос мешал жевать и мешал вообще, и при этом сильно болел, но был родным и любимым, как и должна быть улика, которая спасла убийцу, доказав его невиновность. Лоб тоже болел, но нос ему было не переплюнуть. В милицию пошли всей семьёй. Провели там три часа. Все его показания записали и пообещали сообщить, как только поймают преступников. А капитан в конце ещё и добавил:

— Совсем распоясались, подлецы, уже людей раздевают на улице...

...А Мальвина появилась через несколько дней, подошла раскачивающейся своей походкой и, глядя Жене прямо в глаза, с завораживающей улыбкой сирены, спросила шёпотом:

— Ты куда тогда исчез, в окно, что ли выпрыгнул, сумашедший? У нас всё в порядке. Муж опять уехал. Сегодня приходи. Гульнём не на шутку. У меня всё заготовлено. Да ты не дрейфь, он обычно никогда без звонка не приезжает...

ПОХОД В
КИНО

Когда я учился в седьмом классе, на экраны погрязшего в *социализмусе* Совета Союзов вышел кинофильм «Красная мантия», на который дети до шестнадцати лет, не допускались. В этом фильме, конечно же, показывали тела без одежды (видимо, очень бедных людей), не говоря уже об отвратительных любому юному строителю коммунизма позах-звуках и, особенно, телодвижениях.

Ну, и поэтому совершенно естественно, что юные строители прямо с ума сходили, как хотелось им это всё растление западной цивилизации увидеть воочию, чтобы потом её заклеймить позором. А то ещё для чего же было на такие фильмы ходить?

Задача была поставлена, оставалась сущая ерунда: придумать, как же это сделать.

Контролёрши-билетёрши тех лет, хотя и выглядели зачастую старушками-одуванчиками, на самом деле таковыми не были. Они прекрасно понимали, какая власть у них в руках (пустить — не пустить), и пользовались ей на всю катушку, особенно когда шли фильмы «детям до шестнадцати...», где молодёжь всегда пыталась проскочить, а они — бдели и ловили. Глаз у них был меткий, а хватка партийная, бульдожья, смертельная.

Пришлось разрабатывать целый план, согласно которому я однажды пришёл в понедельник в школу раньше всех. Взял листок бумаги и максимально разборчиво (что при моём кошмарном почерке было задачей не из лёгких), печатными буквами написал: «Седьмой "Б", 9:30 — посещение кинотеатра "Хроника". 12:00 — обсуждение фильма в актовом зале». И подписал: «Директор школы Евгений Александрович Боровой».

Естественно, во-первых, никому и в голову прийти не могло, что это написано не директором. Шутите, что ли, — 1971 год, СССР. Разгар одного и разгул всего остального.

Во-вторых, в этом кинотеатре шли всякие разные документальные, научно-популярные и иногда художественные фильмы. Чтобы народ заранее не перевозбудился и не наломал дров, никакого указания на то, какой фильм нам придётся смотреть, а потом обсуждать, в записке директора не было.

Такая практика вообще существовала, и мы иногда ходили в кино всем классом, на просмотр, как правило, всяких гадостей и глупостей партийно-правительственного направления. Идиотские агитки, всякую там «Упадшую целину» на Брежнева и «Пашу Ангелину» — через чрево трактора в разрезе. Так что сам факт посещения кино вместо уроков тоже ни у кого, включая отличниц-стукачей и других прихлебателей-лизоблюдов из класса, вопросов не вызвал.

Народ подтягивается, я у всех спрашиваю, знают ли они, что у нас на первой паре поход в кино. Кто-то говорит, что не знает, кто-то врёт на ходу, говоря, что совершенно вылетело из головы, хотя, конечно же, в пятницу всем напоминали. Собираю с народа по пятьдесят копеек (правильно, билет в кино стоил всего лишь двадцать пять, а как насчёт того, что у меня был план?). Возбуждение растёт, кому же охота сидеть на уроке, когда можно в киношку сгонять? И ровно за пятнадцать минут до начала первого урока весь наш класс преспокойненько из школы уходит. Физиономию учительницы, пришедшей в класс и обнаружившей, что он исчез, я представить себе не могу, но об этом потом.

Убедившись, что все ушли, я задними дворами мчусь к кинотеатру. Прибегаю туда первый и высматриваю сидящего на скамеечке мужичка лет пятидесяти (для меня — полный старик), и, назначив его на роль учителя, обращаюсь к нему со следующей речью. Уважаемый, говорю я, Антон Петрович (это он мне сам сказал, как его зовут), понимаете ли, какое тут дело, у нас сегодня всем классом поход в кино, а учитель, который нас должен был вести, заболел. И мы об этом печальном известии узнали в последнюю минуту. Только что к кинотеатру прибегала его жена и сообщила нам об этом, и заодно отдала мне, старосте класса (чистое враньё), все собранные для похода в кино деньги.

В сложившейся ситуации я предлагаю ему следующий *гешефт* (бизнес-предложение в переводе с иностранного). Фильм должен был быть двухсерийный, но кто-то там ошибся, и тот, который идёт (а нам вообще всё равно, что смотреть, лишь бы в школе не сидеть), оказался односерийным. Денег у меня — на двухсерийный. Я ему отдаю все деньги за двухсерийный фильм, удерживаю для себя один рубль на мороженое, а он покупает билеты, идёт с нами в кино и всё, что осталось из денег, забирает себе. Арифметика там была простая: нас было человек сорок, то есть ему после просмотра оставалось рублей девять. Это приблизительно двух- или трёхдневная зарплата в те годы.

Антон Петрович (кстати, бывший, как оказалось, учитель) — в экстазе, и идёт за билетами. Да, ещё важный один момент: я ему сразу в руки дал денег достаточно только, чтобы билеты купить, а остальные обещал отдать, как только начнётся фильм. Расчёт был следующий: если у Антона

Петровича в кассе возникнут трудности с покупкой билетов (никто не забыл, на какой фильм мы шли?), то он, как я думал, за свои девять рублей будет биться, как лев с Гераклом, и, возможно, как-то эту проблему решит. С ним могла, например, захотеть посражаться билетёрша, но она — за идею, а он-то — за деньги! Так что шанс был.

Узнав, что он учитель и привёл класс на просмотр, билетёрша, Гидра Кортизоновна, естественно, спросила, кому могла прийти в голову такая странная идея повести детей на ЭТОТ фильм.

Петрович, проинструктированный мною заранее, ответил, что лично его фильм не интересует. Но зато его очень интересует выполнение директивы директора парторганизации районного комитета школы, по решению которой мы все тут сейчас и находимся.

Он добавил, что очень удивлён тем фактом, что она ничего не знает о последнем решении гороно, и что все школы идут этот фильм смотреть, о чём директор кинотеатра был предупреждён. И трудно ему, заслуженному советскому учителю истории, поверить в то, что директор кинотеатра, будучи вовлечён в такую важную партийно-правительственную акцию, забыл ей об этом сказать. Наверное, сказал, а она и забыла. Но, заканчивая свою тронную речь, сказал Петрович, если она хочет сорвать партийно-комсомольское мероприятие, курируемое самим обкомом комсомола и находящееся на карандаше в обкоме партии, то он ей мешать не станет, а наоборот, сейчас весь класс соберёт и уведёт назад в школу. Представить себе, что ей за это будет, ему, правда, сложно — увольнение с работы, как минимум, а возможно, даже тюрьма, но это, мол, уже её проблемы!

В общем, билетёрша от такой перспективы сильно перепугалась и продала билеты, и потом ещё пошла с нами, чтобы, не дай Бог, нас там на контроле не остановили. Подошла первой к другой бабёшке, что билеты отрывала, округлила глаза и что-то, указывая на нас, затараторила. А та понимающе покивала головой, и нас пропустила. Участие в образовательном процессе подрастающих бандитов — дело серьёзное и нешуточное. И пусть, подумали обе бабушки, ответственность за него берут те, кому легко нести. А им, в связи с наступившим возрастом, отсутствием широкого кругозора, приближающейся пенсией и больной поясницей, эти тяжести таскать ни к чему.

Итак, вот мы уже внутри, и фильм начался. Народ, в смысле ученики, слегка обалдели, когда всем стало ясно, что мы будем смотреть, но гневных речей не было, и все исправно смотрели, понимая, что потом ещё обсуждать, а, как вариант, могут ещё и изложение заставить писать.

Смотреть это «гнильё по-западному» было нелегко в связи с телами, словами, движениями, и особенно потому, что никто из нас, я думаю, никогда ещё ничего подобного *живьём* не видел. Подсматривание из-под дивана через закрытую дверь за злобно (так как некогда, тесно в односпальной-то кровати и стыдно) сексующимися родителями не в счёт.

В общем, отсидели мы кино, я рассчитался с учителем, и мы все, немало потрясённые, дружно и весело обсуждая увиденное, спокойно отправились в школу.

Как вы уже, наверное, догадались, в школе все стояли на ушах, так как бесследно исчез целый класс. Это событие являлось началом какой-то новой страницы в ряду происходящих в мире невероятных событий наряду с приземлением Неопознанных Летающих Объедков или концерта группы «Битлз» в актовом зале нашей школы. Такого ещё никогда не было. Директор школы уже сообщил в милицию, и кто-то сидел, обзванивал всех родителей, прося, чтобы они не волновались, так как их сын/дочь, как, впрочем, и весь класс, в котором он/она учится, пропал. Если бы можно было снять на видео лица всех учителей, завуча, директора, нескольких уже примчавшихся из дома родителей, когда мы спокойненько прошли мимо них и отправились в класс, то это была бы потрясающая сцена для любого серьёзного фильма с заявкой на Оскара, Золотой глобус и Каннский фестиваль одновременно. Они все буквально онемели, глядя на нас, мирно шествующих, весело болтающих друг с другом, в глубине души совместно понимая, что вовсе не так ведут себя злостные прогульщики, нарушители дисциплины и вообще бандиты и хулиганы.

В класс пришёл директор и неожиданно для всех (кроме меня, конечно) задал вопрос: где мы были? Все весело затараторили, рассказывая про фильм и про весь поход в кино. А также спросили, нужно ли будет писать изложение или будет только устное обсуждение. Директор, завуч и весь учительский персонал от нашей коллективной наглости просто белеют и зеленеют, но очень сбиты с толку тем, что класс рассказывает об этом весело, не тушуясь, как будто бы так и надо.

— И кому, интересно, пришла в голову идея отправить вас в кино? — с плохо скрываемым раздражением спросила нас завуч. И весь класс хором ответил:

— Директору.

(До этого момента, как вы понимаете, никто из учеников в классе ещё ничего не понял, и все даже как-то были удивлены поведением учителей).

Тут уже настала очередь удивляться директору.

— Мне? — боясь, что он ослышался, спросил нас всех директор. — А как же вы об этом узнали? — спросил он.

В этот момент все головы повернулись в мою сторону, и наступил тот самый драматический момент спектакля, когда голый король в центре сцены, облитый светом прожекторов, должен вести себя так, как будто бы голые все, кроме него.

И вот я, набрав побольше воздуха в лёгкие, начал рассказывать о том, как, придя в школу, встретил возле нашего класса старшеклассницу (класс, наверное, восьмой, десятый или девятый), которая собиралась приколоть к дверям какой-то листок бумаги, но вместо этого отдала листок мне. Я его и зачитал всему классу. А дальше уж мы все действовали согласно тому, что в нём было написано.

— А листок сохранил? — съехидничал директор.

— Так он, наверное, на учительском столе в классе до сих пор лежит, — сказал кто-то, — я из класса последним выходил и видел, что он на столе лежал.

Директор подошёл к столу, осмотрел его строгим взглядом, но, естественно, ничего не нашёл. Листок я давно уже порвал и доверил городской системе канализации. У меня с ней договор — ничего назад не выдавать. Пока не подводила.

Директор пытался на меня наехать, так как, наконец-то, ему стало ясно, кто это всё организовал, но на мою защиту грудью встал весь класс, и это меня спасло. Одним словом, дирекция не знала, что предпринять, а факты были следующие.

Весь класс отсутствовал на уроках.

Никому из участников и в голову не приходило, что все действовали согласно плану, о существовании которого никто не знал, отчего действовали и говорили все, включая отличников совершенно спокойно, искренне и ничего не боясь.

Все стояли за меня гурьбой, так как я даже и после всего случившегося ничего никому не рассказывал, играя в полную несознанку.

Директор просил меня лично показать ему ту старшеклассницу, которая передала мне листок с «его» запиской. Я обещал. Угадайте с первого раза, нашёл ли я эту злосчастную старшеклассницу? Правильно, угадали, не нашёл. А объяснил тем, что у нас, во-первых, четыре восьмых, четыре девятых и четыре десятых класса. Где-то всего человек четыреста пятьдесят. И я, честно говоря (чистая ложь), не очень внимательно изучал внешность той девочки, а больше сосредоточился на содержании записки от директора.

Историю замяли, никого не наказали, и жизнь наша покатилась по наезженной тысячами прошедших до нас учеников дорогой. От первого класса до последнего. От первого и до самого до последнего звонка медленно тянулись эти годы, пока в нас вбивали арифметики, истории, научные коммунизмы и другие штучки. А нам хотелось быть мушкетёрами, сходить с ума, целоваться, есть мороженое, ходить в кино на фильмы «детям до шестнадцати», ну и всё то, что должно было хотеться настоящему советскому школьнику, кроме учёбы, конечно. Хотя мы по возможности успевали и то, и то. Кому-то повезло больше, кому-то меньше. Но, в общем, я думаю, что это было чудесное время, может быть, даже самое лучшее — чистое, бездумное, безоблачное. Будущее казалось прекрасным, и партия, закрыв глаза, наощупь, но очень уверенно и с большой помпой вела нас к чему-то возвышенному и волнующему. А годы школьные, как мне теперь кажется, пролетели как один миг, хотя вкус и запах чего-то из тех лет, то ли мела, то ли чьих-то фруктами пахнущих губ, навсегда сидят в памяти и никуда не деваются.

Уже потом, через много лет, я рассказал, точнее, напомнил эту историю нескольким встреченным за границей бывшим соученикам. Кто-то вообще об этом уже не помнил, а кто-то вспомнил и, естественно, не поверил. Да чтобы я — да на такое пошёл, да в седьмом-то классе, да в те годы, да в школе, да против директора, да такой план, и не забоялся — да не в жисть...

Да и Бог с ними, чего уж сейчас-то сомневаться, я-то ведь всё помню, если, конечно же, ничего не перепутал.

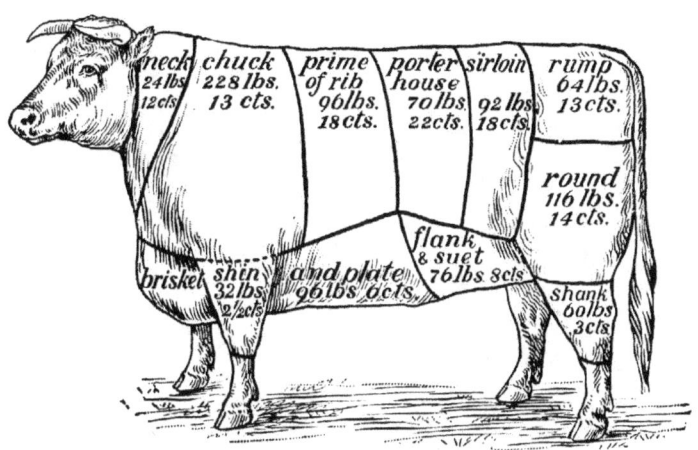

neck
24 lbs
12 cts

chuck
228 lbs.
13 cts.

prime
of rib
96 lbs.
18 cts.

porter
house
70 lbs.
22 cts.

sirloin
92 lbs.
18 cts.

rump
64 lbs.
13 cts.

round
116 lbs.
14 cts.

flank
& suet
76 lbs. 8 cts.

brisket

shin
32 lbs
2½ cts.

and plate
96 lbs. 6 cts.

shank
60 lbs
3 cts

привоз

Я когда произношу это слово, рот наполняется слюной, голова звуками, а нос вспоминает запахи, равных которым природа, при всём своём многообразии, так и не создала.

Да, я был маленьким и ходил с бабушкой на Привоз (для неодесситов: рынок, где продавались свежие самовыращенные, самовыловленные и самопойманные продукты питания населения). Но только уже спустя много лет стало понятно, какую важную часть жизни я там провёл, как многому научился, какой удивительной школой для меня это было. Там угощали молоком и творогом, яблоками и клубникой, спрашивали, как я учусь и кем хочу стать, когда вырасту. Я отвечал неправильно тогда. Правильным ответом было бы: когда вырасту, я хочу стать иммигрантом.

Я вырос — и им стал, и не потому, что сегодня люблю Одессу меньше, чем тогда, просто я подумал, что, если у человека есть возможность прожить две жизни в одной — одну там и одну здесь, — то нужно попытаться это сделать.

Так что же это было такое — Привоз? (Хотя, возможно, он продолжает быть тем же и до сегодняшнего дня).

Привоз — это был плевок в физиономию социализму и остатком недовыплюнутой слюны—его родному старшему брату-гермафродиту коммунизму!

Там было абсолютно ясно показано всем желающим это увидеть, что может человек, если его не сажать в клетку, а разрешить делать то, что он умеет и любит. Например, выращивать помидоры. Ведь то, что продавалось на Привозе, не было помидорами. Это были, прямым транспортом из рая доставленные, плоды, по особому заказу или случаю доставленные в Одессу и на Привоз народ побаловать. И клубника была, какой нет нигде в мире, и черешня только что не говорила с тобой (а может, и говорила, а мы просто не слышали)...

Привоз — это была школа жизни, учебник, где с первой до последней страницы нас, умеющих читать, учили, как жить и с кем, как выйти замуж и не сразу разойтись, как завести любовницу/любовника и как сделать так, чтобы муж/жена об этом не сразу узнали.

Ведь те, кто там торговали, конечно же, все были врачами-психологами, разведчиками-шпионами, переносчиками всех самых последних новостей и сплетен. Они знали ВСЁ. Ну, то есть, *вообще* всё: от местных историй любовных или уголовных (а иногда это были одни и те же истории) до мировых событий, только что произошедших или которые вот-вот произойдут. И то, что там обманывали, обвешивали, недоливали, воровали кошельки, это и было школой, где тебе говорили в каждый твой приход на Привоз:

> Не доверяй!
> Проверяй!
> Не будь дураком!
> Смотри!
> Следи!
> Обращай внимание!
> Будь бдительным!
> Не разевай рот!

И, в отличие от других жизненных ситуаций, где ты слышал те же самые слова, здесь тех, кто неписаные эти законы нарушал, то есть спал на ходу и был невнимательным — наказывали моментально. И лишившийся кошелька, товара, надежд на будущее, жены, девственности получал урок и вместе с ним возможность либо сделать выводы и научиться… либо продолжать «ловить ворон».

Можно вспоминать о купленной камбале, которую бабушка несла, подхватив под жабры, а хвост её волочился по земле (из-за размеров рыбы, а не из-за маленького роста бабушки). И я, тогда ещё не очень знакомый с концепцией смерти, спрашивал бабушку, не больно ли рыбке. И бабушка, мудрая, тоже одесситка, очень точно отвечала: «За эти деньги — потерпит!» Естественно, что я тогда не в состоянии был оценить весь юмор и мудрость, запрятанные в каждом услышанном мною слове.

Не удивился бы я, если бы узнал, что для получения права торговать на Привозе каждый продавец должен был сдать экзамен на сообразительность, сноровку, скорость реакции, так как других, насколько я помню, там не было. Все были подготовлены как разведчики, срезающие на лету, с ответом, готовым на каждый ещё даже не заданный вопрос. Это уже гораздо позже, разъехавшись по миру, все вдруг поняли, что каждый второй (а может, и первый) вопрос и особенно ответ были шуткой или анекдотом. А тогда никто над этим не смеялся, так просто все говорили.

— Ой, ваша рыба, по-моему, крепко спит и при этом плохо пахнет.

— Мадам, а вы, когда спите, можете за себя отвечать?

И никто не смеялся.

Опять же, кто-то скажет, что Привоз — это были свежие, непонятно каким образом в гнилом социалистическом чреве возросшие продукты. Я же скажу, что Привоз — это было в те безоблачные годы моей юности «место встречи, которое изменить нельзя».

Там встречались все и делалось всё. Это уже потом, когда был зачат и рождён Толчок, где происходило что-то похожее (но, как бывает, не очень красивая и удачная дочь у очень красивой и удачной мамы... похожа, но — не то!), часть встреч, явок и паролей переехала туда. На Толчке, правда, в основном, продавали одежду. Одежда была:

1. Ворованная (упало где-то из вагона, на перепутье из оттуда сюда заблудившегося).

2. Сделанная в подпольных цехах, принадлежащих подпольным же миллионерам. Но не переживайте. Там всегда была блестящего качества фурнитура: нашлёпки/наклейки «Леви Страусс» и «Рэнглер»; и сделано это всё, согласно наклейкам, было в Америке и других правильных относительно запрашиваемой цены за товар местах. Говорят, что как-то одна пара таких «левых» штанов попала в руки настоящих американских производителей. И те были поражены высочайшим качеством работы, невзирая на отсутствие в СССР материала, станков и индустрии в целом. И не забывайте, что производились эти «японские» зонтики, «французские» кроссовки, «немецкие» пояса, «бельгийские» заколки и много других радостей прямо под носом у целого отряда собак-ищеек из человеческого племени ОБХСС. А там уж были ребята и девушки, которые не за страх, а за совесть (у них её просто не было — вырезали при приёме на работу) ползали и вынюхивали, где бы ухватить, отнять, реквизировать, ликвидировать, заклеймить, опозорить и посадить.

3. Отнятая у дипломатов, моряков, *контрабанд* и просто организованных банд, нелегально пытающихся провезти товары через границы любыми незаконными способами. Потом это арестованное спускалось по правильно организованной вертикали до нужной и в нетерпении ожидающей

горизонтали в обмен на рубли и услуги, и через организованную армию продавцов-спекулянтов сбывалось на толчке к всеобщей радости всех: продавцов, покупателей, свидетелей, деньгополучателей, обвинителей и прокуроров (ну, это уже только если попался и тот, кто тебя послал торговать, не отмазал, что бывало редко).

Но давайте вернёмся к истокам, а то я как-то отвлёкся от основной темы.

Туда же, на Привоз, приводили жениха, чтобы на него посмотрела мама невесты. Не сама невеста — не дай бог, вдруг увидит раньше времени и влюбится! Жених непритязательно дефилировал со своей мамой по Привозу, и на него тайно и, возможно, загримировавшись под пень или под гнилой огурец, поглядывала пронзительно-раздевающим и в глубину желудка проникающим взглядом потенциальная тёща.

Сначала взрослые посмотрят, кто-где-зачем. Потом сядут, если смотрины в обе стороны не обнаружили явного брака в товаре с первого захода, за чашкой водки, обсудят детали.

Обдумают, правильный ли это союз. Не тот, который Великий, Могучий и Советский, а союз двух сердец, где, правда, сердца пока ни при чём, так как стерпится — слюбится. Так сам великий Леонардо да Винчи, задолго до революции, говорил своему *бойфренду,* из которого ещё недовылепил голого Давида в виде скульптуры, намекая на пассию свою, Джоконду, которая тогда недорого стоила и вообще была женщиной, а не портретом. Так вот, если родители через посредственность свахи всё сложили, обсудили, места распределили, деньги разделили, внуков по университетам, невзирая на национальность, рассовали — вот тогда только она (будущая невеста), ещё не зная, что уже давно замужем, случайно на празднике встречалась и сталкивалась в гардеробе с женихом. А тот тоже пока ещё — ни сном, ни духом, и они дружно, бесконечно краснея, влюблялись потом пронзительно и долго, не выходя из гардероба, под присмотром спрятанного под ворохом пальто и шинелей дедушки.

И женились, и жили вместе много десятилетий, так и не узнав, как всё было организовано и подстроено. А как? Рисковать и пустить любовь на самотёк? Так мы помним, что из этого получается… Анна Каренина, Ромео и Джульетта, Маркс и Энгельс, Джордано Бруно и Инквизиция… А если организованно и продуманно, по любви, то тогда совсем другие пары получались: Ленин и Партия, Мария Стюарт и Топор, Кутузов и его глазной врач, Анка и пулемёт.

А ещё на Привоз приводили больных детей и уходили с картошкой, луком, редиской и… адресом костоправа-целителя из глухой деревни в трёхстах пятидесяти километрах от Одессы, потому что все врачи отказались и вообще не понимали, чем ребёнок болен. А дедушка-костоправ, Кощей Бессмертный по всем внешним признакам, выгонял свидетелей из избушки на курьих ножках на улицу. И что-то там внутри колдовал в тишине, старый шаман. А родители сидели на улице три часа и ждали, очень нервничая, так как ребёнок — девочка, и ей восемь лет, а он — старый дед, и никто не знает, что ему может в башку старую маразматическую стукнуть. А потом девочка выходила сама, не хромая, улыбающаяся впервые в жизни, на улицу, и они ехали домой, и следующие двадцать лет родители пытались узнать, что он делал, но она не говорила, так как дед запретил.

А с другой стороны: вылечил за двадцать пять рублей, ребёнок в порядке, беременность не наступила, чего ещё просить? Спасибо тебе, Господи, и за это!

Туда, на Привоз, как на экскурсию, приводили туристов из различных городов, которые немели при виде изобилия. Его в те времена можно было встретить только что на столах членов Политбюро, на экранах иностранных фильмов про капиталистов и их гниение и на картинках книг о вкусной и здоровой пище, сфотографированных дипломатами по заданию КГБ на званых обедах за границей.

Они, приезжие, долго ходили по рядам, ничего не покупая и даже не пробуя (ну как же можно пробовать ДО того, как купил, это же как украсть, думали они!), щипая себя, чтобы проснуться, и периодически спрашивая, Нью-Йорк ли это, уже Париж или всё ещё Одесса?

Они уезжали в свои Таганроги и Пензы, побывав в незабываемом Оперном, походив по бессмертному Приморскому бульвару, спустившись по великой Потёмкинской лестнице и даже сфотографировавшись на фоне всех этих достопримечательностей. Но потом всё равно, усадив друзей и родственников (пришедших послушать о том, что же там, в Одессе, давали) в круг, показав им все фотографии, говорили: «Но это всё ерунда, самая главная достопримечательность Одессы, конечно же, Привоз! Это что-то с чемто!» (Или как там по-таганрогски надо правильно сказать?). При этом прицокивая, причмокивая, облизываясь и закатывая глаза, к сожалению, понимая, что слов для описания этого торжества духа чревоугодия ни в каких словарях русского языка не найти...

Прошло много лет, я уже давно не хожу на Привоз, так как живу от него далеко. Я бывал во многих странах и городах, на многих рынках, поражающих изобилием всего, чем может порадовать труженика матушка-природа. Но никогда и нигде не встречал ничего даже отдалённо напоминающего этот истинно райский уголок, этот заповедник удивительных, больше уже нигде не встречающихся особей, которых, конечно, нужно было бы занести в Красную книгу как вымирающий вид, как чудо природы, как подарок людям, тогда в Одессе проживавшим.

Где же вы, дорогие мои земляки, мои воспитательницы и нежные врачеватели души моей? Где вы, продавцы воздуха, шулера и клоуны, цыгане, торгующие жвачкой из-под юбки, маклеры по виртуозному обмену сорока квартир одновременно (когда никто толком не знает, куда ехать, но в конце весь пасьянс великолепно складывается)?

А ты где, бессменная служба ОБХСС, собиравшая дань с подданных своих за право торговать?

Где бдительная и вечно полупьяная милиция, где карманники с умением снять с вас трусы, не потревожив брюк, спекулянты билетами на футбол, на финал в Бразилии в первом ряду в следующем году в Ессентуках?

Где вы? Я помню вас, я люблю вас, я по вам скучаю и никогда, слышите — никогда вас не забуду!

про любовь и
не только

Вприятный весенний день 2013 года по обычной нью-йоркской улице шли двое. Спокойно шли на встречу друг к другу, ничего ещё о ней не знавшие, а потому, конечно, совсем не подготовленные к сюрпризу.

Шли, вдыхая всей грудью чистый воздух, прогревший-ся, наконец, после долгой, холодной и изрядно всем под-надоевшей зимы. И, увидев друг друга, сойдясь метров на пятьдесят, когда уже можно человека узнать на расстоянии, вначале слегка оторопели, не веря своим глазам, а потом рванули навстречу и сжали друг друга в крепких объятиях. Сашка и Витька. Друзья навеки, не видевшиеся много лет, и уж никак не ожидавшие здесь, в Америке, друг друга встре-тить, и вот...

— Ну как ты, ну где ж ты был, сукин сын, ну почему же ты?..

— А ты?..

— А я... да я не мог!

— А я не знал, замотался...

— И у меня всё как-то не получалось...

Вопросы сыпались как из рога изобилия. Ответы ни-кто не слушал, наступая на них своими новыми вопросами. Было ясно, что у них друг к другу накопилось, и изрядно.

Потом друзья, всё ещё очень возбуждённые возможностью наконец-то расставить все точки над «и», сидели в кафе и, как двое влюблённых, ворковали часами, не замолкая. Хотя, наверное, никто не мог бы заподозрить в них влюблённых. Два крепких взрослых мужика, лет сорока. Разные совсем. Один высокий, худощавый в очках, с усами и пышной, скрывающей часть интеллигентного лица, бородой, типичный профессор. Другой — невысокий, кряжистый, как из земли поднявшийся герой русских народных сказок, коротко подстриженный, с огромными богатырскими руками, из которых не вырвешься, если в них попадёшь.

Ну вот, так сидели они и говорили до самой темноты, и любому, кто случайно или специально даже подслушал бы их беседу, многое сказанное было бы непонятным. И нам с вами тоже ничего, подслушав их, не понять.

Поэтому мне придётся вернуться назад и рассказать обо всём, что этой встрече предшествовало, а то читатель мой, уже явно заинтригованный, сидит и ножками сучит наверняка, пытаясь угадать, что же это там за история-то такая приключилась, и когда уже этот бессовестный автор мучать нас перестанет и карты все раскроет?

Ну ладно, начинаем постепенно раскрывать.

Дело было действительно давно, ещё там, в стране усиленно в те годы побеждающего нас знамени цвета имени Седьмого ноября по новому стилю.

Встретились в армии два пацана и как-то задружились. И была эта дружба и странной, и какой-то особой, как, наверное, бывает любая настоящая дружба, как, впрочем, и любовь, я думаю, тоже.

Сашка — типичный интеллигент. Папа профессор, мама тоже. Да и сам математик от Бога и на трёх языках говорящий, невзирая на математику. У папы его хобби было для тех лет вполне необычное. Папа любил водить машину. Мечтал всю жизнь стать каскадёром, но вместо этого стал профессором физики. Но водил машину как-то невероятно. Мог вывернуть её из любой опасной ситуации, чувствовал её, как руку или ногу свою, и она, видимо, своими чуткими автомобильными мозгами это понимая, повиновалась ему, как дрессированная собачонка. И сына своего он лет с десяти тоже учил водить. Наверное, хотел хоть его-то каскадёром сделать, раз у самого не получилось. Уезжали они куда-то далеко за город, в поля да огороды, и там малец-то и рулил, не боясь в кого-то врезаться, хотя, по правде сказать, врезаться там было-то и не в кого. Вот и носился задом да передом, пока не изучил премудрости всякие. А папаня, настроенный всерьёз, его потом стал зимой возить туда, где реки льдом на зиму скованы, и заставлять его ездить там по льду. А как тут поедешь, тормоза почти что не действуют, при любом повороте несёт тебя, и каждый раз — в другую сторону. Но папа не кричал, руль не брал, а терпеливо сына поучал, объясняя ему, как с заносом бороться, тормозами пользоваться и ещё многие другие секреты ему раскрывал. Саша много раз отца спрашивал, откуда к нему такие навыки, но тот всё отшучивался, и прямого ответа так никогда сын и не услышал. Наверное, какую-то специальную подготовку проходил в подразделениях военных разведчиков или КГБ, решил сын и больше к этой теме не возвращался.

Случай проверить себя уже не в полях представился неожиданно. Кино в городе снимали, и все пацаны, естественно, после школы мчались туда посмотреть, как машины гонялись, и что-то там взрывалось и горело, а главный режиссёр, толстый в шляпе, надрывался в громкоговоритель, ругаясь матом и покрывая с ног до головы всех участников съёмок, и без того уже покрытых сажей и пылью поверх грима. Ну вот. И в очередном дубле один каскадёр куда-то не туда крутанул руль и врезался в стену, в результате чего вывихнул ключицу и рулить больше не мог.

А съёмочный день идёт, и деньги капают, причём из бюджета картины и, соответственно, из кармана режиссёра, а тут съёмка застопорилась. Надо главную сцену снимать, а одного каскадёра-водителя не хватает. И тут режиссёр кричит: «Кто мне каскадёра быстро добудет, получит лично от меня пятьсот рублей». А это для тех лет деньги были огромные. Ну, Сашка тут из толпы рванул, через заграждения перепрыгивая. Его поймать пытались, но не успели. Он к режиссёру подбежал и кричит: я каскадёр, я водитель. Тот его внимательно осмотрел: пацан долговязый, в очках. Ну, явно не каскадёр.

— Тебе лет-то сколько, малец?

— Девятнадцать, — всего на два года соврал Сашка.

— А с чего это ты решил, что ты каскадёр?

— А вы меня за руль посадите и задание дайте, и тогда будет видно, каскадёр я или самозванец какой-то, — нагло заявил школьник, прикидывающийся каскадёром.

Выглядело это очень странно и мало похоже было на правду, но, с одной стороны, ситуация была критической, с другой — никакого другого варианта пока под рукой не было. С третьей же стороны, что, наверное, и стало решающим фактором, было что-то в этом невзрачном пареньке особенное, и какая-то крепкая мужская уверенность в своих силах исходила от него, странная и даже отчаянная, и режиссёр сказал:

— Ну-ну, посмотрим, на что потратила страна деньги, воспитывая новое поколение, давай садись за руль. Папа кто? Профессор? Ну, это хорошо. Не завидую я твоему папочке, если сынок машину угробит, сначала ему, а потом тебе до пенсии её выплачивать.

Задание было поставлено: нужно было на приличной скорости проскочить между двумя грузовиками, пытавшимися взять легковушку в тиски, затем бортануть другую легковушку, чтобы она на полном ходу развернулась, и самому после этого, едва затормозив, вписаться в поворот под углом в девяносто градусов и нырнуть в узкий переулок, где разместился маленький рынок. Затем промчаться по нему, сметая по дороге всё и всех, и уйти таким образом от погони. Сашка сделал всё с первого дубля, да так, что у всех остальных каскадёров, осветителей, гримёров, операторов и самого режиссёра отвисли челюсти. Такое не умел вытворять никто из известных мастеров с двадцатилетним стажем.

— Ну, ты молодец! — Похвалил главный. — Сразу всё сделал. Спас ситуацию. Отлично. Вот тебе направление, иди в бухгалтерию, получи сто рублей. И адресок свой запиши, может, ещё понадобишься.

— Как это сто, вы же обещали пятьсот тому, кто найдёт каскадёра?!

—Это верно, — усмехнулся толстый в шляпе, — так это же тому, кто найдёт, а ты ведь никого не искал. Поэтому тебе — сто. Давай, гуляй отсюда, пока я папане не позвонил и не рассказал ему, чем его сынок вместо школы занимается. Давай, малец, пошёл, пошёл!

И он пошёл. Одновременно и расстроенный, и обрадованный тем, что смог, что показал им всем, что проверил себя, что не подвёл.

Вот такой был случай, и к нашему повествованию он имеет самое прямое отношение.

Об этой истории только глухая собака в городе не знала. Шутка ли, школьник выступил в кино каскадёром. Его даже и в титрах этого фильма упомянули. Все, кто смог из друзей и знакомых, ходили на этот нашумевший в те годы фильм, в первую очередь, чтобы в титрах его имя увидеть, ну а заодно уже и боевик посмотреть. И ещё несколько раз, по следам первого фильма, его находили и сажали за руль для съёмок. Но в известные на всю страну каскадёры он так и не выбился, слишком уж был яркий, и потому все остальные работники этой опасной, но нужной профессии, которые о его существовании знали, костьми ложились, лишь бы его в картину не пустили. А он об этой закулисной борьбе за и против него так никогда и не узнал.

И поэтому, когда Саша прибыл на призывной пункт для засылки в ряды Советской Армии, окончив институт, то там сразу же его вычислили, и чтобы каскадёрские наклонности зря не пропадали, сразу же приписали к автомобилю, на котором он должен был все полтора года армейских, с честью и гордостью за оказанное доверие, возить командира полка, полковника Золотарёва лично.

Кто же ещё может возить отсюда-туда и обратно такое важное тело, как ни мастер автомобильного вождения. А вдруг нападение какое, и его, командира, нужно срочно вывозить и спасать из осаждённого бандитами переулка?! Всегда в армии, даже в мирное время, нужно быть готовым к боевым неожиданностям, ведь враг-то коварный, и он не дремлет, сволочь империалистическая!

Ну вот, с Сашкой, значит, как-то разобрались. Пошли дальше. А дружба у него в армии сложилась с Витей, в народе — с Витьком. Тот был ну совершеннейшая противоположность Александру. Маленький, коренастый, заросший густым, непроходимым везде, где только можно и нельзя, волосом. Вырос он на улице, так как родители его то ли бросили, то ли он от них убежал, так и неясно было, а сам он, как сказал бы Глеб Жеглов, в показаниях путался. Потом детдом, побег, детдом, побег, грабёж, суд, два года условно. Ну и дальше в таком же духе. Как он только в армию с таким послужным списком попал, неясно было. Но случилось в его жизни одно событие, которое если не укротило, то подломило Витю уж точно. Он попал в аварию, в которой погибли все, кто сидел в машине. Он единственный выжил, и то по непонятной случайности. Отказали тормоза, и автомобиль врезался в грузовик с цементом. Он сидел за рулём, естественно, как и почти все в те годы, не пристёгнутым, и должен был по всем правилам погибнуть первым. А он не погиб. Поломался, лечился, ждал, пока срастутся переломы. И вышел из этой переделки каким-то другим, совсем стих, сник, что ли. Поубавилось в нём бахвальства и наглости юношеской. Пошёл работать, с дружками своими встречался, но редко. Подумывал даже жениться. В институт сельского хозяйства по просьбе матери, недавно нашедшейся, поступил. Тут тоже интересная история. В передаче по телевизору показали женщину, которая прямо там, в программе, нашла свою родную сестру, с которой они не виделись двадцать лет. И, отвечая на вопросы ведущего, она рассказала о своей жизни и про сына сбежавшего. И тут Витя понял, что эта женщина и есть его мать, о существовании которой он вообще забыл, как вроде её и не было. Но здесь вдруг что-то в груди человеческое зашевелилось, заныло, и захотелось ему тепла, что ли, участия её, может быть. Да, впрочем, и неважно, чего там ему захотелось, но позвонил он на студию и маму нашёл.

И вот теперь именно она и стала для него главным событием. Всё пытался её от трудностей жизненных спасти, уберечь, огородить как бы. А мама мечтала сына найти, и чтобы был он хороший, образованный, работящий, как, наверное, хочет любая мама. И он, обычно жёсткий и непримиримый, уступил и пошёл учиться. Но потом просто не потянул, так как в школе учился кое-как, и пришлось бросить. Мама поступок поняла и оценила. Про институт больше речи не было, и армия просто наступила, как альтернатива институту.

...Подружились ребята сразу. И кто кому был больше нужен или важен, кто кого нашёл, а кто нашёлся, не имело особого значения. Были, действительно, не разлей вода, что, как в дальнейшем станет ясно, и послужило завязкой всей нашей истории.

Случилась у Вити в армии любовь. Да не какая-нибудь там проходная, однодневная, а смертельная, и с пламенем в груди. И не односторонняя или такая, при которой один любит, а другой снисходительно разрешает себя любить, а — взаимная. Любовь до перехватывающего в груди дыхания от одной мысли о ней, до желания умереть, если её нельзя увидеть, до готовности убить каждого, кто осмелится встать на пути к его счастью. А тех, кто мог стать на пути, было немало, и первым из них в очереди был лично сам муж его пассии, командир полка полковник Золотарёв, который о любви этой, естественно, ничего пока не знал.

Закручен сюжет был лихо: Саша целый день мотался по городу на «Волге» и возил то командира по делам, то жену его в магазин или в салон красоты, то маму командира на рынок, то тёщу куда-то. В общем, дел хватало. И в этой суматохе он иногда ухитрялся, засунув предварительно Витю в багажник, нелегально вывезти его из части и, доставив на свидание к любимой, уехать по командирским делам. А потом жениха несчастного забрать и так же тайно в багажнике обратно в армию привезти и разгрузить. Несчастного — потому что оба они, смертельно друг в друга влюблённые, понимали, что, скорей всего, не принесёт им это чувство ничего, кроме боли и разочарования, но пока рвались друг к другу, как Ромео и Джульетта. Уж пусть меня привередливый читатель за это сравнение извинит, но лучшего как-то не нашлось.

Она, Танечка, полковничья жена, замуж за него отдана была в девятнадцать лет, сразу после школы. Женой у полковника, на тридцать лет её старшего, она уже была третьей. Девчонка совсем. Ни о какой любви там, естественно, и речи не было, с её стороны так уж точно. А тут вдруг — молодой, озорной, настоящий, и влюбилась она, как это иногда в книгах бывает, с первого взгляда. Тряслась от ужаса, что их когда-нибудь поймают, но удержаться не могла и, обмирая от страха, впивалась в него каждый раз, как в последний. А он, кстати, и мог оказаться последним, любой из них.

И вот однажды, в самый разгар утех их любовных, влетает в комнату друг-приятель-каскадёр водитель Сашка и в ужасе весь трясётся. Зуб на зуб не попадает, и чего он там срывающимся от волнения голосом пытается сказать, никому не понятно. Кое-как добились от него, что дом окружён, так как, видимо, полковник их, голубков, всё же выследил, и бежать-то, собственно говоря, некуда.

И тут в минуту всеобщего беспамятства Сашка, вдруг на секунду задумавшись, говорит: «А ну-ка, герой-любовник, полезай под кровать и сиди там тихо». Тот, как-то даже и не очень понимая, зачем, лезет под кровать, и вскоре к нему туда же летит и вся его одежда, а сам Саша быстро раздевается и лезет к полковничьей жене в кровать.

Ход мыслей у него был быстрый и точный, как у математика. Витька́ полковник до смерти забьёт, как пить дать, а то ещё и застрелит, если тот решит сопротивляться. А этот, герой-любовник, в порыве страсти-то или любимую защищая, запросто решит.

А его, может, и не прибьёт, и вот почему. За первый год службы Сашка его дважды спас, и хоть война не шла, и враги не наступали, но спас, тем не менее.

Первый раз — на учениях танковых, когда очень уж ему, полковнику, захотелось между танками, идущими в атаку на воображаемого противника, шнырять и танкистов криками своими «Вперёд! В атаку! За Родину!» подбадривать, как будто они, сидя в танках, среди этого ужасающего грохота могли его, идиота, слышать. Но сам-то он, хоть и дурак, ехать в танке не хотел, так как там жарко, всё грохочет и на каждой кочке подбрасывает на полметра вверх, головой в железный потолок, а потом, естественно, изо всех гравитационных сил вниз, задом об железную скамью. И вот, как это случается тогда, когда совсем его не ждёшь, у одного танка отказали тормоза, и он, будучи всего метрах в двадцати от полковничьего «газика», полетел прямо в него, как таран, с пушкой наперевес. Как Сашка это увидел или, точнее, почувствовал, никто, включая его самого, так и не понял. Буквально за секунду до столкновения он смог машину в сторону отвернуть, избежав смерти геройской, гарантированной им двоим под танковыми гусеницами со знаменем полка и траурным маршем наперевес.

А во второй раз ещё более драматический был сюжет. Они зимой на замёрзшем озере на учениях были. И опять же полковник, боевой командир, носился от роты к роте, подбадривал ребят, и потом поднял всех в атаку, и народ рванул вперёд, по льду, казалось бы, крепкому, хотя это только если для людей. А вот лошади, грузовики и опять же танки (а куда без них в танковых войсках-то денешься?) для передвижения по льду вообще-то не задуманы были. И лёд то тут, то там начал потрескивать, да кто на это внимание станет обращать, когда Родина в опасности.

А начальник — он, опять же, не дурак какой-нибудь, наступал не босиком по льду, а верхом на легковой машине марки «Волга» с Сашей за рулём. Там, внутри, было теплее, и потому командовать гораздо сподручнее. Вот эта любовь к комфорту и нежелание по льду зимой бегать чуть и не стоило ему жизни. Лёд под колёсами машин начал трещать и лопаться, и уже позади ведущей всех в атаку «Волги» разошёлся, и назад было потому нельзя. Колонна остановилась, несколько танков и грузовиков ушли под воду, откуда всех солдат потом всех вылавливали баграми и, слава Богу, спасли.

Полковник орал: «Стой! Назад! Ты куда, сволочь, изменник Родины! Под трибунал тебя отдам!», ну, и все другие правильные реплики, взятые из героических фильмов тех лет. Но водитель не слушал, а, разогнавшись километров до ста в час, для которых, правда, автомобиль «Волга» тех лет и предназначен-то не был и грозил вот-вот развалиться на запчасти, нёсся по заснеженному льду к противоположному берегу, не тормозя и молясь, чтобы только машину не занесло и не пришлось замедлиться, и наверняка поэтому провалиться под лёд уж точно.

Поэтому то он Витькá под кровать и сунул, а сам на его место улёгся, в надежде, что его, любимчика, с заслугами по спасению командира дважды, может, и пощадят, а если и прибьют, то, может, и не сразу.

Тут как раз взламываются двери, и в спальню врывается сам лично народный полководец, синий от злости. Для начала он своему водителю-любимчику даёт по-военному кулаком в морду, отчего тот, умывшись кровью, перелетает через полковничью жену и кровать. А потом обесчещенный муж начинает упавшего на пол солдатика ещё и ногами мутузить ото всей разгулявшейся русской души, которая не знает ни предела, ни покоя, пока вся ярость из неё на волю не выйдет и кровушкой свежепролитой не умоется. К счастью, адъютанты, рискуя жизнью, оттащили ополоумевшего от ярости командира от шофёра, избитого уже до полусмерти, а то полковник его бы точно убил. И затем все разъезжаются по местам. Полковник — в часть, полуживое тело водителя отвозят в больницу, где его как-то склеивают и зашивают, и далее уже — на гауптвахту, то есть — в тюрьму.

Когда всё затихает, в полном изумлении от только что произошедшего из под кровати вылезает Витя. И, каким-то непонятным образом добравшись до воинской своей части, перелезает через забор, и вот он уже у себя. Проскочил счастливчик, незамеченным, так как охрана в этот день охраняла из рук вон плохо, и не только потому, что охранять-то особенно там было и нечего, а ещё потому, что полк весь ходуном ходил от новости последней: командир своего шоферюгу с женой застукал и чуть того не убил.

Ну, а потом — суд, где ему хотели статью за изнасилование припаять, чего-то там жена полковника от страха подписала, но судья, глядя на профессорского сынка в очках, у которого высшее образование из глаз светилось, как-то в изнасилование поверить мог с трудом. Чуял он, что там какая-то поганка состряпана, но совсем парня спасти не мог, так как все бумаги были собраны толково и подшиты к делу быстро и споро прокурором, двоюродным братом полковника, и делающими с ним же своё грязное дело помощниками. Но, воспользовавшись своей властью, дал ему судья только три года, чем, правда, всех, чести лишившихся и невинно изнасилованных, очень расстроил. Не расстроился один только Саша, так как действительно был совсем уж невинно пострадавшим. Ну, а потом уже, в тюрьме, Сашок, естественно, в библиотеку был немедленно зачислен, как умеющий читать, а потом ещё и преподавал желающим учиться математику, русский язык и литературу по классу средней школы. За отменное поведение его через два года и выпустили. У ворот тюрьмы встречал его кортеж из двух чёрных «Волг», с ребятами и девчатами, ну и Витьком, естественно. Повезли они его за город и гуляли недели две, от чего у отвыкшего от обильной еды, алкоголя и секса Саши заболело всё, что ещё может болеть. И в какой-то момент, оставшись с другом наедине, сказал ему как-то уж очень проникновенно Витёк, что за поступок этот он перед ним в неоплатном долгу, и пока за всё не рассчитается, сукой будет по их бандитским понятиям. Да, чуть было не забыл: он после армии к прежней своей деятельности вернулся, к друзьям своим прошлым, профессиональным бандюганам. С ними ему как-то было легче и понятней жить. Вот и выбрал он их, а не институт или там завод, не дай бог.

Время шло, народ потянулся на запад. За окном стояли девяностые, страну кроили и перекраивали по новой, и на кону в этот раз частенько стояли суммы невообразимые и в долларах. За попытку присвоить эти суммы, бывало, платили кровью, да и жизнью, что тоже случалось нередко.

Собралась и Сашина семья. И вот, недели за три до их отъезда, вечером, позвал Витёк приятеля погулять и рассказал ему вот какую историю. Что будто бы он купил с ребятами киностудию, и собрались они снимать кино, какого ещё никто никогда не снимал. Реальное, как он его назвал. Это когда снимается всё одним дублем. По всем крупным киностудиям пройдясь, взяли они в аренду на один день больше трёхсот камер, которые расставили по дороге. И вот за эти двадцать четыре часа нужно было всё успеть и, главное, отснять самый сложный эпизод — ограбления и погони. Потому и просил он Сашу, как друга своего боевого и отменного водителя, в съёмке этого эпизода поучаствовать. Никому другому, якобы, это с одного раза не сделать. А на пересъёмку уже времени не будет. Сценарий был такой: Саша должен был в назначенное время на машине, которую ему выдавала киностудия, на полном ходу въехать в витрину самого крупного в городе ювелирного магазина. Все сирены, естественно, завоют. Тут он должен дать задний ход, выехать из магазина и начать удирать от милиции, которая уже будет рядом.

Она, милиция, естественно, будет не настоящая, все — переодетые в милицейскую форму каскадёры. Но вести себя они будут, конечно же, как настоящие блюстители закона. И он должен от них удирать улицами и переулками, сталкивая друг с другом машины, не боясь сбить кого-то по дороге. Везде, мол, будут стоять и сидеть статисты-каскадёры, которые, если вовремя и не отскочат, одеты будут в специальные костюмы, и ничего им в этих костюмах не страшно — ни вывих, ни перелом.

Потом появятся вертолёты и будут его вести, кружиться над ним и кричать во все громкоговорители, чтобы он сдавался, возможно, даже будут стрелять, но патроны, конечно же, будут холостые. И вот так он их должен два часа мотать по всему городу (план улиц, по которым нужно было проезжать, чтобы все кинокамеры его засняли, был приложен). И в условленный момент он должен был остановить машину под мостом, выпрыгнуть из неё, вскочить в находящийся рядом, специально открытый канализационный люк, который сразу же за ним закроют. Затем, пройдя по карте канализационных путей под землёй где-то с полкилометра, выбраться на поверхность в строго указанном месте, где его будет ожидать машина, в ней переодеться в чистое (свёрток с одеждой будет на сидении) и спокойно, как ни в чём не бывало, поехать домой пить чай и расслабляться. За это мероприятие ему, как главному каскадёру, будет выплачено тридцать тысяч долларов в американской валюте, что были деньги для Сашиной семьи совершенно невероятные. Вот таков был план, предложенный Витькой. И ещё нужно было об участии в этом эпизоде молчать, так как для того, чтобы его на эту съёмку устроить (деньжат чтобы смог по-быстрому перед отъездом срубить: ведь понадобятся же там, за границей, наверняка), ему пришлось подвинуть главного каскадёра. А тот, как назло, был племянником главного режиссёра со всеми вытекающими из этого последствиями — ну и так далее, в том же духе.

Прошло всё, как по маслу, если не считать того, что уж очень как-то рьяно милиция за ним носилась. Зря, кстати, так как у них подготовки такой, как у Саши, не было и быть не могло. Но зато пытались они компенсировать неумение своё водить машину злостью (видимо, наигранной). Изображали жуткую нервозность, ругались отборно и по всем рациям кричали друг на друга, пытаясь бандита и угонщика поймать. Потом, как и было обещано, вертолёты появились и пытались его в луче прожектора держать, да где там. Он, знающий город как свои пять пальцев, нырял под арки да мосты и выныривал где-то уже совсем в другом месте. И пальба даже была, когда он пару раз сбил прохожих, которых очень искусно (как ему показалось) изображали мастера-каскадёры. В стороны из-под колёс, по крайней мере, вылетали как пробки из бутылки. «Вот как здорово всё организовано», — подумал Саша. Что значит — большие деньги на кон поставлены, и правильные люди участвуют в съёмках. Всё как в реальной жизни, не отличишь.

А потом они уехали за границу и по приезду, набрав указанный номер телефона, встретились с человеком, которым передал им тридцать тысяч долларов, которые очень даже пригодились. И на этом должна была бы окончиться наша история, если бы не вписался в неё ещё один интересный факт. Несколько лет спустя, когда Саша уже преподавал в университете, подошёл к нему на улице человек и передал небольшой пакет, сказав при этом:

— Привет от Витька. Он на словах велел передать, что долги всегда платит.

В пакете была чековая книжка со счётом, открытым на предъявителя в каком-то банке Греции, что было очень странно. И ещё более невероятной была сумма денег, на этом счету лежащая: десять миллионов евро! Саша сразу подумал, что это или ошибка, или глупая шутка. Пытался с Витьком связаться, но след того был потерян. Саша потратил целый год на поиски бывшего сослуживца, и не найдя его, в какой-то момент решил всё-таки проверить: съездил в отпуск в Грецию и зашёл в банк.

Там он трясущимися руками предъявил документы, понимая, что вот-вот ворвётся местное Чека и всех положит лицом в цемент. Но никто не ворвался. И Саша убедился в том, что счёт настоящий, что он — получатель, так как предъявитель, и что там действительно лежит указанная сумма. Деньгами этими можно было пользоваться и хоть сейчас всю сумму снять, пойти на базар и потратить на бутерброды с икрой и брызги шампанского.

Но он, конечно же, ничего не снял, вернулся домой, и следующие три года подскакивал от шорохов по ночам, предполагая, что всё обязательно плохо кончится. Помнил он хорошо, кто Витя был и, скорее всего, остался, и предположить даже, что деньги эти чистые, не мог. А посему всё ждал, что за ними, ну и, соответственно, за ним обязательно придут. Но никто не пришёл, Витя не нашёлся, и если они раньше хоть в полгода раз общались, то тут он, видать, попал в какую-то переделку или, ещё хуже того, погиб где-то. В общем, тишина наступила полная. Немного придя в себя и решив, что, видимо, опасность миновала, начал Саша понемногу деньги со счёта того брать и тратить. Не выпендриваясь и «ламборгини» всякие не покупая. Аккуратно, чтобы не особо-то и заметно было, но потихонечку снимал и каждый раз удивлялся тому факту, что на него свалилось целое состояние и он не понимает, за что.

И только вот теперь, сидя в кафе, вся картина безумного плана, частью которого он оказался, постепенно перед ним развернулась. А было вот как.

Витя с дружками своими долго всякой ерундой занимались: то магазин какой грабанут, то ещё какая-то мелочь, но всё им грезилась большая операция, чтобы один раз рискнуть и потом уже всю жизнь отдыхать красиво с деньгами большими, ничего не боясь. Так бы они и ходили вокруг да около, да случай помог. Поехал Витя в колонию одну с дружком, ещё не освободившимся, встретиться, и тот дал ему телефон своего дружбана, который вот только на днях вышел, и посоветовал с ним встретиться. Ну вот, а на встрече тот рассказал, что сидел он год целый за то, что украл пачку денег новых, только напечатанных. Работал он как раз на грузовике, который эти свеженапечатанные деньги перевозил, и нюхал краску эту, которой новые купюры пахнут, годами... а тут вдруг не удержался, залез в мешок и стащил пачку. Но вовсе не это его подвело, как он теперь понимает, а то, что он их сразу не потратил, а год сидел и ждал, пока утихнет. Но ничего не утихло. Очень просто эту пропажу обнаружили. Номера всех купюр разослали по инстанциям. И когда этот горе-грабитель пришёл в банк разменять крупную купюру на мелкие, там его и прихватили. Ну, за идиотизм и мелкую кражу дали годик. Но отсидел не зря. Подружился там с ребятами, а один из них сразу сообразил, что здесь есть блестящая возможность, и рассказал об этом Витьку, а тот уже план и доработал. Значит, картина вырисовывалась следующая. Новые, только вот напечатанные деньги свозились в специально оборудованное хранилище, которое находилось на верхнем этаже банка, как бы на чердаке. Банк, естественно, прилично охранялся, и пробраться в него незамеченным было бы непросто. Стало ясно — когда о пропаже купюр, из банка украденных, становится известно, то номера пропавших тут же сообщаются по всем инстанциям, и как только хоть одна из них всплывёт, милиция сразу же идёт по следу, и это только вопрос времени, чтобы выйти на грабителей. То есть, нужно было деньги украсть, не попасться и, главное, чтобы об этом не узнали.

Так и родился план, при котором весь город занимается поимкой сумасшедшего грабителя и угонщика (Саша, сам того не зная, участвовал в ограблении банка, и при этом ехал на угнанном авто, чтобы внимание милиции привлечь). А в это время группа товарищей на вертолёте, который особого внимания и не привлёк, так как уже летали милицейские и военные вертолёты с целью поимки угонщика, села на крышу банка, вместо того чтобы пробираться через хорошо охраняемые двери. Ребята разобрали крышу. Аккуратно сложили все лежащие в плохо укреплённых шкафах купюры в мешки. Прикрыли крышу её родной черепицей. Сели в вертолёт, и спокойно улетели. Вся операция заняла пятьдесят минут.

Но это было только первой и относительно лёгкой частью плана. Часть вторая была критической, и время работало против грабителей. Украли двадцать с половиной миллиардов рублей. Ни на что их не делите и не умножайте. Дело было давно, и тогда рубль ещё что-то стоил. Деньги уже были напечатаны, но в обращение ещё запущены не были, то есть как бы были пока нелегальными. Нужно было их превратить в легальные и увезти из страны, поменяв за границей на валюту и спрятав через офшоры и банки подставные так, чтобы никто не нашёл. Для этого была задействована большая группа товарищей: бизнесменов, адвокатов, банкиров.

Никто до конца сути происходящего не знал, кроме очень тесного круга посвящённых во все детали операции лиц. Были открыты по всей стране сотни компаний, которые по окончании операции бесследно растворились, как и люди, по поддельным документам их открывшие.

Деньги постепенно ложились на счета этих компаний, и они проплачивали огромные заказы за границу. В СССР должны были ехать корабли с пшеницей, оборудованием, цементом и всем тем, что за границей дорого стоит, а родной стране как раз нужно. Тысячи людей упорно трудились, не покладая рук, мотались по миру, заключая контракты, переводя деньги...

Там уже все нужные товарищи деньги принимали, «обваличивали» и начинали последнюю, заключительную часть по их исчезновению. Через три месяца после гонки в ночи, которая к поимке врезавшегося в ювелирный всё равно не привела, всё было кончено.

Ещё спустя два месяца пропажа была обнаружена, когда за деньгами в хранилище пришли, чтобы начать их в оборот запускать, и поцеловали чистые пустые шкафы. Быстро все номера пропавшего по инстанциям разнесли, но было уже поздно. Оказалось, что все деньги уже через банки прошли, и теперь их ищи-свищи. Искали с Интерполом и другими компетентными организациями, но безуспешно. Так это дело и затихло. Ни одного человека не взяли в оборот, так как было даже и не ясно, кто это сделал. И до сих пор не ясно.

А Саша как главный отвлекающий манёвр, а посему исключительно важное действующее лицо всего действа (о чём он вот только сейчас, сидя за столом в Нью-Йорке, узнал), получил назначенную ему долю согласно разнарядке, составленной организаторами мероприятия.

— Вот, — сказал Витёк, — окончив свой рассказ, — будем считать, что долг я тебе выплатил, и те два года, что ты за меня отсидел, компенсированы сполна.

— Да я за такие деньги с удовольствием ещё бы годик там на зоне попарился! — с воодушевлением заявил Сашка.

— Да нет, дружок, хватит с тебя. Ты своё отсидел, точнее, моё. И, кстати, помни: то, что ты сделал, очень мало кто из людей может сделать, точнее, никто почти. А в нашей воровской среде этот поступок выше всего ценится. Поэтому я и смог тебя выдвинуть на роль грабителя-угонщика, на которую, как сам понимаешь, в стране претендентов было немало. А нужно было бы, так нам и из-за границы привезли бы иностранного каскадёра на два часа работы. Но мне поверили, что ты не подведёшь, да ты и подвёл. А не рассказал я тебе правды и всю эту лабуду со съёмкой фильма сочинил, чтобы ты не испугался и свою работу делал спокойно и зря не дёргался.

— А если бы меня поймали, а если бы подстрелили, а если бы я погиб? — вдруг попытался возмутиться, вспомнив погоню, Саша.

— Если бы да кабы — помнишь, чего там где выросло? Всё могло бы случиться, но не случилось. Все живы и здоровы, физически и финансово. У меня в одном Нью-Йорке десять многоэтажных зданий в хозяйстве. А в других странах — даже и не спрашивай. Не успею потратить всех денег, хоть лопни, а они ещё и прибавляются каждый год из-за правильно сделанных инвестиций. Так-то вот. Ну и ты, я надеюсь, не бедствуешь… Саш, ты не бедствуешь, я спрашиваю? — слегка на повышенных тонах спросил Витёк. — Алё, гараж, ты где?

А Саша, на секунду задумавшись и улетев в памяти в те волнительные годы юности, вдруг вздрогнул от громкого Витькиного голоса и вернулся в реальную жизнь:

— Я здесь, здесь я!..

Век двадцать первый. Америка.

…Сидели двое за столиком уличного кафе где-то в Нью-Йорке и неспешно беседовали. Рассказывали они друг другу о том, как прошли последние двадцать с лишним лет, кто женился, кто развёлся из друзей общих. Вспоминали тех, кто не дожил, сгорев в котле перестроечном и в послеперестроечный период попытки строительства капитализма с нечеловеческим лицом не менее бесчеловечными методами. Вспоминали они про армию, про Витькин роман, который мог окончиться ещё более трагически, и много ещё всякого разного, что было и что не просто забыть. Сашка рассказал, что женат, что у него двое детей, и хотя запас ещё какой-то есть, но деньги греческие тают, как снег. А жена очень любит в магазин сходить прикупить всяких красивых, но абсолютно ненужных вещей, хотя и не понимая, как они оплачиваются мужем на его достаточно скромную учительскую зарплату. Он ей, естественно, ни о том, где деньги лежат, сколько их и откуда взялись, ничего рассказывать не стал. Так, на всякий случай. «Меньше знаешь, лучше спишь», подумал он.

Витя, кстати, сказал, что больше ни одну женщину так, как Таню, командирскую жену, не любил.

— Кстати, — вроде совершенно и не проявляя никакой особой заинтересованности, спросил Витёк, — как у тебя с вождением, навыка не потерял?

— Да нет, конечно, — отозвался старый дружок, — куда оно от меня денется? Вот сына старшего учу, опыт передаю.

— Ну, вот сейчас заодно и проверим, — усмехнулся приятель и достал мобилу.

— Давай, подъезжай! — сказал он кому-то.

И когда через минут десять они вышли на улицу, к ним, призывно урча из-под капота бесконечными сотнями лошадей, подкатилась «ламборгини», машина, о которой Саша когда-то мечтал. Дверца раскрылась, и на свет появилась интересная, с большим вкусом одетая женщина, которая, раскинув руки, шла, улыбаясь, к ним навстречу. Саша сразу понял, что когда-то в молодости он лежал с ней в постели, но где, когда, и при каких обстоятельствах, так и не вспомнил. А зря!

Она обняла его первой и расцеловала, как целуют любимого брата, которого давно не видела и по которому ужасно соскучилась.

А потом она заговорила, и всё сразу же стало на свои места. Конечно же, это была она, Танюша, бывшая полковничья жена, чью любовь он тогда, как оказалось, и спас своим отчаянным поступком. Со временем полковник удовлетворился тем, что обидчик в тюрьме и больше преследовать его не стал.

Витёк отслужил положенное, и они всё же встретились. И, поговорив, решили, что, видимо, судьба им быть вдвоём, а раз так, то решили с ней, судьбой, не шутить.

Вскоре она подала на развод. И путь этот к свободе занял несколько долгих лет, так как сволочной муженёк-полковник, к этому времени уже дослужившийся до сволочного же генерала, жену не отпускал. Но всё вдруг решилось каким-то чудным образом. В один прекрасный день боевой генерал прибыл домой в чудесном настроении и сказал жене: «Паршивая ты девка всё-таки, Танюха. Взял я тебя голую и босую и в люди вывел, а ты вот с мальчишкой мне рога наставила. Нет, не прощу я тебе. Катись куда хочешь, и вот тебе развод».

И она покатилась, точнее, помчалась, даже на секунду не задумавшись ни тогда и ни разу после того, с чего это вдруг суженый её так в одночасье переменился и отпустил её на все четыре стороны. А говорил, что сдохнет и не отпустит. И тот факт, что подписанные бумаги на развод тоже у него в этот момент в руках оказались, внимание её, оглохшей на мгновение от счастья и возможности быть с любимым, не привлёк.

И не к чему ей было знать, сколько денег гнусавому генералишке Витёк отвалил, чтобы он... отвалил. Ни к чему, и всё тут. Дела прошлые, и вспоминать о них незачем. Иногда свобода любых денег стоит, а точнее, всегда она их стоит.

Выехали друзья за город, и Саша продемонстрировал свои чудо-способности, чем Витька не удивил, а Татьяну, такого цирка за рулём никогда не видевшую, поразил.

— А чего, ты, собственно, про вождение-то спросил? — помня, что Витёк ничего случайно не делает, поинтересовался Саша.

— Да я тут в Америке совершенно случайно вышел на одну группу: режиссёра, операторов, монтажёров, осветителей, и вот думаю картину какую-нибудь снять, чтобы живенько было. Сценарий пока прорабатываем, но для тебя роль, конечно же, всегда найдётся, и, скорей всего, заглавная.

Саша улыбнулся:

— Давай угадаю. Мне нужно будет в машине отвлекать полицию, пока твои операторы будут оперировать, а монтажёры монтажировать что-нибудь очень дорогостоящее?

— Да ладно тебе, это всё дела старые, мы чего-нибудь поинтересней замутим, дай только срок!

Накатавшись, они вернулись в город, вышли из машины и втроём присели у какой-то кафешки на обшарпанные стулья к не менее обшарпанному столу.

— Кофейку нам, а даме «Космополитен», — по-свойски подмигнул Витёк официанту, — или тебе чего покрепче?

— Нет-нет, — засуетился Сашка, — я до сих пор не пью.

А народ спешил по своим делам, держа в руках портфели и сумочки, коробочки с пиццей и вечный кофе в бумажных стаканчиках. Гудели нетерпеливые такси, отчаянно жестикулировали полицейские на перекрёстках со сломанными светофорами, и вообще город жил своей беспокойной жизнью. Жил, не зная о том, что вот тут, в центре мироздания, в финансовой столице мира, под самым носом у сыскных полицейских организаций, поставленных охранять и бдеть (а если вдруг что — то искать, находить и пресекать), сидели средь бела дня и мирно общались два участника самого крупного ограбления, которое когда-либо было осуществлено в Советском Союзе, а, может, и в мире. И самое приятное, что преступление это никогда раскрыто не было, и все участники его честно и по-братски разделили украденные деньги, и до сегодняшнего дня, по всему миру разбежавшись, живут припеваючи.

И мы, современники тех далёких событий, хотим пожелать им, где бы они ни жили, радости, счастья в быту и успехов в личной жизни.

и вот я умер

И ной такое удумает — в голове не умещается. От скуки, что ли, любопытства ради или цели какой для? Не знаю. Всеми разное руководит.

А было так...

Один господин, назовём его Мишей, жил себе не тужил, и всё у него, вроде бы, было в порядке: и семья, и дом, и бизнес. Но в какой-то момент стало ему казаться, что все окружающие — и родственники, и знакомые, и друзья, и все-все-все — ему постоянно врут.

И ни о чём-то там постороннем и незначительном, а о нём самом.

Говорят они ему, какой он весь такой-растакой, замечательный и расчудесный, и умный, и талантливый и так далее и тому подобное.

Когда-то он этому удивлялся, потом даже радовался, а где-то, уже повзрослев и, возможно, поумнев, задумался: «Видимо, они врут не просто так, наверняка всем им от меня чего-то нужно: кому подлизаться ко мне, кому связи мои, кому деньги.

А вот бы как-то узнать, чего они на самом деле обо мне думают?»

И засела эта мысль в его голове крепко-накрепко, сидит там и никуда не девается. И что-то с ней надо делать. А придумать ничего путного никак не удается. А тут ещё и с бизнесом его какие-то странные вещи стали происходить. Были у него два партнёра, которые друг друга, мягко говоря, недолюбливали. Но так как каждый был в своём деле мастер, то уж терпели, тем более что дело было общее, давнее и прибыльное. Но в последнее время Мише стало казаться, что взаимоотношения его партнёров стали не то чтобы налаживаться, но как-то становиться более дружескими, что было странно после десяти лет открытой неприязни. И было бы это само по себе неплохо, но всё это происходило на фоне падения доходов и общего расстройства бизнеса. Заказчики стали уходить к другим, и сколько не пытался Михаил разобраться с тем, почему это происходит, наталкивался на стенку. Вызывало это недоумение, мягко переходящее в подозрение.

Ну вот, таким образом поводов во всём разобраться было предостаточно, осталась сущая ерунда: сообразить, как же это всё осуществить. Хорошо, случай помог.

Был он как-то на похоронах одного знакомого и вдруг его осенило — а что, если всё так организовать, как будто бы он тоже взял и умер. Вот уж когда все языки-то и развяжут. И на тему совместного с партнёрами бизнеса, и вообще.

Поделился он этой идеей с женой, не потому, что хотел её привлечь к реализации плана (хотя чего она про него думает, ему бы тоже узнать хотелось), а, скорее, потому, что ему был нужен сообщник, чтобы задуманное до конца довести. Жена его, Алиса, была женщина неглупая. Всегда с раннего детства хорошо знала, с какой стороны бутерброд намазан маслом и, желательно, икрой.

Мама ей всегда говорила, что у женщины в жизни есть одна, и первостепенная, задача: правильно выйти замуж. Вот она и организовала всё соответственно. Получилось удачно: брак сложился, работать было не нужно, живи себе да радуйся. Дом был большой и полная чаша, машины там с персональными водителями, отпуска в самых экзотических уголках мира. Счёт у них в банке был солидный, и отношение к ним всех вокруг соответственное. Ну и, естественно, мужчины вокруг неё всегда вились, как пчёлы над цветком. Была она хороша, молода, весела, целый день пчёлкой только и перелетала из пилатеса на йогу, потом в бассейн, на массаж и так далее всё в таком же духе. Но! Узнав о задуманном, мужу твёрдо сказала, что он сошёл с ума, и отказалась от соучастия.

А он не отставал и выдвинул море аргументов «ЗА» против её аргументов «ПРОТИВ!». И мучил он её этой своей идеей целый год, заходя то с одной, то с другой стороны. Шантажировал, грозил урезать довольствие. И она, видя, что он не отстанет, исчерпав все возможные и невозможные уловки, чтобы его от этой дурацкой (с её точки зрения) затеи отговорить, всё-таки согласилась, но с одним условием, что о её соучастии никто знать не будет. И она будет вести себя совершенно натурально, то есть как вдова.

Сказано — сделано.

Поехал он по бизнесу в какую-то страну и там как будто бы погиб в аварии. Прислали телеграмму и привезли его домой в закрытом гробу. Гроб решено было не открывать, так как там он весь после аварии, по частям, и картинка невесёлая, а для особо впечатлительных — вообще просто смертельная.

Стали готовиться к похоронам и поминкам. Все суетятся, помогают, как могут. Жена изображает вдову, держится хорошо, но при этом рисует на лице бледность и скорбь (благо грим и краски для лица у нас в свободной продаже). Все её утешают, а подруги говорят, что, мол, пусть расстраивается, да не очень; молодая она ещё — отскорбит своё да и найдёт другого.

Тут важен ещё один нюанс. За несколько лет до описываемого нами события у них в деревеньке городского типа произошло интересное событие. Их соседи уехали в отпуск, и в воскресенье, когда все обычно дома, к их имению (большущий такой у них был домина в лесу) подъехали два огромных грузовика. Из них с шумом и лёгкой руганью высыпали человек десять рабочих, включили радио и начали работать. Естественно, так как выходной, народ из близлежащих домов и повылазил с интересом — чего же это, мол, там такое весёленькое в их лесах происходит? Оказалось, что соседи, которые в отпуске были, дом-то свой продали и заказали компанию, которая, чтобы им самим не возиться, приезжает по адресу, затем, собрав и упаковав весь дом, перевозит его на новое место и там, кстати, всё распаковывает. В результате хозяева, культурно отдохнув, возвращаются уже на новое место, где всё согласно плану разложено-расставлено, и можно, вместо того чтобы два месяца распаковывать коробки, сразу красиво жить, но уже в новом доме. И так, дружно и весело работая, бесконечно общаясь с соседями и даже раздавая им визитные карточки свои на случай, если и им такая услуга понадобится, ребята часов за семь весь дом и спаковали, и пожелав всем остающимся чудесного вечера, уехали. Всё было бы здорово, если бы вернувшиеся хозяева не получили каждый по инфаркту, войдя в дом, который оказался пустым. К сожалению, о том, что они купили новый дом и в него переехали, они-то как раз и не знали, так как ничего не покупали и никуда не переезжали. Опять шум-гам, в этот раз уже с полицией, ФэБэЭр тоже подъехали, видимо, развлечься. Естественно, что никого не нашли, так как всё — и номера машин, и адрес с телефоном на карточках — было поддельное. Соседи некоторые хотя и со стыдом, но признались, что даже помогали что-то паковать и выносить. Ну, все, конечно, перепугались до смерти и установили в одночасье в каждом доме систему слежения с камерами в комнатах и снаружи (видимо, до того никто из них про возможные грабежи не знал или думал, может, что их не коснётся). Длинное это отступление было сделано для того, чтобы было понятно, что всё, в доме происходящее, легко фиксировалось, и следить за развитием событий для «свежеумершего» никакого труда не представляло. А он, виновник всего спектакля, живёт себе тихонько и, в основном, развлекается тем, что сидит у компьютера, в котором каждую комнату в отдельности видно как на ладони. И смотреть ему на это то весело, то грустно. Кто-то приходит и плачет. А кто так вообще просто убивается.

Удивительно, думает наш «покойник», никогда бы не подумал, что некоторые товарищи так близко к сердцу воспримут мою смерть. В какие-то моменты ему даже начинает казаться, что, может быть, и не надо было всё это затевать — да поздно. Машина запущена, не остановить.

Без сюрпризов, конечно же, не обошлось.

Одни насели на жену с идеей, что его нужно кремировать. Мол, это модно, красиво и гигиенично. Миша, правда, не понял ни одного из трёх доводов. Особенно непонятен был который про гигиену. Да и по существу он был против, так как самосожжение в его планы не входило. Одним словом, хотя и не сразу, но жене удалось отбиться. Что-то там она религиозное приплела, что, мол, не положено.

Второй сюрприз был покруче. В какой-то момент пришла одна знакомая, которая рассказала душещипательную историю о том, как у неё в юности с покойным был роман, который завершился рождением сына. Отец его об этом будто бы ничего не знал. Роман был бурным, но непродолжительным, и вроде бы она, эта женщина по имени Татьяна, при жизни отца ребенка как-то не собралась к нему обратиться. Родить-то она сама решилась, но держала всё в тайне. И вот будто бы теперь она поняла, что сделала большую глупость, не познакомив сына с отцом. И посему Татьяна решила обо всём рассказать, и не кому-нибудь, а вдове. «Вы, мол, меня как женщина поймёте и, возможно, даже поможете… деньгами. Надо же нам вдвоём теперь ребёнка как-то поднимать».

А Миша от этой наглости просто лишается дара речи. Надо же? Он её, эту женщину, плохо помнит даже. Ну, бывала в доме несколько раз. Он даже имени её не помнил, пока она не объявилась, а тут — сын. Жена, правда, ему не поверила и даже вначале по телефону скандал закатила. Но удалось отбиться, сказав ей, что всё это наглая ложь.

— Кстати, — сказал свежеусопший, — это наверняка ещё не все сюрпризы.

Сказал, и как в воду глядел. Следующим номером программы были пришедшие в разное время, видимо, друг с другом не сговариваясь, несколько «друзей». Они с прискорбным выражением на лице сообщили, что Миша всем был должен деньги, причём много. И каждый рассказал вдове свою трагическую историю о том, как тяжело достаются деньги, и как Миша просил, и как они не хотели «рисковать дружбой», но чтобы выручить товарища, дали ему денег. И теперь они надеются, что за верность свою другу, безвременно ушедшему, они не будут наказаны.

Вот сволочи, подумалось «покойнику», ведь он никому из них не был должен. И мысль о том, что он зря это всё это затеял, испарилась окончательно...

***

Многие мужчины спокойно проживают всё жизнь без любви. Ну, не без каких-то там юношеских привязанностей-влюблённостей. Но они не в счёт.

Была она и у Миши, эта самая, юношеская. Они вместе ещё учились в школе, он был в девятом классе, а она в шестом, почти что не встречались, так, иногда только, на каких-нибудь торжественных мероприятиях, посвящённых очередной годовщине чего-нибудь коммунистического.

Но каждый раз, когда он её видел, в нём начинали происходить феноменальные перемены. Хотелось петь, танцевать. Ему не терпелось поскорее стать взрослым и умным и учить её чему-то. И, что ещё более странно, хотя у него в жизни и было немало различных женщин и до женитьбы, а возможно, даже и после, но никто и никогда не вызывал в нём даже подобия тех чувств, которые вызывала в нём та самая девочка, даже ещё и не женщина совсем.

Но нас, настоящих мужчин, подобное чувство не мучает. Удивить, даже поразить может, но настроенные или, как сейчас любят говорить, заточенные на ДЕЛО, мы на всякие сердечные глупости серьёзного внимания обращать не станем, и с пути нас этим не свернуть. Из другого мы, знаете ли, теста сделаны и для другой миссии рождены.

Потом волею судьбы оказались они в одном институте. Он уже оканчивал его, а она училась на вечернем, на втором курсе. И тоже всего несколько раз они пересеклись на каких-то празднествах, коротко поговорили ни о чём, и жизнь их развела. И снова он, уже не мальчик и даже уже и не девственник, при виде её терял дар речи, краснел, путался в мыслях и по-прежнему не находил объяснения этому странному феномену. Может быть, это и была та самая любовь, без которой живут многие, зачастую путая её со страстью или ещё с чем-то, сугубо физиологическим. Но так как поставленная в жизни цель и её достижение, а не любовь — главное для многих мужчин (о чём я уже говорил), то многие и проходят мимо неё, ни разу в жизни не разглядев, не узнав, не *проинтуичив*. А могла бы она всю жизнь изменить. Хотя кто знает, к лучшему ли?

Ну вот, и в самый разгар паломничества скорбящих друзей и подруг пришла к Алисе женщина по имени Оля, которая рассказала ей совершенно невозможную историю о мальчике, в которого была влюблена ещё с шестого класса, и как стояла под его окнами, и как плакала ночами навзрыд, и как старалась попадаться ему на пути. Но, судя по всему, он, общаясь только с одногодками, всерьёз из младших классов девчонку не воспринимал, точнее, вообще её не видел. Попытки эти вечные столкнуться с ним в надежде, что он её всё-таки заметит, поймёт, оценит, полюбит, и остальные детские глупости, которые могут гнездиться в голове начитавшихся сказок шестиклассниц, однажды стоили ей трещины в ребре. Он бежал по коридору, а она, в отчаянном безрассудстве своём, маленькая и хрупкая, снова выскочила, как бы случайно, из-за двери — и он, большой, мощный, да ещё и бегущий, просто снёс её с дороги. И она, как пушинка, улетела в стену. Все сбежались посмотреть на то, что от неё осталось. Но она встала, бледная, счастливая (с любовью соприкоснулась всё-таки!) и спокойно пошла в класс. Ребро болело три месяца, но оно этого стоило, по крайней мере, ей тогда так казалось. А он опять ничего и не заметил, пробежал мимо. В голове было что-то очень важное, куда-то спешил, а всякие там дети, которые вовремя не уступили лыжню, — так это их проблемы...

Потом она специально поступала в тот же институт, где он учился, но три раза провалилась на дневной и пошла на вечерний, лишь бы быть поближе к любимому.

Она рассказывала, с трудом сдерживая слёзы, а Миша сидел у экрана компьютера, вросший в стул, и не мог пошевелиться, в этом случае не сомневаясь в правдивости рассказанного, тем более что она ничего не просила. Потом эта девочка подросла, превратилась в интересную женщину, что было видно и до сих пор, трижды выходила замуж, потеряв

Мишин след, но каждый раз разводилась, понимая, что это не тот, кто ей нужен. А нужен ей был он, тот самый, недоступный, ни о чём, как ей казалось, не подозревающий, и единственный в её судьбе. Детей ни с кем не заводила, не хотела от нелюбимого. А замуж выходила просто так, чтобы не быть одной. Все мужчины были хорошими людьми и любили её. Но это было всегда безответно. И сколько она ни пыталась, ни старалась полюбить (хотя как это можно — стараться любить?), кроме него, того самого, все остальные были ей не милы.

Несколько лет назад она случайно увидела его в передаче по телевизору. Так и узнала, в каком городе он живёт, и что он большой бизнесмен, и, проведя небольшой поиск, нашла и адрес. Но, к сожалению, он ей теперь уже и не понадобится. Зачем пришла — ей и самой непонятно, ноги сами привели, как только узнала о случившемся...

И сидели две совершенно разные женщины, обливаясь слезами. Женщины это могут. Одна — от жуткого горя и потери невосполнимой, а вторая — от зависти, смешанной с состраданием. Никто Алису никогда так в жизни не любил, да она и сама думала, что такое только в кино случается, ну и в романах, но никак не в жизни. А тут — вот оно, живое, настоящее, почти рядом! Была у Оли единственная просьба (тут Миша напрягся — неужели и она туда же?), раз уж пришла, — дать ей одну любую его фотографию на память, а то у неё так ни одной-то и нет...

***

На кладбище звучали торжественные речи. Каждый пытался перещеголять предыдущего оратора. Из выступлений, записываемых специально приглашённым и работающим втайне от всех оператором, Миша узнал о себе много такого, о чём раньше и не подозревал. Хорошего, конечно... И что он «незаметный герой», и «пример для подражания», и «сокол, подстреленный бандитской пулей», и ещё многое—многое другое.

Но главная драма, как и предполагалось, разыгралась на поминках. Там народ выпил, осмелел, развязались языки и пошло-поехало.

Несколько близких к дому друзей, наконец-то, признались вдове в любви, сказав, что любили её всегда, понимая безнадёжность ситуации. Но сейчас, когда она уже в другом «статусе» (хотя, ради бога, её никто не торопит с ответом, и вообще они подождут), может быть, со временем, когда боль утихнет, то она обратит свой благосклонный взгляд на одного из них. Каждый из претендентов на руку и сердце вдовы был по-своему трогателен и вполне убедителен. И стали посещать Алису в разгар этого цирка разные интересные и никогда до того ей в голову не приходившие мысли в комплекте с вопросами. А не продешевила ли она, выйдя замуж за Мишу? Тут вот, смотри, какие женихи, не бедные и уже на всё готовые, прогуливаются. И стань она вдовой, к её состоянию, от мужа оставшемуся, да плюс новый муж с его состоянием... Ей пришлось себя пребольно ущипнуть, чтобы вынырнуть из этого потока мыслей, но надо было. Она, не зная, радоваться этому или нет, вдруг вспомнила, что пока ещё не вдова и вполне даже ещё мужняя жена... если, конечно, это безобразие как-то прилично закончится. Кстати, о финале пьесы муж ей сознательно не сообщил, для достоверности реакции, видимо. Но умница-Алиса незаметно вывела каждого из претендентов на ещё не остывший престол по одному на улицу, подальше от камер слежения. И назначила им встречи в разных концах города (мамина закалка — ничего не откладывать на завтра... на всякий случай), для того чтобы оговорить условия и, так сказать, произвести рекогносцировку на местности. Кто знает, когда может понадобиться? А тут уже всё налажено!

…Постепенно высказывания от траурно-хвалебных, с количеством выпитого, съехали на тон ниже, и покойный как-то стал ближе к народу, и из почти что ангела, на глазах всех тех, кто ещё видел, начал быстренько превращаться назад в человека:

— А что, собственно, ничем особенным почивший в бозе и не отличался! — заметил кто-то.

— Так себе, средненький калибр. Не очень умный, не очень интересный, не очень уж и удачливый, — подхватил другой.

— Да и в постели он был так себе, — отметила третья.

Но все были выпившие, и на эту фразу внимания никто не обратил.

Постепенно всё докатилось до того, что вообще-то он был неудачник и подлец. Кому-то обещал дать и не дал. У кого-то взял и не вернул. Обещал любить до гроба и жениться, а вот видишь, и не женился... до гроба. А как же теперь после? И вообще был он сволочью неблагодарной и редкостным негодяем.

В общем, за исключением серийных убийств и растления несовершеннолетних, всё остальное вроде бы «было покойнику не чуждо».

Речи были хотя и кулуарные (то есть звучащие по углам в небольших группах), но от этого не менее гневные и обличительные.

Два партнёра по бизнесу, извиняясь после каждого слова, подошли к вдове с предложением откупить долю их безвременно выбывшего третьего за 100 тысяч наличных американских долларов.

Жена, естественно, поинтересовалась: как так получилось, что бизнес, оцененный за два года до этого в тридцать миллионов, так упал в цене? И они, жутко стесняясь, краснея, заплетающимися от горя и выпитого языками объяснили, что муж её, ну, в смысле, бывший, принял несколько неправильных решений ещё при жизни, в результате чего им, в попытке спасти тонущее предприятие, пришлось тайно от него организовать дополнительную компанию и перевести часть бизнеса туда, чем, собственно, они всё и спасли. И если бы не этот мудрый ход, то сегодня они бы ей не только сто тысяч не могли предложить, но и долг бы на них на всех (включая её) повис миллионов на пять, не меньше. И тут же добавили, что, в конце концов, если ей эта цена не по душе, то она может сама вместо мужа прийти и работать. Говорили они это, точно зная, что Алиса не захочет работать по шестнадцать часов в день, да и знаний для этого бизнеса у неё не было никаких. И вообще, от слова «работать» у неё начиналась изжога, плавно переходящая в отдышку на нервной почве, и они это тоже знали.

В общем, сплошной цирк! Ну, Мише, естественно, уже и про бизнес, и про всё остальное было понятно, и тайное, как ты его ни скрывай, стало явным. Тем более что никто уже ничего-то и не скрывал, надеясь, что покойник, слава богу, никого не подведёт, а там на небесах ему ни женщины, ни дети, ни, особенно, деньги совершенно ни к чему. Но он их, как и было задумано, подвёл!

И в какой-то там совершенно неожиданный момент открылась дверь, и вошёл абсолютно живой и улыбающийся покойник.

Возникла «немая сцена»... Тишина повисла такая, что было отчётливо слышно, как в жилах течёт кровь. Какая-то сумасшедшая муха от ужаса, не успев затормозить, со страшным грохотом врезалась в стену, от чего получила мгновенное сотрясение мозга. И все это слышали, настолько у них обострился слух. Народ моментально протрезвел.

Кто-то лишился дара речи. «Вдова» упала в настоящий обморок (благо о своём появлении в финале Миша её не предупреждал, и всё поэтому получилось очень натурально). Постепенно народ пришёл в себя, кое-кто даже его пощупал, не привидение ли? И тут Миша произнес свою пламенную речь.

И слушали её, как вы уже, наверное, и сами догадались, все и со вниманием.

Вначале он попросил его простить за этот обман и сказал, что теперь понимает, какая это была с его стороны глупая и жестокая шутка. Если бы он мог повернуть время вспять, то уже никогда бы этого не сделал. Но что сделано, то сделано. Он затем (не вдаваясь в подробности и не рассказывая о видеокамерах) сказал, что готов искупить свою вину, и каждый из присутствующих имеет полное право прийти к нему и назначить цену за нанесённый моральный ущерб, и что он постарается всех удовлетворить.

Миша также сказал, что многое понял и собирается в корне поменять свою жизнь. Он сообщил, что уходит из бизнеса и продаёт свою долю. Что готов дать жене развод, если она не захочет с ним жить, после того, через что ей пришлось пройти (про её участие в заговоре, как и договорились, не было сказано ни слова).

На личности он не переходил, и хотя речь его всем понравилась, настроение всё равно было испорчено. Праздник не получился. Как-то все погрустнели и не знали, как себя вести. Каждый мучительно вспоминал, что он там успел наговорить и думал, как теперь давать обратный ход. Народ подходил и извинялся — я, мол, там, пошутил неудачно на тему, что ты мне деньги должен или что у нас с твоей женой был роман. Выдумывали мы всё, хотели как-то вдову отвлечь от её мрачных мыслей. Сам понимаешь...

И он понимал.

Понимал, что всю жизнь рядом с ним были волки в овечьей шкуре. Он жил среди людей, которые его не любили, не уважали, пользовались им как могли, некоторые завидовали до скрежета зубов, а кое-кто и вовсе ненавидел. Кто-то там, как оказалось, даже ходил к колдунье, порчу на дом его наслать. Ну да ладно, это всё БЫЛО.

А он, кстати, мог всю жизнь прожить и об этом так и не узнать. А теперь вот знает, и уже страницу эту назад не перевернуть...

— Друзья мои, — продолжал хозяин, — я рад, что вы здесь, забудьте всё, что было, если сможете. Я над вами зло подшутил и вполне заслужил всеобщее порицание. Обещаю больше никогда-никогда таких фокусов не вытворять, честное слово. Всех приглашаю в ближайшую субботу в гости отметить моё счастливое воскрешение. Да, и пока не забыл, если вы когда-нибудь в будущем услышите, что назначен день моих похорон, так как я умер — не сомневайтесь, что это уже будет не шутка.

На празднование «счастливого воскрешения» пришли только те, кто не вляпался, то есть не клялся жене в любви, не был бизнес-партнёром, просто кредитором, от хозяина не беременел, аборты не делал и детей втайне не рожал. Одним словом, народу было немного. Веселье вроде бы и присутствовало, но было каким-то ненастоящим, натянутым. Создавалось впечатление, что каждый телом был там, в гостях, ел-пил и даже шутил, а душа витала где-то далеко. И думалась каждому дума непростая о жизни и смерти, о совести и её отсутствии, о верности, дружбе, любви и преданности, и о других тонких субстанциях, сопровождающих нас всю жизнь. Да, собственно говоря, они, эти субстанции, наверное, и есть сама жизнь, нравится нам это или нет.

***

Когда «дым рассеялся», прошло немного времени, и герой наш кое-как пришёл в себя после стремительной гибели и не менее стремительного воскрешения,то он более или менее разобрался с бизнесом, с кляузниками, друзьями и знакомыми. И вдруг Мишей овладело странное беспокойство. Было такое ощущение, что его разрезали, вынули все внутренности, а потом сложили назад, но в неправильной последовательности. Всё вроде бы работало, но со скрипом, скрежетом, не гладко, нехорошо. Что-то внутри болело, саднило и вызывало ужасные ощущения бессмысленности происходящего, бесполезности жизни его, невзирая на все, казалось бы, правильно расставленные атрибуты её успешности.

Жена никогда и не была его другом или соратником, или даже любовью, хотя, может быть, чуть-чуть, и то в самом начале. И, даже специально не философствуя на эту тему и ни с кем её не обсуждая, в какой-то момент (истина как дождь, который срывается с неба и накрывает тебя с головой), он вдруг понял, что всю жизнь любил эту шестиклассницу Оленьку, что снилась она ему все эти годы не зря, что ждала его, искала, и что всю жизнь он ей испортил ни за что. Как же он мог быть таким слепым бесчувственным идиотом? Ведь она всегда была рядом, только руку протяни, открой глаза и сердце. И, наверное, всё могло бы... да что там могло бы, точно было бы по-другому, по-настоящему, с теплом, по-человечески, как, к сожалению, редко бывает в жизни...

Несколько недель продолжались поиски, пришлось задействовать все связи, раскошелиться, но, в конце концов, её адрес лежал у него на столе. С дрожью в ногах (это же надо, до сих пор даже мысль о ней производила на него подобный эффект) позвонил он в звонок. Дверь открыла старушка, бледная, измученная, едва стоящая, опираясь на палочку.

— А Олю можно попросить? — сказал Миша, сам удивляясь тому, как за секунду изменился и задрожал в дополнение к ногам и голос.

...Вот сейчас она выйдет, они пойдут и сядут, и будут говорить часами, днями, ночами. Он уже подумал, что разведётся с Алисой. Оставит ей достаточно, и скучно жене не будет, претендентов на богатую «бывшую вдову» есть достаточно!

И остаток жизни вдруг, удивляясь сам себе, решил Михаил прожить с любимой женщиной, и постараться хоть как-то искупить свою вину и окружить её невероятной заботой и теплом в попытке рассчитаться, что ли, за все, хотя и по незнанию, но, тем не менее, нанесённые ей страдания. Хотя, наверное, невозможно искупить вину. Ничего нельзя исправить, сломанное не срастить, и годы утраченные, как бы нам этого ни хотелось, не вернуть. И тут ни раскаяние, ни забота, ни деньги тебе не помощники.

...Голос старушки звучал как в тумане, и слова до его сознания доходили плохо, как бы путаясь и застревая в лабиринте мыслей, чувств, эмоций, рвущихся наружу и не пускающих реальность туда, где она становится твоей, страшной, убивающей, беспощадной.

— Да вот, третьего дня похоронили мою девоньку. Не захотела больше жить. Погиб её суженый. Всю жизнь она его искала и ждала, хоть и замуж выходила, но всё зря. Ждала, ждала, надеялась, глупенькая, что судьба их всё-таки соединит. А как узнала, что его больше нет, целыми днями только и твердила, что это ей знак, и теперь нужно с ним соединиться уже там. И что ждёт он её, дожидается в лучшем мире, что теперь ей только туда и дорога, и больше уже никто им соединиться не помешает. Говорила, плакала, мучилась, а потом пошла и прыгнула с моста. Её и не сразу-то нашли, течение далеко уволокло...

Миша потерял нить рассказа где-то на второй минуте, успев только понять, что его «удачный» эксперимент продолжает собирать жатву, на этот раз, правда, действительно смертельную.

«Боже мой, — пронеслось в голове, — что же я натворил? Всю жизнь она из-за меня страдала, а теперь, не зная, что это всё — мною же устроенный спектакль, взяла и покончила с собой из-за меня же?»

Первое движение было в сторону моста, и ноги даже вроде как бы сами направились туда в страстном желании соединиться с единственной и любимой. Но до моста было далеко, и мозг, постепенно очнувшись от мгновенного обморока, взял управление на себя и начал встряхивать тело хозяина, напоминая, что прыжком с моста он и Олю не вернёт, и никого не обрадует (ну, может, только Алису), не говоря уже о том, что никто и не поверит, так как вот только что лжефинал трагикомедии был сыгран.

И он — повернул. А дыра внутри, в сердце ли, в душе ли, непонятно где, но образовалась. И саднила она, как больной зуб, и не оставляла его ни днём, ни ночью. Даже жена, увидев, что ходит он чёрен лицом, перепугалась: не помер бы ненароком по-настоящему. О том, что происходит с ним, про Олю, про мост, он ей, конечно же, не сказал, а так, отбрехался, что переживает за бизнес, и ещё какие-то глупости намешал для достоверности.

А окончилось всё тоже неожиданно. Судьба, видимо, не прощает тому, кто берёт на себя её функции и сам пытается придумать и организовать то, что должна делать она. Прошло совсем немного времени, и Миша, находясь за границей по делам, действительно попал в аварию и... погиб.

Вина даже была и не его, но какое это всё уже имеет значение? Привезли его домой в закрытом гробу. Как он и предполагал, на похороны почти никто и не пришёл. Ну, а кто же мог поверить в достоверность происходящего? Опять за границей, опять в аварию, снова закрытый гроб? Скучно, неинтересно, это уже было, и вообще мог бы хоть как-то сценарий изменить, разнообразить, что ли, освежить, подумали все и не пришли. И правильно сделали. Есть вещи, с которыми шутить можно, а есть — с которыми нельзя. Смерть — одна из них. Ей твоя шутка или попытка с ней играть в прятки может и не понравиться или, наоборот, понравиться, да настолько, что она плавно от генеральной репетиции перейдёт в премьеру. А там уже жди беды. И, скорей всего, недолго.

Сергей Евелев
Под острым соусом
Сборник прозы

ISBN: 978-0692518519

Корректоры: Оксана Шаповалова, Ольга Новикова
Компьютерная вёрстка: Михаил Кондратенко
Иллюстрации, обложка: Валерий Бочков

Главный редактор издательства: Семён Каминский

Bagriy & Company, Inc.
Chicago, Illinois, USA

printbookru@gmail.com